安澜詩集

上卷

灵魂高蹈

【新诗集】

安澜◎著

文匯出版社

靈魂高蹈

戊戌金秋王澈寄俊書於海上

[序]

真力弥满　万象在旁

—安澜新诗集《灵魂高蹈》草览

杨斌华

安澜的诗名得悉已久，似乎总是令人生发一种平顺静好、意兴优雅的感受，但我对于她的作品其实并不熟稔。透过她的诗歌倡言：“诗歌是自然流淌的意识流，诗歌途经现实与灵魂对话。”我大略能抚触到她个人诗学素养的根底和经络。她对于当下诗歌创作有着自己独到的理解与思辨，其写作图式亦纷繁多变，情志灵现，寂然凝虑，思接今昔，可谓呈现出多样化的精神形貌。

置放在读者面前的安澜的新诗集《灵魂高蹈》，展示给我们的正是这样一种诗人心相内里凌虚蹈空、交织错动的心灵图谱。或者，如同她的一首诗的标题：“内观，与心的实相和平共处”。

此刻　我正抵达心境地
身处万物中，心于万物上
我能做的
始终只是隔岸观火

安澜的诗作涉猎甚广，寄情山川，缘物求真，“以遗世独立的从容／重新序列身体的地火水风／一寸寸地滤清杂染／用痛彻肺腑的爱来致敬历劫苦难的心”。她曾经这样写道：“寂静长夜，闪回的神性向我包围／我节节后退，靠在人性思维的火苗上”。她能够持续不懈地“检视体内沉浮的洪荒／人性的和神性的，在一刹那”，用文字反射万物世象，安顿寂寥心灵,在不断地自我洗滤与清零的过程中,形塑“以另一种形态活着的自己”。同时，她的作品也呈示出另一番自我交缠和奋争的面相。一如《一个人的酷暑》所写的：“去爱这黑暗与死寂，再穿过它们／把彷徨和不安，带去尘埃之上／叫天神纠集一群暴动的文字／将防微杜渐的日月戳穿”。

的确，安澜的诗俨然呈展了一种写作的可能性和丰富性。我试图用司空图《诗品》里的“真力弥满，万象在旁”来提点并品鉴她的写作图式，也只是源于其卓尔不群的豪迈诗风着实令人印象深刻，耳目一新。尤其是她颇为喜欢用四字词语作为一首诗的结句，譬如其诗行里多次出现的“一飞冲天”“空谷回响”“沸腾如斯”等诸多词句，就似可作为作者诗风特征的例证。

每个诗人或许都意欲构设自我独有的诗艺方式和语言风格，寻找内心景观与实相语象之间的对称与平衡，从而体现其诗意情致与心灵担当。对安澜来说，她似乎有一种超然的自觉与清明，既把诗歌作为情感流泻与品悟的载体，仿若“幽人空山，过雨采苹。薄言情悟，悠悠天钧”，追求情态演绎的自然自如，又试图在语言的经营与配置中培植并熔炼宏大的叙事架构，展开意态多姿、各臻其妙的语言演练，在刻意与自然的龃龉不合中着意抒写她踔厉风发的情性魂魄。

谁能辨认你

曾经来过的灵魂

——《飞不过沧海》

安澜具有诗道的智慧，觉悟的快乐。她的作品应该就是一种自我生命的体察、辨认和验证。《灵魂高蹈》宛如她内心投影与蜕变的立体多棱镜，她无法与自己不可言说的使命《断舍离》：“尘世的爱与不舍／从你的全世界路过／把全盛的你一一活遍／皮囊精疲力竭做最后的挣扎／灵魂，依然不愿／断舍离”。整部诗集共分九辑，内容广袤博杂，形态摇曳多姿，确实是积聚着作者多年夙兴夜寐、苦心思虑的心血之作。因而，笔者也深感难以将诗集中的九辑文字各各切断分离，进行详尽的阐析。它显得过于庞杂纷繁，诗作水准也参差不齐，更有生硬冗赘错失之处。这些或多或少都影响了诗集的整体感，以及作者竭力展示的经年累月跋涉诗路的过程感。

《灵魂高蹈》的每辑诗作无疑都是经过作者遴选的，各具样态与特色，诗辑的命名也颇富文采与意蕴。我以为大略可以用一些有意味的字词来予以提要钩玄。譬如 “让开花的今天　爬上沉睡的高山” 一辑，便以组诗居多，大多用叙事笔调描绘了家族往事与历史兴衰，展现出时代与个人的繁华与寂寥，凸现了一个浓墨如云的“情”字。“我们用乡音裹紧岁月，绑架乡愁／在狭窄的缝隙中惨淡生活”“一个人究竟要走多远／才聚集起那还乡的勇气？”因而它包含的“情”字就不同凡俗，内里不但蕴蓄着生命的温煦与亲和，更包含了作者某种企图借此回返精神原乡的情感询唤与追问。

让每个平简的日子

张鹤而来

闻道即止

——《禅茶一味》

或许“无影树下　两岸风烟俱净”一辑中的作品画风陡转，其诗艺方式与标格如同绚烂之后归于平淡，淡入的正是一个荡涤尘俗的“道”字。

“出世　入世／不显山不露水／日子就这样　清清淡淡／着相　非相／断面不同的是／不用迁就／不用讨好／更不用去取悦　　万物皆睁着眼／见证　行走”（《给自己》）。作者记禅山，致径山，登岱岳，行天目，内观心音，玄览万物，修心致远，完成的正是一场执意好奇的人生探险，一场蓄势待发的心灵修行。在这辑作品里，作者着意彰显的乃是一种置身万物中，心系万物上，将个人内观与实相圆融共构的思想定力，一种注重事物万象的对立性与和解性的营构能力。

由此，安澜借势助力，在“让一首诗缄默盛开”一辑中，诗人直接逼视的都是显在的物象，如“甲骨文”“佛像”“唐卡”“红灯笼”“申窑瓷”“黄蜀葵”等。她这样写道：“你终于可以尽情地绽放了／就像绽放我们的生命”（《黄蜀葵》）。尽管诗人落笔在丰繁多样的物态层面，其实意欲探寻的只是“寥落安静中的自己／就像遇见你　在恰逢其时”。透过一个洗净尘灰、养心凝神的“物”字，作者企图勾勒的终究还是“一个未曾遇见的自己”，一个经由内心修行而臻至完善的自我，那“万千年的悠长／只为你留下蜀地的一缕／芳魂”（《黄蜀葵》）。这一缕持续不倦地高蹈旋舞的芳魂，从“量与质的演化／从有为到无为／顺向思维到逆向返转／每每转折都是灵魂高蹈的提升”。其间最为引人注目的，依然还是暗含着的世相万物之间相互对立、转换和嬗变的一种可能性。

在其余各辑里，安澜“翻过心坎上的山脊　蹚过思绪中的河流”，溯源顺流，铺洒的则是一个领悟生命无常生灭的“吟”字。正像她有诗句所写的，“洞穿人间的枯荣盛衰　思考一个同题”。安澜在日常生活中或许是一个敏感不羁、顾盼生姿的知性女人，她只是被时间催促一味赶路的人，“日子逆流而上／转身便成沧海”，她“一个人／如大地的沉默／积蓄着孤独者的力量／恍惚　醒来”（《静穆的力量》）。安澜的诗作显现出多种多样的精神面影，“照亮荒芜的背景／觉醒的诗魂浮出水面／狠狠呼吸”，时而呐喊，时而沉吟，“用生命的热度／与浮华世俗的灵魂对峙”。也许诗集中仍存有某些雷同赘余的弊病，但作者也只能是竭尽心力，用逐页展开的诗行文字，不懈地纵放自我、熬炼自我、蜕变自我，并且，“洞见，时光之外的虚无”。

我以为，《灵魂高蹈》作为诗人身体游历与心迹的自然留痕，正体现了安澜一种人格与精神转变和主观灵修的过程。她在其中不断地构造不同面向的自我，凸现出一种个体生命的存有状态，一种道心修炼的身体实践。至少，她可以借与时世遭逢的经验以回返自然生命的节奏，抚慰社会历史浮沉镂刻在内心记忆深处的疼痛。与此同时，她又以实有与虚化的对于空间或物象的深彻书写，试图精妙地呈示自我性情的延宕和灵魂化合的样貌。这样一种双重形态的身心交错，抑或所谓此在的存有被彼在的他者所扶持的状况，显然可以成为我们对《灵魂高蹈》的一种强烈辨识。

（作者系上海市作家协会研究室主任、《上海作家》主编 著名评论家）

2018 年 12 月 21 日

[诗评]

骑日而咏

铁　舞

读安澜的诗让我想到一种写作的可能。起初，在她的“安澜诗界”微信公众号里读到《龙腾日月》一诗，同时看到她的诗歌主张：“诗歌是自然流淌的意识流，诗歌是途径现实与灵魂的对话。”我也是这么想的。

从那一刻起，安澜在我眼里似乎成了一个具有超巫性的诗人，我想起另一个诗人朋友，曾称上海是一块“驱巫的版图”，现在我忽然发现，在这个版图上，竟然还有一个人在施展巫法，就有点意思了。

正是在这个意义上，我命名她的写作是图腾抒写。和《狼图腾》（那不是一种建立在共同人性基础上的图腾）不同，安澜的龙腾日月图腾是反映人性天道的图腾，日月是地球人须臾不可离的天道物象，是天宇之物，也是天宇之神。诗人似乎是从直接诘问当下的诗行为（她表示过对当下的诗坛诸多现象的不解）开始的，豪迈的诗句给我留下了深刻的印象。

一首诗究竟要写多久、多长
才能牵上月亮和太阳的红线
绕过多维度的死亡谷
你拄着自己笔直而坚硬的诗骨
在昆仑崖顶与峰峦之间
等待　神女引领着诗歌
一飞冲天

期望一飞冲天的诗人，天然地要去拥抱日月。大凡诗人写诗都喜欢用象征，但把象征上升为图腾，不是每一个物象都能担当得了的。也只有那些心里有大格局的人，才能把日月这样巨大的天体作为诗的图腾。这个冬季，我在她北京的工作室仅仅坐了几分钟，看到壁上有"艺追高远"和"龙腾日月"几个字，心里就升"腾"起了一种想法：必须这么去看安澜的写作。之前，安澜曾发过一组诗给我，原以为只是单纯地让我看看，但我万万没想到，这，竟是我认识她写作的一次重要契机。龙腾日月这个意象侵入我脑海，我仿佛在一个开阔的地带听到了一阵铿锵金属打击乐似的，其间有雨的湿润、风的蒸发，强悍凛冽，图腾初露锋芒。即使读她的一些写家族的诗篇，那一路的诗句"当我们尽量用诗性打量天空／刹那间，三千里高空的一种蓝／指向流年里你我存续的天命／你想要的广阔，足仗一匹马的驰骋／瞥不见的远，陷于风云浩荡的猜想／追溯的不只是家族渊源／还有在鹰的高度飞度今生的悬而未决"，也是一种高蹈的语言舞姿。

再往前，我读到了她的现代版的《山海经》组诗，那真是有点震撼了。

春天里　十个太阳开始复活
在心坎的春巷里
嘲弄一个沉迷于日月之争的安澜
你　何来捅破海底隧道的勇气？
让创世纪神话在此刻萌芽

春天里　十个太阳在奔跑
牵着心头的小鹿 捉迷藏
躲过　路西佛的嫉妒
重返　湛蓝源头的爱与信念
你　直接把日月的命运托付给神灵

春天里　周而复始的太阳
沉浮在阴阳交错的梦幻里
活着　仅用回归寻访来时的路
灵魂　在流落人间的日子里
随遇而安

……

可惜，这里篇幅太小，不能详说。

所谓图腾，就是原始时代的人们把某种动物、植物或非生物等当作自己的亲属、祖先或保护神。相信它们有一种超自然力，会保护自己，并且还可以获得它们的力量和技能。在原始人的眼里，图腾实际是一个被人格化的崇拜对象。龙腾日月，严格地说，龙是人的图腾，日月是龙的图腾。不管如何解释，这是一个整体意象，在我看来是一个三体合一的诗的图腾。

以日月为图腾，抒发情志，并非只有豪迈一路，一首《天月澄澜》读来十分清丽。

月染秋风
想起来漂洗一下芽月
水岸的灯火逼近　残荷
弥香 撕翠千重

泛黄的灯盏如传世秋月
世袭一炉香的空幽
我席地静坐
名色　打马踏破古道
任青丝暮雪如流
天月澄澜——

风烟　绕过尘嚣
我乘烟轻过云波浩渺
凌空飞升诗的月白
以亿万分之一秒的高速

稔熟于心　驾驭

地水火风　在月霞里

波动、消融、漾白一抹诗芽的

空灵——

这首诗让我读到了一个凡尘女子进入灵修的状态，我们似乎认清了这个抱定龙腾日月的女子的灵魂的入口，诗意的出发地。

诗意的出发地，也许就是诗的原点。原点，总是根植于一种文化，而文化是有地域性的。每个国家、每个地区每个民族都有着自己的象征，即使像西方一些非常现代化的国家，掘地三尺，也总会在那里的人们内心深处找到一个图腾的，那是他们精神的寄托，是他们智慧的象征。

安澜的诗，当然也是智慧的。这种智慧得益于她的年复一年的日常灵修。不过，安澜的诗还不能完全归于图腾写作，我只是借她的诗提出了一个有意思的概念而已，这个概念的提出，也不是为了规范她以后的写作。不过，只要她愿意，她是可以走上图腾抒写这条路的。——这可能是一种宏大的语言游戏，被视为图腾的龙、日、月这类词，是怎样指称感觉的，在与公共语言游戏传递时，包含多少私人经验，乃至整个创作是否能成为一种完全的私人语言运作，这是我要关注的。在这里，我要指出的只是一种可能，但已见胚芽。安澜的诗，和上海其他女诗人不一样的地方，就是有一股豪放气度，她会写一些硬性事物，如青铜器、甲骨文……但即使写一段清风，写一段流水，甚至写一段恋情思绪，也和别人不一样，绝少哀怨。

这就是我理解的安澜，她，骑日而咏。

2017—11—27 记于 H.R. 中央公园

（作者系上海作家、诗评人、T·W 技术·智慧写作工坊培训师）

目 录

第六辑　与无形的对手 短兵相接

第九辑　谁是人类最初与最后的主宰

第一辑　让开花的今天
爬上沉睡的高山

我的父亲（组诗）

（一）

村口　中式布衣的父亲
牵着人声　犬吠
押向　古戏台

铜锣响起
那些乡邻的菜皮和脏水
泼来，糊了父亲的脸
父亲被按下头　扣上锅盖
腰杆依然挺直　默默凛然
一个铁帽子
在突兀中　定格

下了台　父亲拨开人群
抱起姐姐的惊吓

回家

注：父亲作为一个世家族长，在“文革”前后屡遭各种运动的批斗、游街，那是一段没有阳光的记忆，也是我的童年。

（二）

我从蹒跚学步
就尾随父亲去　赶海
常有人招呼：“先生　老来得子啊”
父亲模糊地哼哼
用手掸掸我的长袍马褂
就这样　父亲和我的默契
就像海潮一波又一波覆盖
不知不觉的真相①

三百年风云一线潮　牵着
蜿蜒百里的杭州湾
百年归属的荣耀姓氏②
任血液在昔日的海面向着命运蔓延
父亲把屈原的诗句扔进海水
让那种痛　一点一滴
沉入伍子胥③翻腾的潮汐里

后来，古邑街的青石板路
朝北的阁老废邸④一梯一梯被砸开
一盏昏灯里
父亲的小篆　写不尽忧生患世的内心

一叠纸　一方砚的自豪感
成了父亲永不枯竭的　食粮
那些苔痕和生锈的残门环
还有懂事的我　守望
父亲不再和阳光一样年轻的
眼神　把遍地狼烟　穿透

注：①真相：我的童年，父亲一直把我当儿子抚养，直到我上学才还原女儿打扮。
②荣耀姓氏：杭州湾这片海域自清朝到民国一直隶属于阁老世家陈姓世袭拥有与治理。
③伍子胥：传说春秋战国时，吴国大将伍子胥被吴王所杀，抛入钱塘江中。伍冤魂不散，在钱塘江中奔腾吼叫，便有波涛滚滚的钱江大潮。
④朝北的阁老废邸：现浙江海宁盐官，文渊阁即陈阁老府邸，业已恢复原貌。

（三）

梦魇[①]途经现实
最终来不及对话
父亲戛然而止的生命
情同　一声响雷击塌我的天空
我的心在粉碎状中滴血
一直忏悔到有泪

记忆是一束追光灯　尾随
孤儿寡母在刀刃上舞蹈
没有碑文的目光 在浪尖上翻滚
我把文字当成猎枪
整夜整夜地守护着
脚底下这片历经百年风云的废墟

闪回　那些坚毅顽强的每一个表情
如同每一颗子弹
行将穿透我支离破碎的心房

我从千万次愧悔中救赎自己
父亲那站立的决心　不败的信念
教会我活着与过去握别
让开花的今天　爬上您沉睡的高山
女儿一样可以继承山的样子
撕碎时间　也许就在此刻
阴阳两隔处已是万里风和

烟水不知人事错
戈船千里②
父亲掩埋在骨子里的牺牲
遗留给时间与海水来发现
一只海鸥飞过　掠过风暴
从您眺海的天边　淡出

注：①梦魇：父亲离去的早晨，我于梦中看到父亲被人一枪命中心脏惊醒，起来看到父亲在泡茶，我想说梦境欲言又止。父亲咳嗽去医院打点滴，在医院死于青霉素过敏……诡异莫测的梦与现实时隔三小时。

②烟水不知人事错　戈船千里：引用徐灿的词《青玉案吊古》："烟水不知人事错。戈船千里，降帆一片，莫怨莲花步。"

（四）

——致父亲节

来自西洋的父亲节
默许了现代消费的时尚
新的感恩方式
给了子女们一个孝亲的机会

父亲　是我心中的一尊佛
我在佛前观想　打坐
沐浴您宽厚的手掌　一遍遍
在我灵魂深处　摩挲

钱江潮啊，那一线怒吼汹涌的
不是金刚的愤怒
那分明是您赤子滚烫的灵魂
您用春晖老人①的传世墨痕
浸润于时光的栈道
让三百年前的记忆在波涛中
再度　闪现

父亲，您深邃的目光隔着时空
默诵　那江南文脉里的一袭心经
同时　也把千年风云里的钱江潮水
轻轻
轻轻　安澜

2016.6.25 于天易斋

注：①春晖老人：陈邦彦(1678—1752)，海宁盐官人。字世南，亦作思南，号匏庐，一号春晖，又作春晖老人。清代著名学者、书法家。

我的母亲

（一）

掬一捧尘土飞扬
唏嘘　烟云旧事
暗自成殇
在随意一瞥中　窥见
生命是一场不可预见的颠沛流离

您说　万物都泛着光
走吧　孩子
生活不尽是如意
拐弯处　定有阳光

故乡的五谷饭香里
我　躺进母亲的月亮眼
被母爱的气息包裹
那敞开的门扉
长满　夕阳拉长的日子
在每一个黄昏
燃起千年不灭的渔火

历劫沧桑的眼底

无论哪一缕月光的纹理
都会让您豁然开朗
抚摸城墙上的残砖
安详如历史
所有宏阔在内心　守望

（二）
——生日致母亲

母亲　一直在我心里
从来也不曾远离
记忆中的点滴和母亲语录
没有随时空褪色
从此　昭思在菩提树下
越过尘缘繁华

翻阅流年
有多少温婉路过多少无怨
拓展广宇
苦难正与幸福交换
唯有风在缠绵
如何修复那些记忆
让菩提心在苦难中　植入

我在失声的怀念中　超度
顿悟于一念间　若水穿尘
母亲横亘天宇　沉睡成逝水无痕

流年的一切　　就像

一场梅雨落下荡然无存

母亲一生布施妙手仁心

惠及　我今夕佛前点灯

莫问　慈恩有多重

结草衔环　情丝绕成藤

何以抵达

2016.6.23 于天易斋

童年往事

怀旧是一种慢性的蛊毒

人到中年后　在夏夜里悄悄蔓延

从指尖到心头　攀爬进肌肤

每一寸　　都萦满荒凉

萦满童年往事

一群孩子嬉戏几只蚂蚁　拼命

抬起硕大一颗桑葚核

瞎眼婆婆在桑树下　乘凉

一滴鸟屎落下来　和桑葚一样柔软

皱褶的嚅唇　品出别样的风味

无端哄笑成一锅

悠闲的大黄狗蹲伏在草垛里

盯着天井里的大方斗篷

时而有海鸟伴着闲云　鸣叫
是谁　在主人的脚步声响起之前
噼噼啪啪点燃麦秸秆子
染红农家灶台的日子
谁敢说　这不是生活的自然状态？

流着口水 闻饭香的日子
昭告天下
转身就两千五百年
弹指即破

2016.7.23 于天易斋

营役于春节习俗中

走进一声声稔熟的新年问候中
我犹如一个遁世还俗的人
重复着无数遍的节庆词汇
春节富足又喧嚣　到处是人声鼎沸
铺张各自存在着的指向
我只能用夸张的口福填补空虚
营役于习俗中

想起连续七年春节闭关时的缄默
洞察微暗身体里明澈的彷徨
长啸的风牵起古远的心迹、三潭印月、六和塔
延展着苏堤、白堤，还有断桥不断的风月……
我马不停蹄地获得传承的根系

失散多年春节，犹如接受一份馈赠
潜行于神明的边界，承认自身的局限

有些事来不及惊愕，突然造访，就像
泰山登顶，子时财神驾临，三百年茶膏醉今人
就像莫名其妙与人同频，有人说她是天仙
而我茫然无措。到底，什么是我们触手可及的？
什么是人类不可逆转的？还有什么是我能够指日可待的？
理想到底要途经多少的窃窃私语 才得见天日？
我循环问自己，与究竟　擦肩

2017.2.10 于漾月轩

你的柔情融化在我的眸里

——写给徐灿[①]

今夜　就在这文渊阁里醉一回
等待那个倚在时光里的才女回眸
杨柳岸　谁的琴声乱我流年
洇一笔绕指的缠绵　诗酒当歌
遥想　蕉园五子的盛名
哪敌得过你《青玉案》里的吊古幽咽
钱江潮头的家国风云翻卷了　三百年
戈船千里　怎奈何一江相思
古来世事如棋
赢又如何　输又如何

今夜 我便是那倚在你工笔画里的女子

你的柔情融化在我的眸里

暗弹一行清泪　用时光煮酒

莫管那花可解语，哪管历史孰是孰非

只想和你共填一词《踏莎行》

把那钱塘的潮汐　吟到枯干

把古邑街的夜空　吟到最寂寞

2016.5.18 于天易斋

注：①徐灿：明末清初女词人、诗人、书画家，为“蕉园五子”之一。工诗，尤长于词学。精书画，所画仕女设色淡雅、笔法古秀、工净有度，得北宋人法。光禄丞徐子懋女，弘文院大学士海宁陈之遴继妻。从夫宦游，封一品夫人。

面对死亡

——阁老之殇

这里，一直是他守望的家园

为此，他殚精竭虑

当黄昏降临

他看到温暖的夕阳

海平面之外，或许才是他的真正家园

他无法计算出

这个家族，避过多少的劫难

吞食了无数的长夜

才侥幸换取这片刻的安宁

在这片疆域上

盲目恪守的尊严和书写的荣光

于时空的经纬度里

吞噬着蛊毒

弥留之际
任由你呼云唤雨
载他的白马嗒嗒而来
不听使唤，更不会有片刻的停留
面对死亡
带给人的平等和自由
功高不过盖世，过错不过放下

2016.12.12 于漾月轩

清明，回乡的路越走越孤单

这个世界上最疼我的人走了
妈妈没有给我留下金银财宝
却把她的语录摩挲成我的经世宝典
让我渐渐明白
我头顶的白云也曾闯进妈妈的梦里
阡陌芳径还留着她踩下的脚印
那些蜜蜂用方言读过的菜花
随时嗅出，未曾与我分离的童年
还有妈妈用花粉浸染的粗布
现今已成了失传的时尚

清明，回乡的路越走越孤单
那湾淌过我脚背的潮汐
常常还奔涌到我梦里

可我已然分辨不出儿时的海堤
不再尝到新鲜泥螺像菜花黄得流油
我用妈妈的药典　试图
掐算风向与泥螺土味的成分
我发觉所有的规律　在失衡
沉甸甸的故乡不识愁滋味
妈妈的心经成了古老的孤本
印上故乡全部的风景
只镌刻在我的心灵

我相信，故乡在我离开以后回头打量
人类的迁徙是否有点不明觉厉？
而此刻，时代之于一个人的感受
布满张皇　土地　家园　房屋
还有乡愁是中国人最坚固的信仰
乡音，传递无休的是柔软
不容丢弃

2017.4.3 于回乡途中

又见清明

又见清明
祭祖，渐渐成为一种仪式
敬畏之心与踏青还乡
定格在形式主义的将信将疑上
纸钱，开成大朵的袅袅青烟
隔着阴阳兑现牵念的亲情

清晨，我焚香诵《地藏经》
长明灯合着持诵的波频摇曳
我隐约看见谛听驮着一座琉璃塔
如文殊骑狮子，普贤驾白象
在不可思议的显象后　淡出

现在我只需要求证一下祖先
诚如春风拂柳菜花黄一样
我一遍遍偈语辞颂　回向
念动一首诗的云台高阁
和昆仑雪山乔戈里峰的神秘

深夜被神灵之翼扑醒
我听到自己血液流动的声音
清明梦用半壶清明的酒
将地狱之门洗净

2018.4.3 于漾月轩

飞度时空三百年
——致郑成功后裔郑文宏先生

我们想用一顿午餐的时间
飞度　三百年的日月

透过状元楼[①]的菜单
看见，被旧纸片定格了的亲人

蘸着明清[2]的佐料，拌着凉菜
将杯中水酒，化成火焰
飞度舌喉第一阵
一脉相承

你和我　从海潮浪尖高处遥望
谁也没有轻易把自己交出去
交给大海的身躯，灌顶的日落和日出
有谁看到他们浮出水面的头颅？
唯有灵魂，在诸神的窄门前
飞身泅渡第二阵
仗剑天涯

每一道菜肴悬在圆桌边缘
时空蹲在顺向旋转的绿芽上
总会与浓油赤酱的红烧肉，相得益彰
绵软的糕团，粘上哲人的思虑
与柠檬水，冰释前嫌
我照见，屠刀收割的剪影开始泛滥
在体内旮旯里休眠的每一条河流，骤然醒来
飞度海谷第三阵
守望相助

当我们尽量用诗性打量天空
刹那间，三千里高空的一种蓝
指向流年里你我存续的天命
你想要的广阔，足仗一匹马的驰骋

瞥不见的远，陷于风云浩荡的猜想
追溯的不只是家族渊源[③]，还有在鹰的高度
飞度今生的悬而未决

注：①状元楼：青浦朱家角一个名叫“樟艾居”的生态庄园里一个旧楼名。
②明清：意指反清复明的逸事。
③家族渊源：台湾郑氏（郑成功一族）和海宁陈家，在明清时期创立红花会、哥老会高举反清复明的大旗，有解不开的神秘渊源。

2017.3.21 于漾月轩

书剑合璧

——致金庸《书剑恩仇录》

黑夜还原了白昼
你还原了书剑恩仇的过往
我的内心，打破常规
想还原书剑合璧的皆大欢喜

我们面带桃花，回到泛着秋水的叛逆
那些命运的荒原只向苍凉处敞开
多少理想还带着戾气
你相信，秘闻的野史比真相更有趣
我决定，拨开你所忽略的史迹
还原终将消弭的存在

在洪门[①]中，投射书剑的恩仇快意
历史向前，故事向后
红花[②]摇曳在风云渡口
从百花错到奔雷掌[③]

从柔云秀才到铁胆智谋④
从一个暗喻到一种手势
剑胆琴心无迹可寻却追魂夺命⑤
你想匡扶飓风中倾倒的一棵大树，却改变不了
历史碾压过的辙痕，还有心灵的崩塌
我抽身旁观，躺在安澜园的废墟上祈祷
依然不能改变血液里
来自钱江潮源澎湃过的基因

我们用乡音裹紧岁月，绑架乡愁
在狭窄的缝隙中惨淡生活
拿着唯物之上的价值注册日子
灵魂在没有书剑的理想中发霉
我打算衣锦还乡的那一刻　开始
忏悔　与时光奔突的流亡

2017.3.22 于漾月轩

注：①洪门：洪门起源于“汉留”，经由南明东宁总制使陈近南先生，后传至郑成功所部，为明末清初的秘密组织——洪门，又称红帮、天地会、三合会、哥老会等。金庸笔下的红花会意喻洪门分支。

②红会：意指“红花会”，金庸笔下的一个反清复明的民间组织。

③百花错、奔雷掌：百花错是一种百花错拳，系红花会总舵主陈家洛的拳法，奔雷掌：雷霆万钧、迅猛无比的掌法，系红花会四当家文泰来的掌法。

④柔云秀才、铁胆：红花会十四当家余鱼同号称金笛秀才，使用柔云剑术；七当家徐天宏使用铁胆之技。

⑤追魂夺命：无尘道长的追魂夺命剑扬名天下，震烁寰宇。

阁老祠堂

——记盐官阁老祖祠祭祀

海宁陈氏，起于明朝，入清以康熙朝最盛，雍正朝次之，乾隆朝后渐衰。陈家中榜频仍，或兄弟、或父子、或叔侄同榜，在清朝以科仕声震朝野，故陈氏有一门三宰相之说。自16世纪至19世纪末，陈氏共出进士32人；官居尚书、侍郎、巡抚等一、二品大臣者13人；卿寺、道府以下各仕者逾300人。

海宁陈家不仅世代簪缨，且家学渊源。“查诗陈字”名著海内。陈家除书法造诣深厚外，在戏曲、诗词、围棋、藏书等方面皆有成就卓著之人，被誉为“东南显贵世家”。

安澜作为海宁陈氏后裔，自小随父清明祭祀，乃闻家族逸事之多，载于杭州湾传说。家族衰落，面目全非，祭祖心愧成断念。此番小女自澳大利亚回国探亲，家姐有愿心祭祀，遂促成携亲带眷还乡祭祖。故有盐官阁老祠堂祭祀一文，记以念之。为使看官明度史料，具文小引，以飨读者。

（一）缘起

放下了三百年的风光与沉重
却放不下一颗思古之心
横陈着十一世的金漆牌位
镌刻进明、清尘封的心里
从喧嚣到沉寂
又起波澜

文渊阁的灯盏　明灭难消
一页野史在悬念的簇拥下
从失落的安澜园到古邑街
沿着传说的方向
回眸，招手，或者拐弯
气息流淌没落贵族
残存的最后一滴血中
从死到生……
祭奠，浸透着敬畏
我燃起香，　等风起
让风骨与风流，闻风而来
在我指尖一厘一厘蚀骨，攀爬

我隔着维度参拜
以白衣的苍白向香案和世祖们
作揖长拱，三叩九拜
穿越灵魂逼仄的寒冷
青烟的舞蹈
还有燃烧之后的灰烬
等来　与你在时空接壤处　攀谈
作为家族成员之一　无论我如何地努力
在耗尽阳气的人间　浓墨如云
还有什么能成为我这弱小女子
必争的理由？

（二）怀想

透过幽幽清光，风至骨骼，脊柱
不戴任何面具地无缝对接
在今夕与往昔纵深处
总有一些逸事，绯闻掩饰不住
无声张狂的锋芒
任流言蜚语，于天上人间驰骋

记忆，以蝎子之毒蜇醒时光
苍茫，已然陷入鬼神难测的追溯
是谁喝醉了千年孤独
信手想颠覆这一切，包括死亡
谁还能拾起那百年的荣宠
怀想还在穿鞋
现实就已经走遍了整个浮世
我只好来借取一面镜子
试问：先觉将如何控梦？

再拜　　无边的肃穆袭来
检索到通灵的脉搏
我瞥见，一尊尊大神复活，起立
纷纷步下了祭坛
轮番，诉说那段曾经的波澜壮阔

自檀树坟①的风水中一门中兴
再而三地扩延了阴阳鱼的边界

从三朝阁老到世代簪缨
一砚墨法[2]浸润陈氏书香
八股文，写不尽宦海沉浮
江月万里，终究是流转中的盈亏
纵然你，使尽浑身解数
难免　自然如斯的更漏
从辉煌到落幕
只是一段心的距离

（三）入梦

这个海岸曾允诺的蓝图已发白
彷徨中　坠于时间的缝隙
任由心向着海的深处
看　乾隆与金庸携手登场
秘闻　蘸着筠香馆[3]的水墨
让谜案扑朔于钱塘的浪尖上
唯有持戒而立的罗汉松[4]
奉着秘密，痛饮岁月复而无怨的心跳
以光的速度投射进百会穴
在眉心的秋月里　开出信仰
谁叫这钱江潮源的骚客太多
繁华与寂寥　总关风月

展开，故事太长。梦太短
“躬劳著训”[5]还高悬在双清堂
至亲，恰如深居幽梦的祸水

难以摆脱月食。火焰。箭镞。刀俎
即便你总摁住心脏也无济于事
天亮之前，把梦唤醒
溯源之心如一滴朝露
先于乾坤若定中、彷徨、夭亡
天下奥秘莫过于斯
长歌与长嘶在同一天平上称量
劫难，被细化成世俗的法度
安澜，按不住日复一日的惊涛

繁花拍岸，转瞬间的来回
水光。月华。牵着的尽是离愁
典藏血腥与沧桑
沧桑的不是历史，是生命的本质，人性的真实
只有生活　在迷失，迷失
迷失　方寸之间

（四）梦醒

太阳，一旦在历史的阴影里背叛
一切危险的事物必将日盛一日
一线潮的原痛
有时超过了大海的涌动
在奔腾与骚动中
提防着，俗世的无常
退潮　一泓平静

方外，你谋划过的临官与帝旺[⑥]
在游人如织里　你可知
苍远和深情的忧伤都驻足
在这里
活着，就是完成一天的日落日出
看水木葱茏，天光青远……

堂前的石榴树上挂着一翦俗风
吹散阴影里的往事
我看到枝丫苍老的手指上
纠缠着无数夕照的伤痕
树皮沉默寡言，绽开一片粗粝
萌动，或者叩拜慧根

（五）光景不再

湮灭了多少个朝代的幽远足音
踩上今夕的潮头
没有人在乎你的姓氏
你从哪里来，将去向哪里？
褪色。遗世。元气耗尽
墓、绝、胎、养[⑦]一再地陷入沼泽

你打马过的城隍庙里
如今香火，求的是财源广进
古邑街风情，划伤青石板
乡愁，竞相出没于袒露的时间之上

一个人究竟要走多远

才聚集起那还乡的勇气？

我以沉思的方式告别你，

双手一再举过头顶 ，合十

指尖，渗进一缕光

和一抹夕阳一起舒展温暖

从不放弃向善的信仰

许多远古的垂爱　在翻飞

我的苦难、卑微、怯懦、自私，纷纷落马

抬眼看，矗立的门楣

已经把历史兑换成现实

妇孺皆知

（六）城市化蜕变的诘问

俯首间　生命有形也虚妄

此岸与彼岸，风叩石头

让所有具象都无形

远方，从高处落下

春水发芽，流遍华夏

通天的车水马龙

一片片田野被收割

城市化的钢筋和混凝土

围成的冰冷丛林中

浪潮奔涌而鲜活的故乡

俨然没有了颜色

只有喧嚣与不复原生态的存在
一切被打上标签的旧物和俗理
正悄悄地离开人的视线

变迁中追溯历史的风影
没有停止地走进去，又走出来
我灌了铅的头颅
像一座即将垮塌的城池
倾斜，倾斜，再倾斜
来回很多年
翻遍，那些熟悉的街道
潮湿的角落，所有的乡音都已改变
只好打开儿时偷酿的思念
看看腌了半辈子留存的乡愁
能否对抗伍子胥⑧的一怒狂澜？
可曾征服一线潮的烟波浩渺？
钉在蜘蛛网上的记忆
犹如一幅画，流芳一卷童谣和蝉鸣
牵手，天地一样辽阔的暖阳
鹤飞九天，今古沉沦

（七）呼喊乡愁

思绪溯流而上，寻找源头
当太阳把大地的黑色心事揭穿
我们能否在一瞬间
辨别似曾相识的潮源

当我与先祖们打过照面
一颗心飘零了那么久
袭染的焦灼与不安，欲望与诱惑
刹那，因你得以宁静和安详

盐官，杭州湾道不尽的传奇串起古今
潮汐里，陈字查诗⑨入乡灵
千秋文脉嵌进《诗经》的骨髓
我果真需要用一把利刃
刺穿过去，割开世俗的欲望
让孤独和使命绞在一起
痛彻进名利与荣辱的纠缠
丈量出现实与理想的距离

有没有一双手
可以抹去你脸颊上一块块黑斑和杂草
让柳如烟 ，松入云，云如梦
给堂前满院子的传说
腾挪出一星半点的乡愁来
为一句乡音，成为永不枯竭的粮食
吟诵一首诗
若有可能，将乡音俚语录在香案上
作为可以铭记的烟火
晨昏供奉？

2016.12.26 修改于漾月轩四稿

注：①檀树坟：海宁陈家始发端于一座坟茔的风水。
②墨法：陈家书法以陈邦彦为代表享誉海内。

③[illegible]香馆：陈元龙的书房。

④罗汉松：双清堂前600年的古树。

⑤躬劳著训：清雍正皇帝题给陈家一品诰命夫人的匾额。

⑥临官与帝旺：周易命理的术语。

⑦墓、绝、胎、养：周易命理的术语。

⑧伍子胥：传说伍子胥被吴王所杀，抛入钱塘江中。伍冤魂不散，在钱塘江中奔腾吼叫，便有波涛滚滚的钱塘江大潮。

⑨陈字查诗：明清海宁有陈家的字、查家的诗著称。

第二辑 无影树下
两岸风烟俱净

禅山记

一辈子很短
时间只够我们用来去爱
倘若　将世间的繁复尽数抛开
心里的小鹿丝毫不肯懈怠
我用月光蓄养一朵雪莲
于无声处　听见
大颠和尚解着《心经》
是大神咒把一闻千悟的你
揭谛 揭谛①

一天太长　目极绿水无波澜
业已起身向光阴做最后的告别
尘世繁华　最美不过是水月镜花的刹那
貌美如花　怎敌得过岁月不动声色的生灭如法
你独坐黄花上　只活当下
在飞龙啸月 光化合明中　体验
菩提无我出六尘的逍遥

那不甘寂寞的一剪生命
一念般若②月轮穿海水无痕
无影树③下　两岸风烟俱净
禅山度了何人？

2016.5.16 于天易斋

注：①揭谛揭谛：梵语译：人法俱空。
②般若：梵语译：智慧。
③无影树：大颠和尚禅语，指极乐世界。

禅茶一味

天目山一夜的梅雨
褪尽春色
梅枝上的心事
等待一次邂逅中发酵

沉香炉里的轻烟
摇曳经幡芭蕉万卷
默参起　乘流遇径[1]的唐宋法脉
千年云水里的禅茶一味
鲜芳如昨　侵入
我骨子里

一盏茶
抚去烟火纷扰
从此　喝石岩上碾茶参禅
不必执着池成月来[2]的明阔
一时蒙昧的惶恐
心念之间
清风明月老去
而我　净心林野
让每个平简的日子　张鹤而来
闻道即止

2016．6.13 于天易斋

注：①乘流遇径：唐国一大觉禅师法钦遵师嘱："乘流而行，遇径而止。"
②池成月来：禅宗坐禅打开天目的过程，月即天目，亦称莲花。

诸相离（组诗）

（一）

——致径山

径山寺的禅风延伸到山上
就是一垄垄茶树
从前有个山僧采茶　供佛
顺便把话头留下
吃茶时　又把话头捡起

对于禅与茶的话头
自唐宋疯传立宗　临济
引来无数禅师　高士竞相传颂
只有风让它东渡重洋[①]
崇仰

山径洞明的禅茶
已然诸相离[②]
无论你如何地朝拜　参悟
更多的话头
隐现在人群中
随处当下　立见真如
却浑然不觉

注：①东渡重洋：日本禅林来源径山虚堂法脉，传承至今，是当今日本禅林的主流。
②诸相离：典出《金刚经》十四分曰：离一切诸相，即名诸佛。

（二）

——致诗友黄晓华

一个人的付出
注入一群人的喜乐
不必探究你诗意的轻灵
佛曰　负有不可言说的使命

无论是诗歌发端的飞扬
还是岁月一路的铭记
此刻　你仅仅是这群人的引航大哥
一杯酒　一盏茶　一个蛋糕①的张罗
催生着过去　现在　未来的感怀
念念无住的妙有欢喜

天目山的诸相离②
掀起了海上的诗相波澜
唯有你　过山　蹚过烟云
忘了回家补个觉
在写与非写之间　灼灼其华
唱和　山涧　鸟鸣　竹涛
半夜醒来
从烟云居到四季全景台③
究竟无相

注：①感念晓华兄和众诗友的盛情，在端午诗会期间为我们三诗友贺寿生日（三人的生日分别为前一天、当天和后一天则戏称：过去、现在、未来）。

②诸相离：《金刚经》十四分曰：离一切诸相，即名诸佛。彬勇兄作《诸相离》酬端午诗会，众诗友以同题诗和之。

③烟云居、四季全景台：晓华兄分别在天目山和上海的书斋名。

（三）

——致诗友沈彩初

刚刚才从天目山出发
回头　看到水墨黛山中的依稀挥手
我明白　水墨之中
有山清水秀　鱼儿沉浮
间或　还有两个前朝的陶渊明
在垂钓

一群鱼游来了
大多数从水底溜过
少数被鱼饵诱惑上钩
我驻足的这池塘边
被动介入了　人鱼竞食之争
试想　究竟是人在钓鱼还是鱼在钓人
最终　都摄念
于青衫的远山之上

后记：天目山端午诗会得到了诗友沈彩初先生的照拂，在此深谢！

（四）

——给自己

低头告别过往
喝完这盏茶　心就该起航了
莫说这世道的诸多薄凉
茶盅里煮沸的尘心

和远山上的鹤影一起私奔

告别那个前朝的遗老
在放逐了名利的人群中
窥破　过往一如流水 浮云
以为心与物的契合
不过是语言和生活的苟且
于虚妄中
我借以写诗 打发时光

出世 入世
不显山不露水
日子就这样 清清淡淡
着相 非相
断面不同的是
不用迁就
不用讨好
更不用去取悦

万物皆睁着眼
见证 行走

2016.6.16 于天易斋

谛听

是谁？

潜入无边扩展的荒原

谛听

内观心音

灵魂蜉蝣一样层层渗透.

层层渗入　岂止是肉体

心行如波荡涤　分化

亦如我的执着　注定

坚守一段禅的波频

眉月　莲花不期而至

最妙的特写捕捉　契入

最贪爱的时刻

是谁　端坐莲台明月里

一页页翻阅李白的狂放

将婉约的词令挂上桂枝

一枚词心落下

于我的眉间缓缓消融

我是谁　谁是我

静坐的那个人

忘了谛听

2016.8.24 于天易斋

泰山禅院

——访泰山禅院有感

低首垂眉，虔诚地来朝圣
仰望空渺的高天
迟暮中我似一叶孤独的雪片
一些碎碎念和些许欲望
如风，爬过眉梢
在我看着的枕边，或梦里滑落
修行，一场没有唏嘘的烟火
不远不近，悄然落定

掌心里握着的尘埃
把今夜的丰盈，统统虚无给了禅院
我祈愿，泰山做证
不管山花红透多少遍
不去西藏持咒
不去东南修禅
我只在当下抱住整个俗世
活出妙觉精彩

什么妖魔鬼怪，统统搁置天外
泰山在心的角落，崛起了
一座本我的城池
昭然若揭

2017.1.22 于东尊华美达

在泰山

——拜谒碧霞元君

翻山越岭的碧霞和飞云一样的过客
在石碑上，思古怀旧
泰山依旧，云霓皆无
独留下孤鸣的暮雪千山
玉皇顶，盘旋的尽是天界的涛声

关于往事，你可曾记得几何
霞光剑是否挡住了打马而过的书生？
深陷的迷醉　　在这里
辽远、苍茫、　缠绵，转身皆成云烟
在荒草面前，我捡起记忆碎片
风　穿心过耳，卷起久远的丰隆与峥嵘
谁在我的他年，历数风云
有意钩钓那绵延腾跃的天街

天门洞开，五岳独尊。
这落霞“我”双，耸立着的、遗存下的，都是天尊——
我在这深冬的天都迷醉
凝望古道的空阔
忽觉　了然

2017.1.22 于泰山脚下

天目山行

顺着山涧翠鸣的节奏
仿佛从《诗经》里走来
一尾竹就抓住了我的心跳
我闻到了风的气息
诗歌意象的翅膀
嗅它的芳香植满神经

它神秘的眼神
消融了夜的琥珀
覆盖我的青山绿水
神说　世间万物
不能对一只鸟的飞过
熟视无睹
我点击手屏
让文字在指尖上跳跃

我的天目布道隐喻的星子
还有一条邀月的江河
时而涨涌的潮汐
汇流到疯子的脑际
顺着千年古树受孕着床
一涧冰川　　圣洁
洞开

2016.6.12 修改

一场蓄势待发的修行

——禅源寺

终于　渐行渐止
走进一场执意无妄的出行
与这海派时尚的魔都
形成对比色
一声：阿弥陀佛
禁止了　物欲横流的白日梦
终于　可以放逐自己了
走进木鱼中　在溪滔的天籁里
一个人静静地　听着心跳

心　渐行渐远
我不害怕迷路　因为无路可走
观每一个出入的呼吸
被穿梭的念头　呼来唤去
落定后 西天月的光明
那种神游天上人间的澎湃
成为某种穿越的秘密
此时　只需一动念
我就原路返回

2016.6.9 于烟云居

径山寺

东天目清峻的山峦
响起竹海幽篁里朝圣的脚步
多少个 360 度的转身
才参透径山禅道

池成水满月自来①的密中之秘
任由茶盅　听风饮雪
几番对话抵达　　禅悟
几度转念的拿起与放下
于共振中消融禅风里的唐宋

多少无象静照和南浦绍明②的问禅
才有东渡云水的《禅兴记》
多少个石溪心月③的妙善弘播
成就了茶禅的这座奇峰
千万别说　不过是拿起放下的一转念
这世上有几人能敌得过无常的生死轮回

人生境遇
不过是一场执意好奇的探险
走不进也放不下
澄明空阔的洞若观火

2016.6.13 于天易斋

注：①池成水满月自来：即坐禅开天目的过程，月即天目，亦称莲花。
②无象静照和南浦绍明：分别是南宋时来问禅的日本高僧。
③石溪心月：南宋径山第 36 代住持禅师。

悠然沉香

有种沉迷与记忆有关
千万年雪藏的那座山
在古琴声里，突然醒来
一缕烟波　婆娑优柔
沁人心脾的呼吸　通天彻地
把我度出人间苍茫

围炉闻香　温一壶沉香水
泊在岸与岸的彼此
对饮，酩酊
神游，方可款曲通幽
万古绝尘的秘香
袭如一片清涟
没有荷花，亦如佛经

你，所到之处
千丝万缕流溢 如水迸发
细节在体内优雅　沉香
一场彻骨相思
在蔓延

2017.1.2 于漾月轩

悠然真如

你很难看出我身藏的水岸有什么诱惑
事实上，我一直都不知道自己想要什么
直到看到这片似曾相识的水岸背后
猝然冒出一个幽远的词
近乎胎梦乡源由远而近
潺潺流淌过我的前生今世
粉色的月见草和一丛丛白色野花
低迷颔首，醉心于潜修静待的光阴
那些绿篱笆倒是吸足了阳气
还有几枝蔷薇探出头来
误以为红杏

我开启青草池塘的乡源幸福
沉迷慢生活的当下
宛若一个得道高僧　静坐
在一盏茶里体味拿起，放下的
悠然真如
我这一辈子的财富，莫过于
守在这唇齿相依的舌尖上
感知素心寂静的清凉
把控时光的杯盏里
点水云杯，打开身体，对饮慈心
哪顾得上世间的欲望与名利

我枕水而居，蛙声漾月

消融于心如止水的水墨青浦
浸淫，迷醉，入魔，走火
有常的柴米油盐，虚无成色即
是空

2017.5.14 于漾月轩

一柱擎天

奇楠，沉在水中，深陷淤泥而不腐
你的青春深藏千年回返生命的
温柔，挡不住暗香袭来

焚香，一柱擎天，和时间
瞬达宙心，孤烟直，无处不在的
光纤，越过敦煌。浮世生命被彻透

神姿，摇曳满堂彩。我窥见神女
曼妙，与你共舞，就这样亦真亦幻
故乡，近在咫尺

归途，遥遥相望了千年，我坐化孤独
引渡，越无疆。如水流年落下来
变成珍珠，照见贝壳一生的圆满

2017.8.8 于悉尼

宇宙伏击战

人体小宇宙，对应那些天人合一
银河舰队和宇宙联盟全体出动
与我佛魔夺魂，道统相向
我缴械投诚，暗度陈仓

我身作苦囚，心越藩篱
偶遇上师开示，上医疗愈
我乐破执念，朝打八百
暮歼残知败文

在人间我白发疯长
容颜渐老的绝望全是证据
虚设的皮囊里灵魂游弋
想尽办法由百会　突围
天眼观多维视界的苍茫

我在一束光的源头
分辨伏击之后的
隐喻
天承法脉，何以为继？

2017.4.29 于高铁上

灵魂高蹈

我的灵魂高蹈时光
在梦里
曾几何时调频到了漾月轩
我从高频的晨光里醒来
每一天都有神的指引
落地开花

享受心神合魂
我的 CPU 开始重新序列
神格代码升级
一曲高蹈的灵魂
下载具有人性提升
神格华美的乐章

量与质的演化
从有为到无为
顺向思维到逆向反转
每每转折都是灵魂高蹈的提升
时空。平行。或者别的……
一刹那　如是观照

2016.1.6 有感于漾月轩

还原一个皆大欢喜的叛逆

闹铃，每天黄昏披上袈裟
细数鼻尖的游丝，坐化了孤独
在隐晦处剖析、分解和消融
一阵阵晚风如流
正在滤清我身上的脏腑和器官
脉络奔涌的心迹一览无余

我用指尖点亮万物的心灯
正接引光影静默处的茫然和疑问
生疼的世界在触摸一个天体
实相的震撼时常爆破命运的神经
百千回江涛滚滚冬雷雪，撼不动
轻若鸿毛的一波颤动

我只是随波逐流求索
感恩这宇宙神秘如初
诚如，长河浩渺，而核心寂灭——
粗鄙的个体，自然抽身而退
还原一个皆大欢喜的叛逆

2018.3.10 于漾月轩

内观，与心的实相和平共处

有一种相遇不在路上，只在心上
我在一呼一吸中瞥见你
毗婆舍那[①]
试图轻松越过 2500 年
此刻　我正抵达心境地
身处万物中，心于万物上
我能做的
始终只是隔岸观火

拥一种无声的静美
觉察自己内在那座孤独的城池
正不断倾覆习性的种子海
趋之若鹜地泛涌，生灭……
内观，与心的实相和平共处
善用一颗平等心
答案定慧在寂静中
没有时间性的“空”经由内心
觉知，你能拥有哪些的可能性？

世上最强悍的是自己给自己的心
动手术，而且不用麻药
我以遗世独立的从容
重新序列身体的地水火风
一寸寸地滤清杂染
用痛彻肺腑的爱来致敬历劫苦难的心

业一瘸一拐地走出我的身体

直到心把“我”赶出时间

2018.2.26 于漾月轩

注：①毗婆舍那：谓正观察（内观），禅修中“闻思慧”的修观法门。

人性的和神性的存在

我怀疑神性是否存在已经有日子了

有时候把这种怀疑与信仰联系在一起

人性的意识就摧毁了

神让我放下，我就是放不下

“执着”一个玄虚的感觉

迫使我在纷乱的人性中搜索神性的存在

人类早就不考虑活着的什么意义了

而我还企图活在寻求的意义里

人到中年，时限的那个发条被拨动

额头皱纹唤醒的是记忆碎片

寂静长夜，闪回的神性向我包围

我节节后退，靠在人性思维的火苗上

此刻，我面对大神虔诚祈祷

身体真实的疼痛是否可以适可而止？

愿力多大神性就有多伟大

一想到神力助愿，疼痛立马就没有了

我不得不承认人性对死的恐惧无处不在

在梦里，我看着自己的手

像神一样，在自己的肚脐眼处吸附着
我专注一个黑色的丹体精灵从脐眼里出来
沿着我的手心到肚子周围溜达一圈
挑衅我一眼，又折回脐眼里去
我寻思，这个不怀好意的家伙
迫使我在人性之上观摩神的存在
我迅速检视体内沉浮的洪荒
人性的和神性的，在一刹那
和解

2017.10.22 于泰然居

第三辑　让一首诗缄默盛开

甲骨文[①]

刻在摩崖上的文字
循着禽兽的遗骸翩翩起舞
羊和鱼煮熟的味道
发现　被一窝窝蝼蚁侵噬
沿途还留下一地的口水
证据

顺着洪荒经流
在龟骨，碑刻，竹简，棺木，锦帛
之间
象形符号露出被盗用棱角
开始串入华夏的殿堂
不被记载的神话众说纷纭
在未经允许之前
经由千里马的征途
从高原到草原，雪域入平原
随虎啸鹤唳开始传播

祖先们埋进厚实的泥土

地球亿万年的冬眠
甲骨文自远古走来
远离原始山顶洞人
在夏王朝的游历中奔涌
心落商周的文明
洗净万千年的尘灰
民智日开

2016.7.13 于北京

注：①甲骨文是古代的一种文字，又称“契文”“甲骨卜辞”、殷墟文字或“龟甲兽骨文”。

青铜器[①]

在博物馆的青铜器里
我的瞳距　被拉得很长　很长
射灯投进苏美尔文明
举起古巴比伦的兵器
砸向龙山时代的浑厚凝重
在每一个镜头里
长满了饕餮纹、夔纹和铭文的
繁缛富丽

当你扔掉两河流域的盔甲
洗去脸上厚厚的尘土
当太阳把商周的青铜心事照亮
在我转过头的瞬间
大克鼎里　象物神明

一言九鼎的昭示
悠远传来

我和先知打了个照面
在恍惚里　轻轻端起一爵酒
舔舐着侈口的青铜锈斑
一饮而尽

2016.7.15 于北京

注：①青铜器是6000年前古巴比伦两河流域和苏美尔文明时期的产物。青铜器主要用于炊器、食器、酒器、水器、乐器、车马饰、铜镜、带钩、兵器、工具和度量衡器等。在商周朝发展至鼎盛时期。

佛像

以虔诚的姿势迎向你
那是我血脉里盛开的膜拜
负累人生不竭的向往
镌刻莫高窟千佛的音容

此刻　在义无反顾的尽头
有谁和我一样
在乎　千年孤独的苦修
只为　那一飞冲天的一瞬
曾经百年轮回的精魂
自当下觉悟

不管山桃熟了几遍
可曾去过西方取经

只要背靠一棵菩提树
从此　虔诚向佛
把俗世的纷扰和烦恼
统统放下

在圣水里洗净满身尘灰
即使承受浴火的拷问
我修成一尊肉身菩萨
只等　生灭刹那的一天种下
莲花　与佛像
一同归位

2016.7.13 于北京

艾灸

在这个伏天，深居简出
水果　也无暇顾及
独独与一根艾灸条　相守
燃起　养心凝神的合一
艾心温脾的手谈

屈原仍在问天　艾旗拂地
阡陌沟渠间的食野之苹
叙述着神农尝百草的妙诀
我左手提着变异的光阴　右手
拿捏熏燃的香魂
两两相亲不相交的孤独

用光年轮回的宿命　练习读心术

耗尽你无花的容颜　血气奔涌
艾香潜入茫茫空寂里
蓄一缕　静动缓运的气势
修成五道[①]运行的袅袅诗行
自始至终　你淡暖含香
保有内心的辽阔和未来的康明
绝口不提二十八星宿[②]的焦虑

仿佛　一切可以事不关己
而我能做的
始终只是　隔岸观火

2016.7.24于天易斋

注：①五道：资粮道、加行道、见道、修道、无学道。
②二十八星宿：在五道上运行。

唐卡[①]

（一）

具有神迹密法的唐卡
自吐蕃旗幡渲染出的辉煌
经纬分明　在钵陀圣境中
把忧伤，或者愤怒，搁置于尘世
让图腾，演绎一种信仰

用百变观音、怒目金刚的慈悲　拯救

欲海泛滥的极速崩溃

你踏着祥云　面朝众生
看形形色色信众　顶礼膜拜
一段隔世的因缘　悄然打开
一半清明　一半无明
伴着灵魂的疏浚　开始检索
序列　一种隐秘的突破

遏制不住的心跳　泪奔的亲切
勾勒　一个未曾遇见的自己
挣脱尘世久远的羁绊
任由心向着你的方向　倾斜

（二）

从雪域高原的矿石中　提纯
佛家七宝的瑰丽明亮
不是春天却让每一朵斑斓
都有花开的馨香
祥云蘸着光辉
用一种血色
描摹威仪三千　密行八百
让一首诗缄默盛开

没有哪一种姿势
胜过唐卡的庄严
我一副朝圣的虔诚

在摩崖上观想敦煌的胜迹
于明王神祗里潜入从未到达过的
雅鲁藏布江、恒河、印度、尼泊尔
恍惚中　接近未知的自己
渺渺彼岸就近在咫尺
而我　必须月下修行

暗金描摹下来的经文
在星辰行经的山峦上
一道徐徐的云梯
为我延展

2016.7.15 于北京

注：①唐卡是藏族文化中一种独具特色的绘画艺术形式，具有浓郁的宗教色彩。颜料全部采用金、银、珍珠、玛瑙、珊瑚、松石、孔雀石、朱砂等珍贵的矿物宝石和藏红花、大黄、蓝靛等天然原料，保证绘制的唐卡色泽鲜艳，璀璨夺目。唐卡绘制要求严苛、程序复杂：绘前仪式、制作画布、构图起稿、着色染色、勾线定型、铺金描银、开眼、缝裱开光等一整套工艺程序必须按照经书中的仪轨及上师的要求进行。

红灯笼

从打火石的天地裂变中
朗照四季风雨的更替
启迪一条回家的路
你从不喧哗　　守护一颗血红的心
将平凡与不平凡的灵魂
交给时光来承载

红灯笼　记忆垒起幸福的足迹

挂上人间某个甜蜜的夜晚
让月亮行经屋檐下
微醉的新郎揭开红盖头
星星在窃笑
听见玫瑰花开的声音

未知神　懵懂中撞进黑夜
漆黑原野　　唯有风在缠绵
火红的自豪感
闪着灵光　永不枯竭地盛开
心的顿悟只在一念之间
石破天惊

2016.7.15 于北京

脸谱

无需太多的浪漫
趁脸谱还没有沉沉睡去

那个一梦千年的倩影
迢遥起尘蒙洪荒的回首
黎明之前
在化妆师的手里　决定
让嫦娥自广寒宫而来
暗香逐着月光直往心里去
飘来幽幽水榭亭台

我不经意地一瞥
那白　洗净了所有尘埃
汇入哪吒复生白藕的身世
那红　熏染着关云长眉宇间的豪情
薄薄的黑布条轻粘上眉眼的尾
稍稍一提
一个魂魄就立在了头顶
我感觉她来自遥远的空间

子夜　是谁进了南唐庭院
心思在词曲里的玉阶上徘徊
你是我种下的一缕芳香
我了然身躯之上的灵魂
照你行吟的慢板描画
那殷红和海蓝都是你的最爱
我顾盼流韵的眼神
在每一个娇羞里低眉
这一刻
就能迷醉俊朗的书生

你从艺术的远祖中走来
让史诗发端于戏曲的彼岸
其实 脸谱是谁并不重要
重要的是让脸谱走进
一首鲜活的诗里
犹如我在唱腔里 痴迷

2016.6.25 于天易斋

青花

用一笔笔青花釉料描摹烟寒玉暖
卓然而立
一路布衣巷　朱雀桥
清丽风姿融进胎釉里
活色生香

淡淡的青花　用古典月光
蓄养一个女子的妖娆
汲水 丰腴水里柔美的曲线
还有瑶池里的波纹与温柔
如果亲吻过你
岁月会不会就倒回去几百年
沉睡仙子
自青花里　醒来

请原谅我越来越深的沉默
一念之间　永生
最好的方式
或许是原痛静流

2016.6.13 于天易斋

申窑瓷·釉下彩

赏那出炉的釉下彩
被哪只手揉捏得如此精美

那岁月的泥土　就这样活在你的手上
那些遐思从深壑峡谷中释放
挥洒着中西合璧的笑容
裹挟落款处妩媚的朱砂痣
为每一次私奔　买单

南唐的心思摇曳着宋瓷风雅①
釉面里　萦藏有雪肌一样的素白
雕琢的纹理　是汗水凝血的一种精神
申窑②历劫淬火　才冶出精瓷
研读出传统与海派的流水往事

随意而落的笔墨
在一群人的海派故事里
寻找申窑瓷一样的诗歌
兼容并蓄突破创新中
保有诗性

2016.6.5 于青浦文学营

注：①瓷器始于汉代，至唐、五代时渐趋成熟，宋代为瓷业蓬勃发展的高潮时期，有定、汝、官、哥、均等窑而名垂千古。
②申窑是传统工艺和海派文化的完美结合，画家们在创作中延续了传统的绘瓷艺术，又融入了独特的绘画语言，使每一件瓷器作品都具独一无二的审美情趣。

黄蜀葵

你终于可以尽情地绽放了
就像绽放我们的生命

鹤影万点的鄱阳湖啊
你的心事　陷落在江南菜乡
我却无意间撞进了
一场花事的传奇
——黄蜀葵

可是这热望的诱惑
记住那些盏盏金黄的诺言
你徘徊在梦的边缘
我猜测　那些黄金铺就的往事
其实，今夜你来与不来
我都会在你拔节的旷野等你
等你，药王济世的一瓣冰心

你暗度神农本草的陈仓
葬于李时珍的笔记①之中
可否　沿一首诗的平仄徐徐攀爬
攀爬上嫦娥月宫的冰轮
沐你庄严豁达的倩影
原来　这样的夜晚
我只想探寻寥落安静中的自己
就像遇见你　在恰逢其时

诗人用意象招摇的子夜
你已然在山野烂漫处开至荼蘼
我用诗歌风引道冠欹②
你就是我血液里

涌动着一波波热烈又旷达的暗流

万千年的悠长

只为你留下蜀地的一缕

芳魂

2016.6.26 于天易斋

注：①李时珍：《本草纲目》入草部、入菜部都有记载黄蜀葵之药用价值。

②风引道冠欹：引用崔涯《黄蜀葵》“风引道冠欹”之诗句。

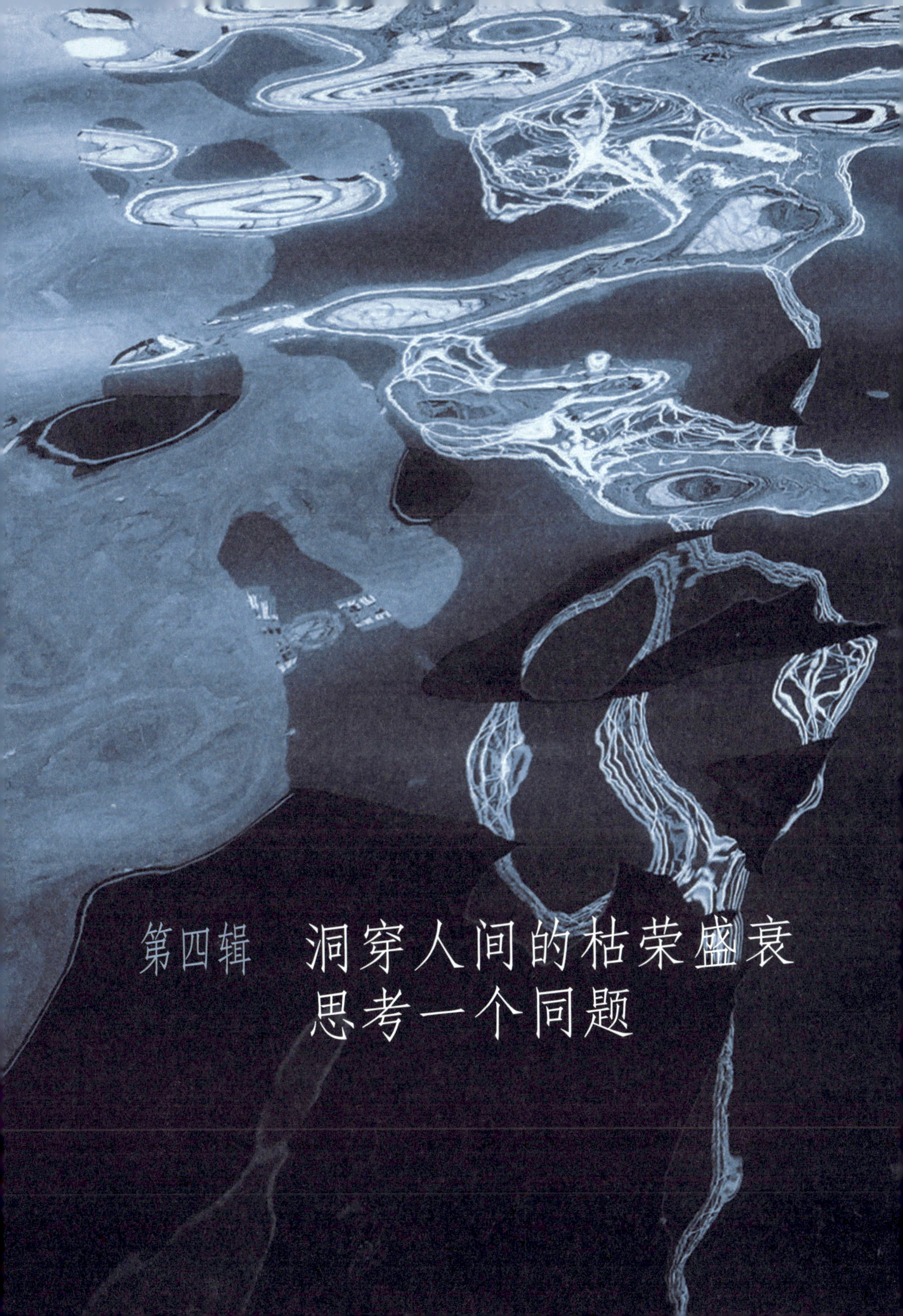

第四辑　洞穿人间的枯荣盛衰
思考一个同题

热爱生活

当春绿到浓稠之后　就张扬生命
还有我们的欲望
让花把感情酿成香风
以酒的气息　在每一个夜的角落
蔓延

夏天　火辣辣的阳光
踏过　诗文里的草地
翻过心坎上的山脊　蹚过思绪中的河流
在一壶女儿红的梦里
热恋

秋月梳理过的太阳端坐成　一地温柔
把干草堆放在心灵的位置
在通向未来的雪地里
那些　春暖花开的勤劳
任由诗歌的篝火
围绕着村庄的心房　燃烧

活着　用生命的热爱把四季吟唱
在平淡的日子里
无愧今生

2016.4.24

夏

这一夜的雨滴，借着海上潮湿的风
漂洗着都市昏黄的街灯
就这样，听雨滴打在桐叶　弹上灯罩的节奏
就这样，我的心随雨滴淡出浮世烟火

我真的只想就这样于万籁俱寂之时
于细雨敲窗，众人皆眠之后
捧一沓书卷，默守清欢
于文字中穿行　天马行空
就这样，　听雨　写诗
低吟浅唱

子夜，枕一枝摇曳的泪　一街绽放的笑
享时光煮雨，观息　观心
观自性喷薄的光明铺满长夜
领悟生命无常生灭的究竟
如是观照，心物两忘

2016.5.9 深夜于天易斋

当代诗人素描

（一）

在地铁的摇晃之中　读诗
感受催情又觉醒着的
当代诗人素描

那些为诗而狂的诗人
偶尔匍匐潜行　低飞隐匿
抑或鹰击长空　高亢奋进
有的低迷婉约
还有的愤世嫉俗
不倦的乐章奏响百年诗坛的最强音

诗歌途经现实
最终与灵魂对话
享受孤独　灵魂自然出窍
才气　就是自然流淌的意识流
诗人躲在潮湿的角落里
舔舐怀才不遇的伤口
辜负了短暂的一生
却打发着漫长的一天
一米阳光　偶尔投射到头顶
噤若寒蝉的灵魂　猛然
绽放出锐利的光芒

希望一句诗能像枪子
精准无误　把每一个人的心房
击中

（二）

这是一个描绘遐想和写意狂傲的背景
得意者注定会粉墨登场
忘形者 信仰奔流直取仙界蓬莱

孤高士 诗心绝破会黯然离开

诱惑　沿着卢梭的浪漫溢出来
于各不相同的不幸中造就幸福[①]
在来不及计划的生命里消融
当代诗人 徘徊在文字里
乳燕流淌梦的呢喃
粉蝶觅不见花儿开放的次第
我找不到依傍的诗心　所以
只适宜轻浅的自嘲

淡淡的光阴如生命轻吟
让荒芜滋长一树花开
那些诗情过往里的光泽
把印痕折叠成唐诗宋词的韵致
一如盛筵衍生出的赠品
俯拾即是 可有可无
陪衬于一幅巨大的重彩油画

诗人　一直临摹的素描
将颜色蕴藏于心脉
不在红尘里招摇
只为自己两肋插刀
即使承受百年孤独的沉沦
依然初心不改　思故面壁
只等有一夜月上中锋顶
人迹罕至处　修炼成

人诗道统 随色迁流

2016.7.6 于天易斋

注：①引自伏尔泰："各个不相同的不幸造就幸福。"

我在这琴声中牧羊

那场雨吻过花季
从此
三万顷草原碧成琉璃
谁的琴声凌乱草尖上的思绪
心弦拂弄羊群
若水穿尘

淋湿了仅有的纯真
莫问
你我隔岸几许
却是
生生的两端
你为谁续一袭白云缱绻
许谁一世长鞭不断
又是谁在弹那一曲悠扬
款款相送

我在这琴声中牧羊
驰骋一场旧梦
放牧心情诗文　墨迹未干
轻嗅　水岸平仄

穿越古今　俯仰云飞　天高
高过阳春白雪

2016.5.23 匆匆

大雪就要来了

往事煮茶　邀飞雪畅饮
这满城记忆
把一朵一朵闪亮的 飞花
钉在我思念的墙上
光与影　把我投射成两半
寂静的灵魂在游弋

大雪就要来了
茶香未歇　红炉未灭
我举杯望你
将干枯已久的诗性一点点挤出眼眶
用半生温婉　读你
当下一瞬

我爱这一丝的寂静
寂静到　听不见尘世的一丝声响
以禅的名义　触摸雪舞的婆娑
一念之间　白了世界

2016.5.23 于天易斋

盛唐的春天

有没有一场雨
让唐玄宗的三千朵梨花绽放
清丽的舞姿是眉间的咏叹
诗意在花蕊里起航
随水月云天颠覆长安

李白当空饮月
放牧心灵的渴望
孔雀仙子操持的文脉啸傲神性
韵脚是环佩的铿锵
世俗的灵魂写不出婉约的弥香

当灵犀迈过秦岭山脉
千年残留的抒情
可曾还有气吞万里的灵光？
我摇落满目苍翠
自杜牧的纷纷细雨中 呼唤
谁还我盛唐的阳光？

2016.5.16 于天易斋

放生桥

初夏的夜
蹚过隔梦的乡愁
风吹皱了思绪　也吹皱了远方的心事
不记得我是谁 你又是谁?
荼蘼开尽　夜未央

化不开的水墨加重夜的色彩
挥不去的你　袭一身长袍随风
从放生桥的这头到那头
游历一棹复古的心醉
坐拥一城月光
侧身回眸
笑成风景

我倚窗曲水边
温一壶浅白的记忆
等一场大梦之后　放生自己
等历劫千年的你　靠岸
低眉问一声 能否同船?
待我青丝绾起　娶我，可好?
我愿用余生
共你泅渡

2016.6.5 于文学营

同题（组诗）

（一）

微笑哭了
因为情绪突破了心尖上的柔软
人性自然张狂
冲出隐忍的眼眶

孤独时　我暗自一笑
自嘲　脆弱的魂魄
环视周遭　混沌地存在
我用手术刀一点一点把自己剥离
刀刀见血的割舍
凌迟一个活着的唯一

不过　你仍然
只是自然循环中的生命
上苍任意摆弄
在时间和空间的维度里
不管你挣扎得如何
高贵抑或贫贱　富足还是苍白
紧扣着命运的同题
不同的是　你我
各自以不同的姿势走过

（二）

云彩的影子爬过南墙

一只秋虫蛰伏于枯叶里
花心的蕊初见晨露
谁用冷冷的眼
洞穿人间的枯荣盛衰
思考一个同题

古刹里的一株老虬树
度尽生死　沉浮
缘起　看林花春红
缘灭　听叶落纷飞
却永远以绝美的姿态
面对尘烟里的叩问
把众生的一地鸡毛　一遍遍
吟诵

把今生和另一个世纪的回眸
悬挂枝头
用磬声木鱼的同题诗卷
牵起梵音　穿越轮回
诘问
禅是修出来的吗？

（三）
这是个什么样的现象
什么样的流行病都风靡
谈到国学
倾巢而出的《弟子规》

说起信仰
满大街佛道瑜伽伴着烟火
叫喊一首诗
一拨拨招摇过市

有人说　诗歌最好写
不需要平仄押韵
就可以穿过大半个中国

可是　人生的同题不那么轻松
同是爱恨同孤独　就是
嚼不出同样的那个味来

皆为利来　皆为利往的生活
仅仅是个生活的状态
闯进内心的禁区　发现
原来 这个世界就是一个人
天荒地老

2016.6.12 于天易斋

饮尽这杯酒

从今天起，我开始练习
饮酒、放歌，只关心诗歌和那坛佳酿
选贼艳的玫瑰，装进女儿红的坛子
用唐伯虎的扇面轻摇 烟袅玉暖的馨香
轻轻地端起，饮尽这杯酒

原谅我一杯倒的过错和未遂的作弊
真心实意地为诗仙酒仙倒酒、煮茶
让茶气推着酒气走进诗乡

从明天起，做一个快乐的人
从明天起，为饮尽这杯酒喝彩
用一盅小令诌出沧桑，耕牛和炊烟
想起炊烟，我的勇气自故乡聚集内心
敢于在任何一方天空下　高诵
金钱和爱情与幸福无关
贫瘠的诗性点亮曾经受伤的信念
为每一个蹦出来的字　欢呼

从明天起，做一个买醉的人
大张旗鼓地把诗歌的理想许在酒里
饮尽这杯酒，诉尽那些年少狂傲的青春
将尊严与梦想置之物外
这梦想颠倒的世界，用灵魂买醉
诗歌就赤裸裸地挂在冰冷的墙上
没有人听见它饮泣的声响
寂寞冷眼旁观　推杯交盏
忘了你 也忘了未来

2016.4.17 于天易斋

多少秋风藏在琵琶里

（一）

今夜　我枕着月光等你
在烟笼寒水[①]的琵琶声里　寻觅
秋风
没有随皇朝更迭
呼啸过　秦淮八艳的绝唱
一次次度乱世的劫

十面埋伏中　你可曾
听到虞姬那一泓秋水里的呜咽
一代枭雄　赤壁鏖兵锁铜雀了吗
每一次瓜分和扩张过后
有多少小乔在秋风里悲号
战争从来就是铁血男儿的领地
却离不开蝶妆的陪侬
朝代更替　记住的
只是你怀抱的那段琵琶

从此　三千繁华葬成一点尘
千年之后　我拥一树红枫
在秋的拐角处等你
将情字　弹成史诗
一窗月　铺开了烟云居[②]的传说
还是在诗酒里徜徉？

2016.5.24

注：①烟笼寒水：杜牧《泊秦淮》的诗中“烟笼寒水月笼纱，夜泊秦淮近酒家”。
②烟云居：著名诗人黄晓华在天目山的居所。

（二）

——致王昭君

风　无缝可钻
吹拂一枚胭脂色的忧伤
关山望断
就是越不过汉代的宫墙
那一阕深宫怨
万把琵琶也弹不出的寒凉

一袭红颜
系一座江山的兴亡
多少秋风藏在琵琶里
落雁的负重
遮挡一时　胡人的风沙

塞外风光
纵然每一晚都篝火燃起
心一样乡愁雪舞
一抔青冢
对话一场空空烟云
许你万古垂名
边塞铁骑万匹　依然
刀与剑　交响

2016.6.17于天易斋

两面

艺术以审美的属性妖娆
鉴赏最能以审丑的高度见性

诗与谁家的门楣撞了个满怀
反弹出岁月雕刻的容颜
在这个诗文泛滥的年月里
白天　为生存疲于奔命
回家　为一首诗的意象疯狂子夜
生命价值和生活尊严到底哪个更重要？

拜金是人性嗜血的一面
嗜血的兽性在人皮面具下　丰腴
每一个微笑背后的算计
狩猎 那双手一握中的功利
佛心是佛魔一体的背面
千帆竞流过后　面对夕阳
心渐渐归于空寂和宁静
懂得　光阴的恩宠与赐予
最终　都得还给江湖
你吃贪时光多少
必定用生命还本还息

2016.7.29 于北京

谒天目山萧统旧迹

我拾级而上
正在迈向你　萧统
用全部力气和意象
推动诗意　驱向你爱的领地
那些历劫千年的传说
近乎用只有我懂的神谕
引领我　窥破
枯槁中曾经的过往
隐退又存在着的鲜活

也许 我太想靠近那位昭明太子①
一切都失去了原则
一草一木 一湾洗眼池
悬铃锈迹　不再变得那么萧瑟
寺院　合起包容的双手
仿佛在书丛里古今穿越

执手可牵却不敢造次
一株四叶草　毫不掩饰
说出我的钟情
在暮色白云里
我随时准备缴付降书
面对神往邂逅的因缘
只有时间　才是我唯一的敌人

2016.6.13 于天易斋

注：①天目山太子庵（读书楼），梁昭明太子萧统曾隐居于此。

相约梅花树下

——致梅酒诗会

想象一下
在小院里赏梅
无论是红梅还是蜡梅
都是诗的渲染
用诗妍佐酒。泡茶。品梅
留一段佳话
在春光里　画魂

梅心　　在宣纸上期待彼岸
泅渡波澜壮阔的雪季航行
朵朵绽开前世的墨香
我偎着你盈盈的梦
任鼻息 绕着几缕飘雪
静静地牵引我
向着你的空灵一片
荒芜我对梅雪的全部畅想
等待　　雪藏在
春水唇边衔过的那半溪桃红

相约在梅花树下
诗意太痴缠
诗人的梦太窈窕
现下　以光的速度串街走巷
信仰搁置在海风骤起的浅滩

我追着流云寻去

一转身

梦却醒了

2017.2.5 于漾月轩

谁的桃花

刚过一九寒天

谁已向春天预订一枝桃花

桃花该有劫数牵着我的嘴角

——已桃之夭夭

我只好订购了龙溪的水仙

翠眉白肌，洛神凌波

一枝清逸出尘的金盏银台

绝口不提烟水寒

烟水再寒　怎及桃花祸水？

日盛一日的心火

燃尽、凋零、刀俎。

风流在桃花劫里绽放

谁的桃花躲过了春风巧言？

2017.1.2 于漾月轩

解语樱花

赋予你无限想象的是诗人
如今　我在你的缤纷里是个盲人

一场盛唐的空绝谢幕
你让前世今生所有的柔情来道白

卸下分量太重的盛年
梦中的空山驱使忧郁卷土重来

时光，在敞开的空白上虚无
湛蓝，大面积融化开寂静

一瓣落樱不需要解语
天外来客岂容我等揣度？

三月三的瑶池盛会
神话已被我穿越，破译

你一度春风绝尘壮美
使命远比命运更加宏阔、久远

花仙十日的短暂馈赠
布施一种自我奉献的人间觉行

2017.4.2 于漾月轩

天下农桑

（一）

谷雨过后　时间
被命名为田垄、村庄、一棵树
桑　渐次失去叶子
布谷鸟的叫声　触手可及
我从春天一朵苍白的花颜里看到
春雨哭泣的幸福与安实

天际　明眸皓齿
离开记忆郁森的厚重与黛苍
白云缠绕着远山
在一路活跃心灵中
桑叶葱翠成妇人的模样
蚕宝宝淡定柔弱的蠕动
于九里桑园　摆渡
梁祝十八相送的蝶化

怀念是站在远处的汉子
遥望
消失多时的农桑炊烟
像湖柳和山岚一样
掠过村舍、篱笆和秧苗
祖辈在不远处
以墓头野草接壤子孙的前程

晚辈将头颅叩成稻穗
弯下腰绵延着千年的农耕文明

草垛上不见了喧闹的孩童
天下农桑　有多少亲情和乡愁
在城镇化崛起的当下
血脉消亡

（二）

在芒种来临之前
节气是唯一把紧的脉搏
麦子投诚地折腰　　毫不掩饰
与油菜花比终极智能的锋芒
南风迎着麦香　　遥望
一节节曾经碧绿的骄傲
莫要让黄金的一时奢靡
荒芜了你所有的青葱岁月

落日　翻晒陌上一丘丘田野
父兄　　抡起岁月的镰刀
把农耕弥香　挥进风里
渠溪奏响弦外　丰收的庆典
村头的那棵歪脖子老榆树
抖落　时光的碎片
簇拥　风尘仆仆的羊群
停歇云霓处　翘盼

素简日子被衣食安置于掌心

天下农桑

如何面对一个时代的锦绣

将耕牛、炊烟、柴门之外的沧桑

渐次清晰

2016.8.1 于北京

与胡适同题

1. 蝴蝶

蝴蝶飞呀飞

终究飞不过沧海

亦如人生忙呀忙

诗的笔墨再轻盈

不过是一场游戏一场梦

2. 风在吹

风在吹，希望一直美丽

吹得苹果干瘪，爱变得粗粝

生活只知道欲望

收拾内心的干裂，抵抗

依旧在风里

3. 湖上

我嗅着白蛇的传说来湖上荡舟
想遭遇一段绝世的尘恋
谁渡我百年？
泊在断桥枯柳边
唤醒一场飞雪
温一壶西湖水呀
与谁　对饮……

4. 梦与诗

梦与诗，坐拥千载历史
品极了感怀与现实
理想沿着梦境绕了一圈又一圈
人人想做梦控的大师
诗就贯穿始终

5. 醉

梦想得不到宠爱
我就臣服于炽烈的酒精
享受执拗的序列学会喷薄火焰
或者从自己的困局中走出来
和现实遭遇，和危机遭遇
伏案妥协

6. 老鸦

清寒给了我足够的自由
枯枝老栖，只为躲避冰冷的目光
唯独雪懂得黑的道白
那些我经常出没的地方
被枪口晃得铮亮

误解，让我不知所措的忧伤
鸣叫的神谕
有谁从空中捕获？

7. 大雪里的一个红叶

很多年，没有满城风雪
难以除尽　大雪里的一个红叶
意追高远的山山水水
可曾白了乾坤，冷了风月？

在孤独纷飞的雪地里
一叶红　飘落的是别人的爱情
即便我拾起，也做不成婚礼的
胸花　　无关缠绵

8. 夜

一个人，可以孤芳，可以自赏

唯独不能给暗夜画春眉

夜的纵深处
我触摸到水乡的神经
淌水而来的寂寞
淹没　水都南岸所有的脉络
我将诗心　捞起
重新放置于血液抵达之所
踏着夜的呼吸
在睡眠之外，一张，一弛

2017.2.13 于漾月轩

第五辑　看眉心里长出来的月亮

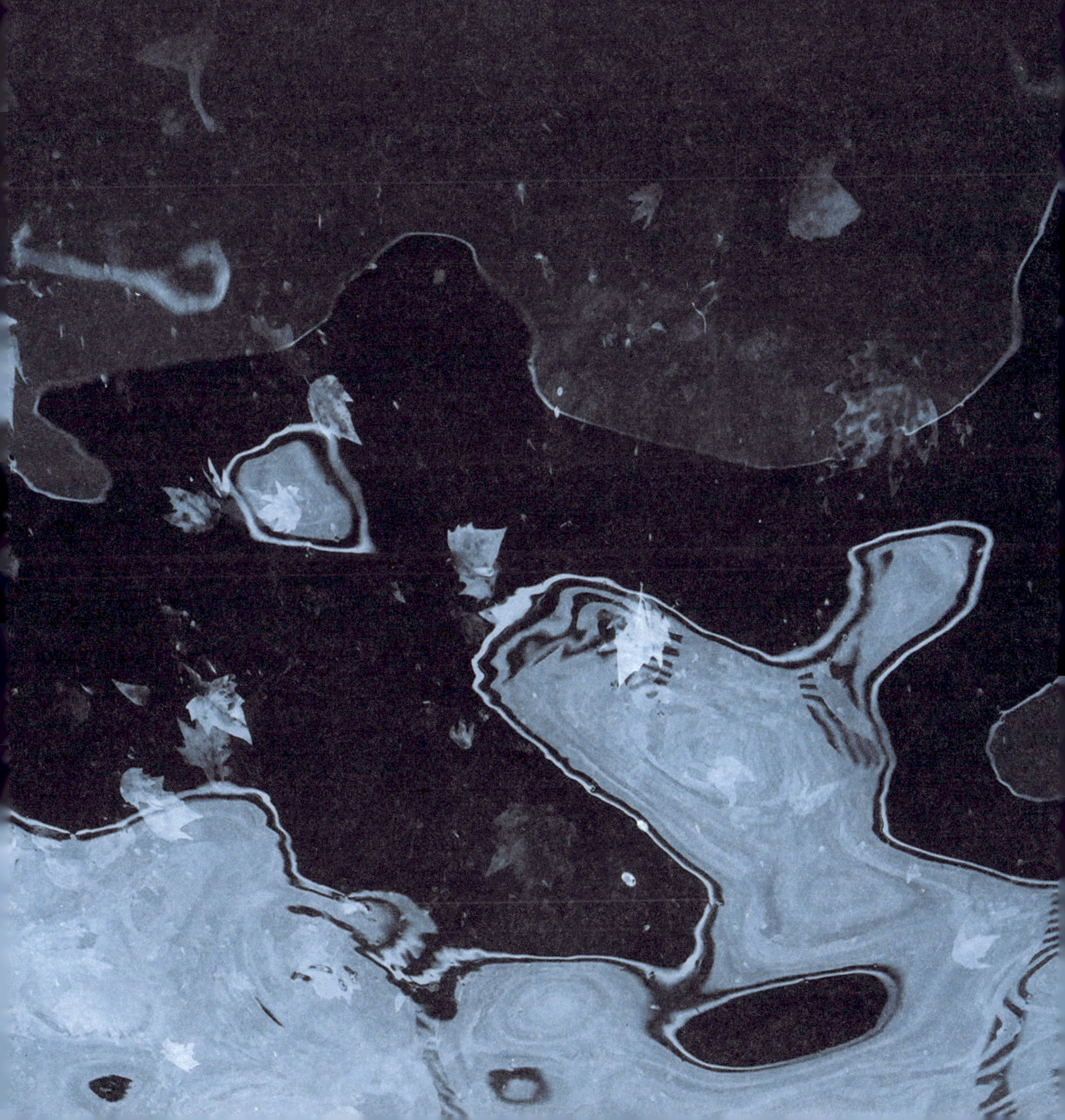

孤独太过清澈

听柳芽抽丝
静等花开
猜节气农事
被构思过的细雨斜落
随碎陶咕嘟，咕嘟潜入
春水在找寻出口
我能听懂的只有孤独

孤独太过清澈
我与他做伴已久
就算细微的碎碎念掠过
轻抚我的身体某一个毛孔
便能识别排序过的细胞
我甚至很享受
感怀他在物质之外滋养我
养得我神鬼不惧
刀枪不入

孤独太过露骨
我与他枉此交好
八百里长歌，涉水穿过杨花
天才，七步之遥的辽远空阔
与杯酒之间错过
如今我骨头剔透，以命换字
孤独合一，漾月称王

2018.4.25 于漾月轩

春光在午茶里偷袭

午茶时间
我专注于往天青色的茶器里注水
岩茶在沸水中妩媚旋转
倔强的春呈暗绿色
舞动翅膀等候再次飞向枝头

我迟疑着按下昂然的头颅
快速逼出一脉酒红
熨烫我干涸冒烟的咽喉
翻山越岭穿行脏腑
氤氲一树春风　寻找出口

春光在午茶里　偷袭
我被牵引着直面，省察，思索
那些碎小又蓬勃着春的奉献
它们可能在期待　　与我
隔着时空　感受久远深处的苍茫
而我能品味的、读懂的、感知的少之又少

春色，就这样
在阳光莫名的感怀中
耗尽

2017.2.13 于漾月轩

比野草更荒芜的寂寞

踏着诗歌的韵脚
你从秋的拐角处走来
一出手就捉住了我的裙角
俯身逼近一串音符
琵琶　弹出我来
在谁的心里无处可逃

不可收拾
心与谁 在狼藉的流年中
翻阅
比野草更荒芜的寂寞
人在旅途　心已在尘外

人生最丰盈的部分
点亮隐喻的星子
翕动墨香　挥洒一曲琵琶行
忽现一池僧衣隐约
莲座渐次退去
一荷秋风　又度了何人?

2016.5.24 于天易斋

把惊艳了岁月的美唤醒

把惊艳了岁月的美葬送
生命平庸，几乎是一种消耗
内心的浪花，爱和记忆
找不到相近的灵魂
负载不了现实给我的消耗速度
我体内隐藏着一股自我泅渡的力量
没落的孤傲与颓废
在自恋和自毁的海潮中淹没
冰凉的文字点燃所有自杀的意象
一个颓废主义的出口
用写作对抗不可逆转的孤独与黑暗

远古的我是我灵魂的主宰
有美丽的羽毛和虚无的金刚
不轻易触及宗教的意义
诸神设教与现实的南辕北辙
都不是我讨论的主题
那些狂热、偏执、神道的信条
不可避免地颠覆
信徒们一次又一次的忏悔

魂与魄鲜活的真相
界定着生活在月光下的恐惧
命和运，混淆不清左右或阴阳
无极埋首于潜意识漏洞的低处

诚如，山野草木自然的救赎
覆水难收的光阴耗成黑洞
谁能回答我，重返生命源头的上帝
播种的是光明，还是新的光害？

疑窦丛生的沦陷，在我内核
回溯。重叠，分裂的生命里
封印着不可名状的潜能，一如我
把惊艳了岁月的美，唤醒——

2017.8.28 于悉尼

桃花太过灿烂

桃花太过灿烂
谁都很难与你为敌
诱人，在料峭的春寒里
在大片大片金灿灿的菜洼地边缘
还是没有被冷落的可能
她甚至故意忽略你的存在
她静坐着，观察着，思索着
那些湿润的春滴成翡翠
不经意回眸
瞥见风摇落的一颗钻石
与十指桃花　牵手

她恐惧桃花
抑或并不是恐惧

桃花在三月之外喂养她
养得她顾盼生辉　　　倏然
她以阳光为镜，照见逾越正午的流光
环绕她的慵懒与惶恐　　　亦步亦趋
夕照里迷人的跫音
空谷回响

2017.3.26 于漾月轩

恣意不只是为了蓝天

夏至锡林郭勒，我踩着草尖追梦
羊群牵着云朵在虚无处，撒欢放纵
恣意不只是为了蓝天
因为草原太奔放，心无界
而我，不会吟唱
心纵远方
偌大一部诗集在长啸
我唯有攥紧心头那支秃笔
不敢错过前世的痕迹
生怕　一不留心泄露了天机

面对贝子庙广场的敖包
我不想让思维种下不可知的因果
伸手，摘一片云唤醒灵魂
你在草原上遇见久远的自己，越来越清晰
浮生的白和纯寂的蓝渐渐覆盖我
驰原向内心深处瞬息消融

那流碧万顷，烙进命格

在你的梦里身后若隐若现

因为彼此牵念

所以无法抵达彼岸

除了致敬，无法相忘

2017.6.26 于锡林郭勒盟

蓝旗，以神的名义获得人间的膜拜

在草原深处躺下，将自己

起着波澜的内心慢慢抚平

那绿色的床单摩挲着你的心电图

就是想不起来你以往的形象

水草、牛羊与马肥

我多么爱这无垠的草原

被数千年盲目的生命践踏又高举的无极之地

天高云越，让梦境接壤路的尽头

蓝旗，以神的名义获得人间的膜拜

你要爱游牧之外的更多

更多……

身后是绵延的厚重，前面是无限的可能

以你特有广袤的深度与高度

于苍茫之外定位时空

无论是元上都的宏阔抑或是金莲川的出处

让时间的恻隐之心给我留下思索的空间

旋即，我盘坐于苍茫之上
在沉寂的天目里，照见
神的爱情，在逆光里招摇

2017.6.30 于正蓝旗

洞见，时光之外的虚无

——寄元上都遗址

成吉思汗走后，忽必烈定都元上都
完颜雍命名的金莲川直接与龙岗暗合
鲜卑和乌桓族的世居地，游牧
弯弓骑射，马背上的呐喊
风流被风云牵扯了千年
连同风沙都饱含真理
滦河水，比欲望更直接

苍茫，于都城之外安营扎寨
蓝旗①招摇的不只是金戈铁马
驰骋更多的是元朝文明的恢宏
游历其间，旌旗随风
踏马清风亦如浩荡厮杀
恍惚处，风雨突变

遍野的金莲花炫目无常
意外太多，皇恩难以消受

御天门[②]前奉旨而来的雨伯
像驿马，腾云大安阁[③]
把元上都笼在里面

我身在其中不知所措
就像尘世里的爱，既荒诞又缥缈
在满目空茫里，我一边祈祷一边感知
洞见，时光之外的虚无

2017.7.17

①蓝旗：元上都所属的地域名。
②御天门：元上都的南城门。
③大安阁：元上都宫城内一景。

大漠天路

午后的阳光铺了一地
最后一块净土，留在草原
原来，去漠北元上都并非天路
缺乏的，只是忽必烈的霸气
还有强者心的引领

一个传奇缤纷了历史的记忆
这里，已经失落得太久太久了
需要一席对话，一个新的主题
甚至一匹战马的长嘶

灵魂，游牧成原始的豪迈
倘若你愿意，让我将这首小诗

金莲花一样

缀在你绵延八百年的发际……

2018.7.14 于蓝旗

照片，是美丽的花园

1

照片，是美丽的花园

每处风景都是主人不留痕迹的打造

瞬间　气息贯通每处场能

唯有我　摆放哪处都显突兀

产出地

没有按照园林审美来　设计

一座孤城　顷刻间

失去了

嘚瑟的资本

2

有人说

文人雅集与美女风景

缘聚中相得益彰

高光亮相的是明艳女子

诗情　清浅滑翔

若有若无弥漫着的意脉

串起诗歌的浪漫

一首诗走出白纸

看到亮翅在天堂的　不是

一直兜售笑容的女郎
更不是一页爱情 临摹的赝本

女子　用胭脂调色
把容颜褪进一幅山水
幽雨荷香　一丝丝晕染装裱
你是谁并不重要
诗心正穿越你带血的痛点
远处栅栏篱墙边 是草拟的落款
将鄙夷扔向祭辞
为匆匆过客留一节风骨
摄入岁月的回响

3

很多事　我记得忘记过
每一帧照片的背景里
尽可能　让这副皮囊
壮美着日出日落的深情

翻阅　内蒙古大草原
那里有白旗、蓝旗、阿斯哈图石林
还有骏马、牛羊和奶茶，有帐篷、毡房
草尖儿上沾满了银露
沾着纯真的蒙文
唯独没有沾上怀才不遇

弦月像支金色短笛
草间一壶马奶酒缓缓醒来

酒香醉了一夜的风沙
我小心翼翼扶起思古的诗句
铁木真征战疆域的背影
与不老篝火　唱和
惊回首：历史的背影已被晚风
吹远

4

人知天命才悟透
江湖已然荡开分岔路
一条挥手过去
一条推向未来
时间把剩下的五分之二
喂到嘴边……

斜阳挨近肩膀的时候
烟云开始纷飞
袅烟坐 我是否匆匆走出去很远
隐约升起　落下
我用双手捂着耳朵
看眉心里长出来的月亮
水银般荡漾

一枚啸月吟秋风
我忘了为你掌灯　无影树下
千年慧根如睡莲微绽
孤城　庄严定格——

2016.9.1 修改于天易斋

一曲琵琶裹挟秋风

昨晚　梦回江南古镇
灯盏　在秋水里摇曳得又瘦又黄
是谁与我一起
把圆月点亮　挂上柳梢
等来昙花仙子
扬纤纤玉手拨弄琵琶

我用灵性　邀来一匹骏马
过西厢　越竹墙
用一柄羽扇轻摇
撩起那蝶衣轻舞的薄纱
与那可人儿 口吐小令
任书生风流弦上调

一曲琵琶裹挟着秋风
凉了谁苦守的心
月河上　桃木梳挑起的亭亭阁楼里
谁在弹唱那黄花
让它活在秋风里　活在传说里
把生与死放飞得更高
我掬一捧戏文的相思
流千行清泪　醒来

2016.5.24 于天易斋

水色苍远

——观水墨山水有感

空前，绝后
梦中的空山触手可及
那人间少见的空灵
虚幻如神话中的山谷
而我，闯入天境来
破格，水色苍远

墨云飞瀑的山峦
水韵是空谷玄妙的精灵
浅淡花开，或深重晕染
草亭中的仙翁对弈
白鹤兀立枝头，点亮
大片苍茫的墨海

水色像河流穿过山阴
我想象它行将远去
可致命的诱惑，将群山绑架
水晶之色把所有的行迹都覆盖
水墨，亦步亦趋
荒诞骤聚成仙

2018.4.28 于漾月轩

漾月

潜入期待的彼岸
这密不透风的航行
寂寂无声
洗净了千古思凡的心
桂花枝上的泪痕
滴不破的尘涛
纷至沓来

躲不过的宿命
在水天接壤的尽头
引领我　走向你
广寒宫里早已荒芜的信仰
禅香漂过银河水
漾不白的牙口
谁在诵经?

以极速的念力与我共浴
穿透瘦削的日子
任由心合着你的脉动
水中月 已漾白

2016.8.29 于漾月轩

天月澄澜

月染秋风
想起来漂洗一下芽月
水岸的灯火逼近　残荷
弥香 撕翠千重

泛黄的灯盏如传世秋月
世袭一炉香的空幽
我席地静坐
名色　打马踏破古道
任青丝暮雪如流
天月澄澜——

风烟　绕过尘嚣
我乘烟轻过云波浩渺
凌空飞升诗的月白
以亿万分之一秒的高速
稔熟于心　驾驭
地水火风　在月霞里
波动、消融、漾白一抹诗芽的
空灵——

2016.8.15 于北京

中秋雨音

临近中秋 秋风秋雨
在世间活着 只剩些许光阴和流水
盘点鲜活的理想和热情
失衡太快 总是来不及找回
清晰余温 来完成我今生的践行

一场倾城的斜雨
搬运走整个夏天的热能
中秋，你越来越像个符号
高高地 挂在孤灯永夜的云水间
我原是你 桂枝上的那个菊梦
荷风嬉鱼 滴下的一行泪

谁又邀江月来划伤流年
中秋，你越来越不靠谱
嫦娥迷失 在典故旧姿里
宛若祥林嫂的孩子
圆月 就这样一个比一个幽怨

中秋，请接受心的启示
像接受灵药的诱惑和天意的摆弄
走出 萦绕你的尴尬和阴影
和着诗雨 在秋天里徜徉
徜徉……

2016.9.15 于漾月轩

月圆之夜

秋水长落时节
心尖那一点柔软、忧郁
在绵长的喟叹里
渐渐发酵

将思念窖藏于燕京的雨未央
喝一溪南楚的月光
把所有过去、现在、未来
统统搁置尘外
醉心于梦的彼岸
漂洗　我体内啃噬的蛊毒

是谁　喝醉了千年情愁
信手　画一枚秋月
在月圆之夜　没有谁察觉到
我身体里的暗疾
又开始，隐隐发作

2016.8.21 于天易斋

夏末的蝉影

热浪漫过来
车窗外还是骄阳酷毙
绿野行走如风
有一种意念，适宜安置在

车窗的玻璃上

嫩芽漾月的水仙
神植于心里
水岸漂洗心境
葱绿成行 云漫清秋
念一阕秋雨慈经
你我能否共窗，对酌三杯？

夏末的蝉影
忧郁在高调的告别里
诗歌趁火打劫
纵马。收缰。向南山
篱笆、野菊、乡音
心，安下来

2016.8.16 于承德

梦回唐朝

曾经　大把大把的时间
用来做一个个白日梦
梦游中　我佩着李白的那柄剑
蘸着酒香研墨　用那支秃笔
在青山绿水的铺陈里
抒怀千年的唐韵风骚

想在梦醒之前拒绝杜甫

只见一颗露珠　滴穿时空
还有白居易怀里的琵琶
在历史的最瘦处
阡陌之间　缀满期待和忧伤

无法穿越的灵魂
握紧陈子昂幽州台上的呐喊
把绝响万年之孤独
交给燃烧之后的灰烬
生命　在觉醒之前
问天

青鸾衔着梅溪　把我吵醒
它停留过的呼吸之间　停留着唐朝
啄碎　未曾散尽的余音　最后
它站在我的手指上　飞远

2016.7.23 于天易斋

宛若在一阵冽风里隐痛

风猛力吹我
那些隐秘的痛三缄其口
在慌乱的不甘心中
把沉淀已久的情绪，轻轻搅动
事故中的故事，发生，发展，发酵
我在每一个出人意料的风口
把想法咽进肚子，小心翼翼

拾级而上，把剧情缓缓推向高处

故事追风上演
历尽天地玄黄，吹起烟云沧桑
我在吟风，慈云高悬的位置上
母仪天下，既要隐忍还须大度洒脱
每一步都如履薄冰
宛若在一阵冽风里隐痛，咬紧牙关

风①从来都不会问我是否接受？
它只是吹，把我吹向漏洞百出的陷阱
无缘无故的，我是被利用的道具
仿佛我的存在只是风里的一个诗句
没有谁拾起，被风吹落的黄叶
犹如被时间抛弃亲情

我想，或者不想，事件已将我引至风口
策划了一剑封喉的阴谋
如同一首诗的结句，冷冷的
抛给我一个杀人不偿命的线索
与凶手一起，逃之夭夭

2017.10.22 于泰然居

注：①这里的“风”是生命里的一个人。

静穆的力量

——记高淳古村落

寂静雨巷
已步入暮年，静穆中的力量
从上几个世纪的碎片里
忆起

你只是被时间催促
一味赶路的人
日子逆流而上
转身便成沧海
苍茫间，流萤一季云烟渡

只留下，一个人
如大地的沉默
积蓄着孤独者的力量
恍惚　醒来……

2016.11.21 于高淳旅途中

诗意东方

——关乎生态环境

江南的梅雨绵延不绝
水与火的考验 弥漫于夏至前后
让蓝天白云隐没在理想的背面
梦寐的文明和沉浮的诗意

比漫天阴霾还隐晦

在山与水契合的路径
在天与地接壤的源头
在我们燃烧的欲望中
流淌出子子孙孙幽怨的目光
和千百年镌刻在每个人心头的使命
在华夏民族千年不朽的进程中
请别用　科技来衡量历史的发展
幸福伴着忧患的背景崛起
请别用　金钱来替代幸福的标准
诗性的灵感　哪一次不在黑暗中激发
请别用　光明来格式教育的真谛

我们于荒废中励志图强
用血拼的豪迈缩短与自然相悖的进程
以大开大合的壮举换取生态环境的失衡
时代烙上的罪责和诗人一样
钉在人类意识的耻辱柱上
你将孽海横流地活着 疲于奔命地补救
形成诗的颓废与缺位
疯狂地呐喊　　还我
青山绿水的美丽家园

生活昂扬起富丽的头颅
豪贵的光芒刺瞎良知的双眼
忘情的开垦形成大地钙质的流失

物质的崇拜　操纵了人类的信仰
扩大了权力的范围　改变了世界的模样
生灵夭于婴年　泪积成盐的母亲　责问
该用怎样的悲恸与呼号
让你从梦中　惊醒
清瘦的丛林与荒凉的河山
由于吞噬太多的热血才未老先衰
把创造和使命殡葬在乱石岗上
放眼脚下 站满破落的村庄

搬起堆积在乱石岗上的石头
砸开时代背后的希望
高声吟唱一首泣血的长诗
让生态与环保　不再去流浪
让民族与精神　不再迷失
让焦灼的大地孕育成滋养东方的绿洲
让干涸的河床之水接壤天河碧波
翻过以往活过和活着的内容
垒砌长城一样的决心
用一代人痛抵心扉的戒碑
点亮另一代人的前方

这样的意志渗透进现实的土壤中
比信仰还坚定的是植入的种子　和
关乎我们子孙后代的生存
脱下高速发展的外衣
让我们与万劫不复 合二为一

拯救那濒临绝迹的珍稀动物　和
昔日青葱芳香的庄稼 森林与山坡上遍野的花朵
让雾霾苍茫的暧昧之景重新焕发诗意
把枯萎的草原滋养成肥美水草 欢腾出壮马嘶鸣
让清泉碧溪　谛听东方古韵

许多　许多年后的阳光
掘开我们的誓言
在今天凌迟的骨架上
乱石岗的诗魂密集在和今天一样的阳光下
熊熊燃烧东方不朽的诗篇

2015.6.25 于天易斋

读《快雪时晴帖》

快雪慢飘了千年
沿着会稽山酒香溢出的方向
行走，站立，或者舞蹈
目送前赴后继来朝圣的后人

书圣的天书
陈列在袒露的时间上
变成书家无法攀越的孤峰
天见犹怜，仅天珠二十八星阵
却够后世千年享用

这世间用笔墨喂养的

无论是书画还是锦绣文章
作者，神笔挥就的情愫
在乎的只是书帛前欢颜的
当下
身后，名冠海内的盛誉
似乎梦里也不曾虚构

可怜了无辜的千山暮雪
究竟有多少踏雪而来的鸿爪
抓破了无痕的禅机

2018.11.2 于漾月轩

安澜诗集

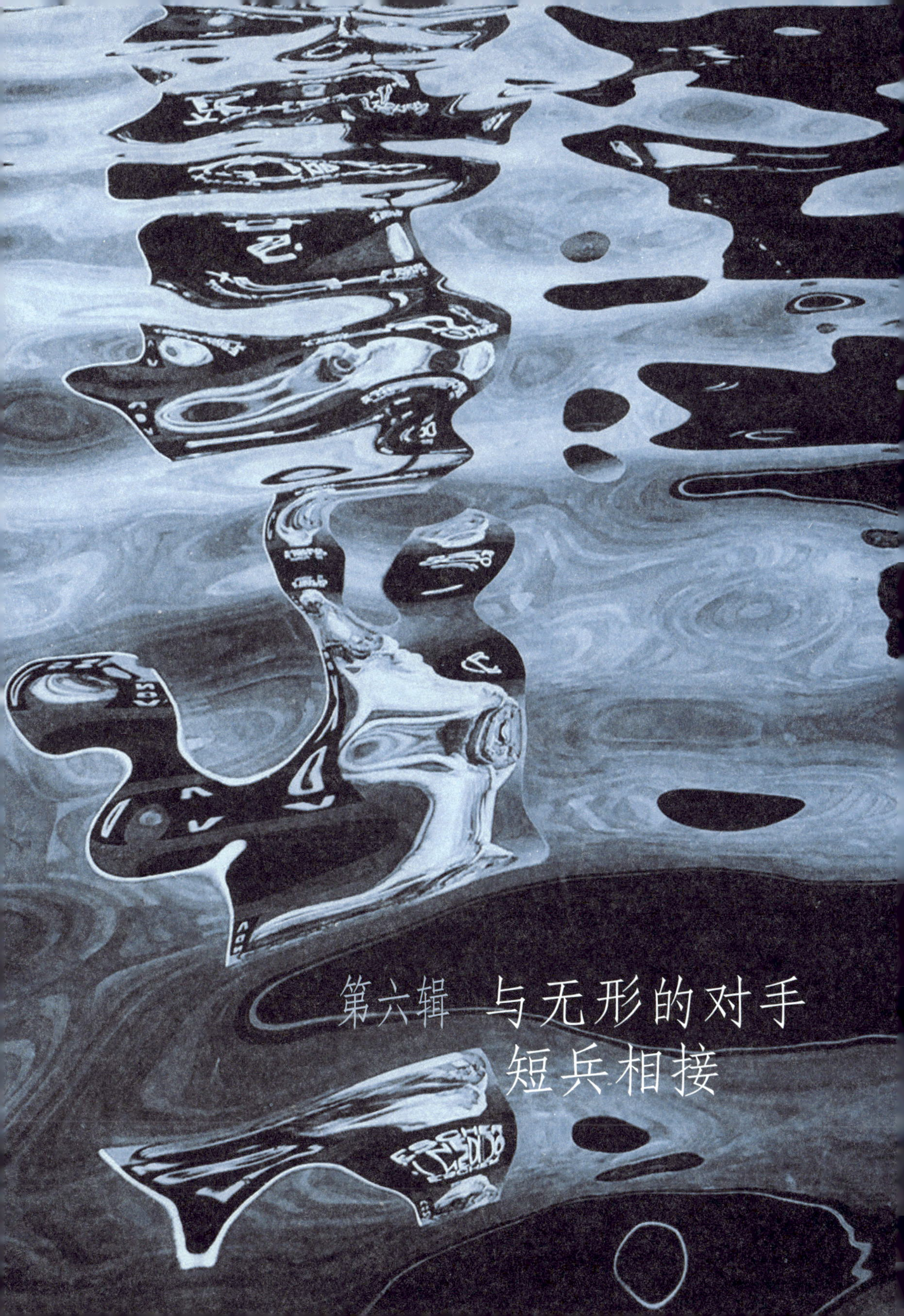

第六辑　与无形的对手短兵相接

石头森林里的那束阳光

透过石头森林的那束阳光
照亮了武夷路上　这些老洋房
梧桐叶覆盖的夏天
石库门若隐若现
斑驳的光幻成季风，徜徉于
每一扇格子窗背后的故事

太多老上海的记忆
阁楼，旗袍，老唱机
还有楼梯扶手上的木纹包浆
堂屋里极富山水气韵的生活场景
恍惚用每一个平静又精致的音符
三心二意地弹奏着风云百年
抑或五百年，甚至更久的渊源

仅有的那束阳光，在每天清晨
像追光灯一样直射
叫醒　石头森林里的孩子
熟络　如咖啡一样烘焙浓郁的
邻居　正在悄悄地离散

2017.1.20 于北京

百年外滩

时间和空间
勾勒着百年外滩的伟岸
有容　携手春秋
成功地嘲讽了荒唐的帝国殖民
举目里，百年如斯
他把自己练就成一块基石
托起万国建筑的峰峦
既心潮澎湃，又安之若素
世界很大
浓缩 不过外滩的投影
不曾离开

外滩的对岸
那些站立在苍穹下的地标
在金融风暴的呼啸里恪守尊严
用建筑高度　书写世界的荣光与冷峻
并形成来势汹汹的浦东　飓风
一只飞鸟　高空落下
在拥挤的人流中，俯冲查看
发现被击中了的我
从寂静与繁华中剥离出来
于尘烟之下　隐没

2017.1.20 于北京

短兵相接

风神和雨伯扯翻云的染色体
才有了白云和乌云的孪生兄弟
风的旗幡拽着白云越过了界河
一寸寸黑了心的
云朵　打碎一天宁静
任雷电轰裂成黑马的惊倔
在陌生的疆域中
奔突着战神的啸傲

屈原仍在问天，天在何处
乌云沉默得如同黑夜
与无形的对手　短兵相接

天亮之前
雷雨嘶鸣，驱逐了黑马
拉开厚重的帘子
白云　极速堆砌着山峦和宫殿
以风的速度　还原

2016.8.12 于北京

呼吸

——有感于诗歌铺子里的佳作

铺子里的一首首好诗出炉
闭上眼冥想的我　如同品一杯红酒

在深水静流的文字里　销魂
翻阅过山水寂静的空明
惊见天月澄澜　横笛吹皱的一池伤感
失眠的诗人　提起思想的锤子
敲醒秦砖汉瓦里熟睡的精魂
和 一场唐风宋月的追逐
把俗世的烟火　挡在心门之外

纸笺　在阳台上开放成蔷薇
那诗性的真味　点燃
那堆　久已沉默的干草
我的目光　在灵魂和肉体的撞击中 开荒
在童年涂满阳光的指尖畅想
把太阳举过虚度光阴的头顶
照亮荒芜的背景
觉醒的诗魂浮出水面
狠狠呼吸

2016.5.4于天易斋

遇见一首诗

由内而外触发的惊觉
灵光与捕捉之间的距离
在风和叶私语的瞬间　丈量
文字的一种高度

和夜风一起坐下来　纳凉

诉说酷暑烈日
那种痛饮星河的味道
把世间爱恨、毁誉，置之度外
一首诗，遇见天河水的纯澈
生动抵达

是不是神祇的邀约
裹挟着灵力、场能和待发的劲势
保持高山流水的姿态
一种隐秘的路径
把一些细节的感怀
尽情渲染

2016.8.4 于鹰城

创造力

诗歌没有标准
仅仅一个最初的意识
任凭一泻千里
成为自己想要的那首诗
文字之间的架构、气息与标点
原始坠落

诗艺　源自彼此辩难
禅宗的公案　修行的细节
技巧是感受
只凭一点点打动人

偏爱　骚动　半生不熟
意象被涂在蓝天上
未必不是突破

写诗　很可怜的一件事
不堪忍受水浅，火不热
惯于取巧，或者语出惊人
一百年　淬火
何不给美学格局松松绑
创造力　一不留神
多元撼动

2016.8.5 于鹰城

改诗

在树荫下改诗
总担心砍掉了枝叶
诗心在烈日下暴晒　脱水

夏荷在叶隙里
和蜻蜓一起放飞炽热
感知　细微的疼痛
只待秋风剪去残叶
白藕滋生

每一个晨曦　或者黄昏
都是必经的路口

诗歌正以加速度的方式
击破我固有的壁垒
一遍遍地漂洗　无须刻意
水落便有石出

2016.8.5 于鹰城

那段千载一遇的海潮音

——致罗兰之声

我闻见　　那段千载一遇的海潮音
神女到访的传奇
在这明净如初的宏阔中
款款如来

你信手　　拈来一朵浪花　　抽出
盘根错节　　一丝魂牵的少女心跳
将静水深流的彷徨和忧伤
层层剥去

我思慕　　那大气磅礴的浩荡之声
让诗人欲飞的心绪
挂在你明澈如水的眉梢
贯耳　魂梦相依的大潮
如如来去

你修成　语言如禅
——罗兰之声
借着与生俱来的诗性和爱
感知　灵魂缝隙中裸露的脉系
让文字　在血脉浸染的生命中
绚烂涅槃

罗兰之声的美
在于打开，或者关闭
都让心灵，观音，颤动

2017.2.10 于漾月轩

生日惊艳

真好，端午的粽香开着
什么也隐瞒不了
请原谅　我是多么幸运
这个日子只为我独一份的存在
全国人民都放假，感恩你们每年用安康
祝福着我的生命

把我的生辰惊艳了一遍又一遍
香草、百合扶摇九歌直上云间龙舟
日月齐光的九天
这个吉日良辰的殊胜
把几千年孤绝的风华礼袭得如此神妙
今天，浣碧，彤云，如如悠然

附着诸神其上的兰汤，美酒
一再沉醉的我会一生感铭

2017.5.30 于漾月轩

2018—致情人节

感怀一个情人节
花朵依然美好　柔软　清澈
鲜润温情是生命盎然
简单的绽放历劫逼仄的冷寒
一个女人的青春太轻了
来不及映射出玉露的寒凉
明月便照见了江山的重

有多少个曼妙的情人节
爱的意识早已脱离了爱的能力
观一路暗香花开，拥一世清扬自在
有谁想过给自己一个暖心的馈赠
呵护自己如情人　每一天
让自己活得幸福富足
爱生活　爱自己

我享受被时光擦亮的书房
最美的诗文与灵魂相爱
最爱的情人拒绝这个时代
如果必须有个情人
我的到来就是为了向你致歉！

于是，一个人，泡一壶清茗
苦思冥想——爱情
究竟是个什么东西？

2018.2.14 于漾月轩

隔着时空凝望

——读罢张烨先生《隔着时空凝望》诗集，50 年前写就的诗歌，诗人心灵的奔跑依然鲜活如昨，末学情不自已，欣然命笔，以诗贺之。

在你神笔一挥的瞬间
我隔着时空凝望
一瓣心香 于子夜
经过青春年华
在茫茫春水上放一朵玫瑰
轰响未来

迎春花从窗外探进身来
告诉紫鸟……
春天有一种神秘的声音
采蘑菇的童年里
神和仙女 频频来找你
牵动少年的诗……
花儿欢歌在你心中 逍遥

你在紫云英盛开时

酿着蝴蝶的憧憬……

在孤星血泪里 读史

夜上海的梧桐树下

一个祈祷的少女

感受着爱尔兰诗叶 与

青海湖的沉默

还有两个月亮的惆怅

月亮颠簸在滔滔的云海上

落叶的梦

怎能不疼爱你 心中的天空

诗歌的灵魂杀手为星星 泪

谁不断 问海

无题的浪花喧嚣过丑石

天空只要出现一颗星

就是你留下的诗稿

是全剧的序曲

——上海慧星

2016.6.24 于天易斋

在悉尼，我只想和你共度时光

——致女儿Shelly

我从水暖花红的热土上

一夜魔法穿越大西洋

在悉尼，我只想和你共度时光

享用暗绿色的苍茫
连同我的宝贝一起冬眠

我用太多的意象
模拟爱和生命的选择
莫如与你打开生活的自来水
接上多年隐忍的母爱，陪你
洗衣，淘米，择菜，做饭
购物，喝咖啡。为觅一个铁锅
在商场里转悠大半天
生活，有些东西只需要重复

在悉尼，我只想和你共度时光
去哪儿也不如，用心煮一壶老茶
陪你，坐在火焰至热处
品茶，闻香，觉知一道茶的内涵
消受午后的阳光，把窗户打开
思绪沿着历史的巅峰攀爬
单向记忆中，那些经年沉郁的往事
渐次晾晒，我们使出浑身解数
将心底堵上的明月一厘厘逼出眼眶
直到那枚明澈如水的弯月
撩拨起漫天童话，张鹤而来

生活在别处，只需做你自己
我已经错过了流年，孤绝了世界
即便生命像流水一样无意义

但是，这世上还有爱和温暖

还有向上苍讨价还价的灵魂自由

还有初升如你的太阳

还有春天在你的眼角嫣然回眸

在悉尼，我只想和你共度时光

历劫聚少离多，无论还有多少苦

只要宽居处，享简单快乐

所有的日子，悄然点亮

好好疼爱自己，善待生命

撒一把血脉静流的炎黄种子

在我们体内绵延生长

2017.8.10 于悉尼

槐月飞絮

——记北京的漫天飞絮

春华向晚　只待脱胎的一瞬

轻抒一抹闲情　在诗笺中放飞

就像一个宿命的迟暮女子

染上流年的思绪　脉络里

依然深藏着不老的柔情

和一段尘缘　拈花　抚琴

醉了轩窗　痴了心

灵动的旋律 捎上女儿魂

度尽生死契阔的恬静

一剪摇曳的相思与红尘吻别
将心灵扯成一缕一缕的分离
消融于天涯尽处的水岸
守护来世那一绺　青丝

我愿执三千痴缠
在这繁花堤上撑伞
等你

2016.5.1 于天易斋

慕田峪秋景

慕田峪秋景　有点苍凉
长城，绵延的历史背景里
掠过孟姜女的白发
听风在山野划过
劈出一刃凌厉的刀锋
横扫山谷，直达天穹
飞越城郭的游人有些瑟瑟
长城内外的黄叶都开始落了
枝丫上　飞鸟喳喳

想象中，下一场雪会是如何
别样地写意妖娆
走进去，对自己说
在雪刃上的舞蹈
青砖的下面是温润如昨的史诗

峰崖上　　铸着鹰飞倒仰的绝句

箭矢一扣　射入历史的内心

我跨过尘封的断面

捡起一片片金黄的银杏叶

在落叶的集聚处

极速穿越

怕给万里的自豪感

裸露　一米惆怅

2016.10.27 于北京

第七辑　打开一世又一世的清芳和坚定

静泊金泽

静泊在时间之外
从梦里流淌过的小河
像一把温柔的剪刀
裁剪出竞相出没于宋元两朝的古桥

炊烟是不系之舟
载着柳絮的纷飞，偶尔的犬吠
还有桥边古寺里隐约的钟声
悠悠传诵到今生今世

来吧，循着梵音
看颐浩寺①里
古老银杏和不断云②的交谈
唯有风，不请自来
以一种愉悦的痛苦介入
金黄的叶子带着风的形状
保持着独有的尊严
一些过往的碎碎念
录在树的年轮上
烟柳，月光，金泽
尘烟已远去

2016.11.25 于漾月轩

①颐浩寺：相传原为南宋宰相吕颐浩故宅，后改建经堂命名颐浩寺。
②不断云：颐浩寺内留存的赵孟頫书《金刚经》及其所画的“不断云”等手迹石刻。

收藏西岑

诗一样的雨夜
划过睡不着的灵翼
仿佛前世相遇在这里
葱绿是乡道上的问候
疯长在心里的那些草
躺在你的目光里
沿着狗尾巴草的根系
感觉着牛吃草的快乐

记忆辨认着儿时的羊肠小道
湿漉漉的空气弥漫泥土的香甜
唯有故乡那味道　在心上
神往处 靠近家门
我无须睁眼　娴熟地轻叩门扉
慈母天使般的笑容　铺满寰宇
我跪在阴阳交错的时光里
仰望　用诗歌凝固的童谣
收藏西岑 梦的芬芳

2016.6.4 于青浦文学营

西岑 让我想起故乡

西岑，袅袅炊烟
恍若小时候　妈妈呼唤我的清晨
这童年记忆里的唯一天空

炊烟和妈妈唤我的乳名一起
被故乡记在心上

那棵石榴枝丫乱横在庭前
嫩白的乳牙　咬住一串生涩的词
艾草追着粽叶在母亲的指尖
熏香　一地口水
那些孩提时的美好细节
一次又一次袭扰我孤独的心房

荷莲不枝不蔓平息一池涨起的心潮
连天碧翠和母亲的炊烟
我只需念念有词便可登临
一线潮①头簇拥着的朵朵梨花
明媚如初　洇染的墨迹写不尽的你
西岑，让我想起故乡
一切都在无形中
鲜活

注：①一线潮：钱江盐官一线潮（我的故乡）。

2016.6.6 晨

夜饮珠溪

（一）

深秋的绵软
正在融进越来越深邃的夜空
放生桥　在灯火明畅里渐次安静
我举目饮尽珠溪

怕一开口便成虚无

角里的星光　薄雾轻洒
古镇不顾　　在深睡
我凭栏眺望
星光正托起漕港河的穹宇
远离繁杂的尘世
走进一个人的心里

一枚莲台　　随隐隐禅香
打开一世又一世的清芳和坚定
在我的手心盛极　　脱落
记忆中　前世的灯火
不远不近　　　我盈盈两袖
静得出奇　　将
风尘扔在尘外

（二）
秋天越走越远　　侧影如云
雨墨　漂在珠溪上
诗歌自然走下指尖
为日渐羞红的枫肥　　掌灯

下一个渡口　谁在放生？
尘埃掠过眠桥处
青龙　在深喉中亮出金云
吐出　千年之前的水晶宫殿
翻涌一夜的海上谜案

遇君　洇开一笺水花
挥洒成枫林宕跌的瓷韵
孵出晓华明月的心事
将有关八面来风的传说
演绎为珠溪的代表作
用水波纹上的诗语
轻轻　安澜

2016.10.11 修改于漾月轩

在十万朵云水中煮茶

——记朱家角水都南岸

周末　闲不住的朱家角
蜿蜒的水都南岸拴着赶集的繁华
邻水的轩窗在初夏的午后闲话桑麻
二期　三期的彼岸花墅　牵引
驷马难追的心 沦陷于半笼烟沙　丢盔弃甲
所有的排兵布阵都暗藏玄机
听那水都的小桥下　蛰伏着千军万马

在澎湃而来的十万朵云水中煮茶　吟风
暗动的芳香 低垂的柳枝
最终敌不过雨中你弹的一曲琵琶
伸手 接住屋檐下那缕隔世的倾诉
一不小心滴落水面
砸出朵朵荷花

2016.5.7 于漾月轩

印象 樟艾居

（一）

幽径婉转。灵魂出没

古旧草庐，恍惚的光景

沿着婉约的韵致

婷婷，款款，或者引颈

探秘　　若知的前路

水波高过我的视线

樟艾居，被一帘旧梦诱惑

烟云在心上

无声的石磨，灯火碾碎了一地

有谁真能从地上捡起……

（二）

印象樟艾居，自每一棵植被里探幽

撩人风情，从飞檐雕龙里渗出来

为每一个迎来送往的日子

活出　　遗世独立的曾经

播种，将消遣摆放在古戏台

让寂静放置在钓竿上

填一阕《诉衷情》

钟情，可有伊人？

才刚唱和，转身别离

2016.12.2 于漾月轩

车流

朱枫公路的车流载走了多少光阴
一群群鱼贯而入顺流朝南
一排排穿梭溯流向北
行道树坚守迎来送往的风尘里
不肯随波逐流

恒长的四季随车水马龙流淌
变迁鲜活的物欲与人事
在漂泊路上　不断翻新
于隐匿人流　风烟俱灭

我　目送欲望挂上枝头
心事　随疏影婆娑
把物欲驱逐进车流
欲念太过渺小
心事被车轮碾碎　无痕

一切都将随车流远走
没有你也没有我

2016.9.30 于漾月轩

演绎自我

凭栏。看雨
一帘湿漉漉的心事
洇开一幅水墨，在珠溪岸边
将有关深秋的诗词，演绎
载入丙申年某月的一天，秋雨漾心
溅落在红叶上的文字
烂漫为经典

细雨之外
内心的峰峦和风景
一叶红与一瓣杏黄的典故
诸如青春和光阴的关系
交付思辨的辞章
掠过童年迷茫
召回依稀可寻的乡愁
将生命奔跑成时间的坐标
放下。比天空还明澈
不再像秋雨一样
演绎自我

2016.10.29 于漾月轩

赶海的青龙

——题隆平寺遗址

今朝谁与我
一起赶海
打马策鞭海上的月霞
只因我孤独无边
等待灵山日出
时间　由我一跃六千年
往事　不是三言两语说得清
上海无痕
曾经的海誓山盟
写成青龙故事

此刻，不动念
心也无澜
蓬蒿灌木高于海平面
一瞥眼 尽收隆平寺遗址
空空寂寂
不见钟　鼓　油灯
唯有一群前世的诗僧
座驾青龙　扬鞭

2016.12.19

上海在世间游走

——题隆平寺遗址

上海在世间游走
从华亭走过
用心走出崧泽脉络
走着走着
历史的印迹就走远了
谜一样的青龙抓痕
现身六千年的海图
上海在海上游走
绝非原地走着

走不远的沧海注定变成桑田
隆平寺塔在高处俯视我们
天边的海近在咫尺
海边的岸踩在脚下
闻见青龙腾起的海潮音
灵山在海上游走
上海　走近我
漫过眼睑
帆影浮动

2016.12.18

一屁股摔倒在花丛中[①]

——致余志成

云朵顺应风的唱和
以奔跑的姿势迎向你
风，　竖起
成灵魂意象的翅
在低洼的地方滑翔
一屁股摔倒在花丛中

行走在乡愁中的我
从晨钟到暮鼓　敲击
伴有薰衣草的荼蘼
簇拥着　风尘仆仆的云朵
卸下潮湿

文学营里的诗神
借着花香与泥土发芽
感知同题的韵律
一首诗
沸腾如斯

2016.6.4 戏作

注①：访张马寻梦园，诗友余志成摔跤，
我充当草头郎中按摩敲背之滑稽场面。

清迈，浸润进骨子里的静

静水深流的遇见
离天堂最近的回响
一点水，融入人间清欢
是否你我曾烟云邂逅？

红尘太多的偶然
只有信仰才得必然
你，天使盛装雨霰的白袍
将所有灵魂安置于光下
合上双眼，摆脱时间的束缚
远离尘世的等待与幻想
这一刻　完美飞升

我走向蓝色眺望的远方
招摇的罂粟花并不妨碍诗性的存在
沉淀岁月与沉默　血色韶华在体内散步
只用安全的方式涂亮诗歌
清迈，浸润进骨子里的静
心生智慧，亲近相同的生灵
好恶佛魔只在心发
这一刻　一体同观

2018.11.29 于清迈返程途中

第八辑 以另一种形态活着的自己

墓志铭

人生是一场无望的颠沛流离
暗自成殇的灵魂，附载业力飘浮
没有一张床真正属于你自己
没有一面镜子会映照出我所有的形象

爱与生命的选择，我更崇尚自由
灵魂与躯壳解约的同时，我站在云端
俯瞰，死亡玩着她的阴暗魔术
地平线与意识一起扬升的过程
割裂的灵魂不再有任何伪装
上帝重新创造的我，在序列

形而上的解脱，已成定局
于时间之外，我卸下千年的业障
灵魂举着高昂的头颅
将所有善恶、恩仇与功过逐一清偿
契约的精神在乎绝对公正
活着的人是否需要欺骗与被欺骗

我无意与这世界争夺领地
活着，不过是刻意经营的墓志铭
直到最后的碑文把我招安

2018.5.17 于漾月轩

为你助念，我佛慈悲

闯过死神的缺口，算不算重生
那些你独自支撑和承载的
该不该归功于神助，天定
无常的生灭，可否称之为
此岸与彼岸的
如去如来

因了一个豁开的灵魂
除了痛，还有心疼
红尘入药，即便伤口愈合了
那痛，还会不会隐隐发作

牵扯出前世今生的缘
你若重生，所有人都愿意
按下，心头三千里乱云飞渡
为你助念：我佛慈悲

在所有善缘难以企及的高度
如果你不是般若的化身
又有谁见过心中的佛
纵有一念万千的谤你，毁你
神性的灿烂，博大
宛如一束光的温暖
遗世独立，不为所动

2018.5.15 于漾月轩

生命与灵魂对峙

你用生命的热度
与浮华世俗的灵魂对峙
就像茫茫大海里漂浮的木筏
渡过几人

信守独善其身于滚滚红尘
终究难以修成五蕴皆空
放不下那些，以为放下的情缘
生命该如何与灵魂对峙
羞愧的孤独是一座盛大的城堡
除了忏悔，你还能坚守什么

灵魂在一盏茶的诘问里
多少往事已在一缕余香中
永不回头
这一生，你是否注定要
穿越一场梦里繁花的盛宴
只为遇见一阕词里的她

多少个五百年的修炼
最难解的始终是深锁的自己
生命与灵魂的对峙仍是那册无字的经卷
除了心念、业力，莫过于
那些愚痴的罪过选择

是谁选择把自己赊给了一座城
一滴墨水，就把自己涂抹成黑夜
掌上一盏灯，试图照亮全天下
让自己，总是处于戴罪临渊的状态
是谁在不断自我实现的过程中
与一块碑，深刻对峙
借助一支笔、一把刀
上天入地，往内心里伤

生命最终会与灵魂和解
一个人从生到死，一直提着的
正是这一生需要放下的

2018.5.14 于漾月轩

人性是一面镜子

人性是一面镜子
我们从别人的身上照出自己的匮乏
那个镜子里还算光鲜的自己
一年比一年衰老的时候
是不是一个日渐苍凉孤独的过程

静静地按住当下
尽量想象自己端住在灯火里
宛若烛光里的妈妈
除了寂静之外，还剩什么

留不住的东西总让人怀念
比如青春、鲜花和爱情
看着自己的掌纹变了又变
心却不愿意去更新
天真地对峙黑暗
心说，光明还能远吗？

人性的悲哀
有谁能真正地勇敢面对

2018.5.15 于漾月轩

重生，承载与以往不同的意涵

一个人，心有多大
世界就有多大
心，从迷惑到清明
滤净三千烦恼，才得菩提
心，是被愿力、念力撑大的

在性命攸关的生死关头
你是否真的彻悟，应验了
佛曰：在劫难逃

重生，承载与以往不同的意涵
若见诸相非相，则见如来
见了如何，不见又如何？

玄理神话，永远是不可说
不可说，那种潜藏于魂魄里的东西
触摸不到，却从身语意丈量你
如风一样的存在
无垢无净，不增不减

让我来不及准备的临难
是不是想告诉我什么
激活因安稳而懒惰的心吗？
三万顷桃林，我只回眸一眼
何来要命的惩罚

人世间的一切生命
皆因爱而重生
无论是千疮百孔
痴缠的只是心的微光
不生不灭

2018.5.16 于漾月轩

以另一种形态活着的自己

一场突如其来的劫难
刷新意外之外的另一种形式
命定的秩序，在之外
被我们的欲望操控
你，站在高处
与风对峙，向死而生

任何人或事都有因果
我们很难看透，了然其边界
命运早在生活搞定它之先设定了我们
不甘心又如何
当我们满心欢喜追赶春天时
花朵瞬间凋零，琴声远去
我们总是慢了半拍
回荡在空气里的悠扬，责备我
一个待喂饱的灵魂，追不上
想飞的肯定不是你自己

其实，我们静坐高岗，不用追
追不上又何尝不是一种幸运
这时代，很多人带着香来闻着臭走了
人的三观，在去往墓地时才原形毕露
忏悔

活着时牵绊的她
岂不知，牵绊的是自己
在掌心里抚了又抚的名字
即便倾城奉上了自己
也盛不下，前世
以另一种形态活着的自己

2018.5.16 于漾月轩

飞不过沧海

一个人的业力轮回
需要修行多少世，方得解脱
墓志铭上的几行字

如果爱一个人
有千百种绝地逢生的救赎
缄封成岁月的模样
断舍离，得灭度
让我们的心住进一盏灯里

持戒在心门之外
尘世随一炷香的焚起　散去
无形无相的情种，隐没于
一朵莲的无怨无悔里
恰似一阵风掠过窗口
谁能辨认你
曾经来过的灵魂

那只让你魂牵梦萦的蝶
始终在风里
总也飞不过沧海
面对那复杂的风云天象
她穿越恐惧，在辽阔的夕光里
投映出一帧标本的最后美丽
与这个世界握别

2018.5.18 于漾月轩

那一席追尾的梦

有一种心境
把我的情绪
调得又苦又涩……

一盏心灯若明若暗
始终放不下孔明灯的心愿
只会调成弦月的阴影
成为一团挥之不去的暗霾

其实，那一席追尾的梦
本来属于浅尝淡茶
不知因了何缘越煮越浓
沾上了我前世的哀伤

哀伤无声地滑落
锥心地要揪一个梦境
不是因为虚幻
而是因为逼真

抵抗一场无疾而终的战争
几乎是历史的复位
我检视心头的裂纹
窒息的惊骇

最终，我和我的梦
淬火如凤凰
涅槃

2018.6.30 于漾月轩

转角，灵魂走远

很难想象爱情赝品后
诗情只剩枯槁的你
要么忙着生活
要么赶着去揭死神的招贴

奇才必无财，争财则平庸
命运的无解是不解之解
人的无用之用
几乎没有几个人能懂得
那——不争之德

当然，不必否认
男人一生自我实现的过程
只是自我缠斗的内耗
女人即便才情云锦
依然难逃岁月缤纷后的落寞

褪去胭脂粉黛
一地雄心仍难以收拾——

我的悲哀是你的悲哀与我有关

我的遗憾是忘了遗憾

转角，灵魂走远

2018.7.3 于漾月轩

断舍离

一直以为

死亡是一种解脱

灵魂的开与合

就像蝴蝶扑扇的翅膀

心无挂碍，没有恐怖

原来一飞冲天的瞬间

并非只有喜乐与殊胜

觉与知，知与行

你手里拽着一念三千的我

何来的得成于忍？

尘世的爱与不舍

从你的全世界路过

把全盛的你一一活遍

皮囊精疲力竭做最后的挣扎

灵魂，依然不愿

断舍离

2018.7.20 于漾月轩

一颗心的蜕变

我一直试图想明白
活着，究竟有什么意义

生命延续是一种习惯
如同花草一样生根开花
无关责任，但牵连痛痒
简单而深刻的血缘
亦如那条流进我梦里的小河
怎么也洗刷不了遗传的烙印

生活是一门透明的艺术
天命如素冰裂开，一切不容分辩
抬起头，洞见人不可原谅的背叛
到处充斥的欺骗
不足以描摹一块顽石的傲慢
身在其中，我无权审判人性
历史被推向了被告席，虚拟罪证
浩荡恩泽被口水绊住
肢解

一只蚂蚱的灵魂，被收监
在贪婪、漆黑的内部
日复一日，扮演着植物的表型
抵抗混乱，寒彻入骨的痛苦
算计，无声无息的长役

有谁看清他后代的基因裂变

我潜行于如常的无常中
觉知，获得寂静的根系
满怀慈悲，浇灌一颗心的蜕变

2018.7.20 于漾月轩

心念又起

风动？幡动？心念又起
这一切，都拦不住
写诗，为了找到定海神针
抵御秋天豢养的凉风
时光，给过关的我备足了风云
吹起尘烟千万丈
我在台风中央的位置上
既被飓风卷起，就难免被抛落
宛若中年的人生，上下不得

风中的我，等着故事上演
无缘无故地，我变成了事故
吹到高处，吹向陷阱一样的深渊
像一个剧的结局，突然到来
没有铺垫，没有彩排，主角没了
只有风，飕飕的，跟着我上下翻飞

玄黄幽冥居上，儿女情长在侧

陈旧的时光风起云落
像我沉重的肉身
背负了全世界的苦难与恐惧
一个人如何载得动这洪荒的孤独？

心上
万念三缄其口
有待一个破茧成蛹的过程
去面对整个世界

2018.7.27 于漾月轩

仪式已进入了尾声

没有一丝风，过来告别
世界没有绝对的完美
缺失与拥有共存
仪式已进入了尾声

一切事物仿佛突然停了下来
石头风化成绝望的姿势　哑然
你跪着走完了自己的人生
无论你是否甘心或不舍
必将被脱下自己的虚荣和物质
哪一根是拯救你的稻草？

你的重生
总被堵进断舍离的一角

你是那么容易掉入沼泽
虫洞一样的深渊，仿佛轮回
所有人都默默地低下头
把想法咽进肚子，下意识地回避
百年以后，有谁会忆起
被时间抛弃，又被情义唾骂的你？

天光依旧无辜地旁观
在一个币种里流着口水的众生
乌溜溜的眼珠，明晃晃的白银
足够友善的不是人类
我恐惧今天的恐惧会继续发芽
仿佛病毒，仿佛轮回
欲望的虚线一直检索过
地狱的豁口

2018.8.16 于漾月轩

啸天长虹①

我常常想，兵戈翻篇以后
还会有谁能成为马背上的枭雄
还会有谁驰骋疆场马上封侯
很酷很豪迈，把秦皇汉武写在马蹄上

闪回，一骑啸天，坐实了万马嘶鸣
等司马迁《史记》里的人物一一复活
在时空的扉页上，遇见倒骑青牛的老子

还会有谁以金戈铁马为荣

安澜，坐在千秋之外的意象里
把荷风嬉鱼的六百亩池月漾了又漾
《道德经》是天道心行的灯
照见三月诗和词的无羁和无为

花间酒，水中月，仰天笑
还会有几人俯仰成一个世纪的开怀
还会有谁比肩这驷马难追
啸天长虹

安澜 2019.3.24 于漾月轩

注：①题诗友们荷风嬉鱼聚会中四马一猴仰天笑的照片。

原罪的拷问

昨天，你只考虑活着
今天，你活着寻觅自我价值的救赎
明天，你怎么活着有待探讨

整整一辈子
你只是寒秋里的一只蚂蚱
你蹦跶，或者蛰伏，时间都不会放过你
这个冬天，即将来临

绝望抚摸着死亡
秋风追赶，寒意也追赶
即便你心里的春天追过光阴的速度
翻越山阴的朔风再也迈不开脚步
你颠倒梦想，忍受耻辱
卑贱的灵魂，正奔赴一场原罪的拷问
当闪电撕开非黑即白的争议地带
我所看到的真实，最终剥离形而上的风暴

当原罪晾晒进窄门，天堂是不是近在咫尺
夹着翅膀做人的鸟人，这些年
埋藏的火焰是不是可以让你涅槃

2018.8.24 于漾月轩

一个人的酷暑

深沉的墨云，压制着水韵
荷，拨开淤泥的天窗
把全盛的爱绽放
我从你的全世界蹚过
你头上翻卷的白云
有没有一朵是我心里飞出来的？

一个人的酷暑
我忧郁分量太重的盛年远去
没有温度的空虚重来
一生杜撰的剧情，索引过黄金时代
留白的，依然如豁口
有一天，我在人间彻底失踪
谁来证明你与这个世界发生过的
在水墨合一极境里，血脉奔突的凋零

我从墨色水光里醒来
开始画一朵怒放的白荷
山水，成为苍远的背景
我腹部的深渊，居住着一头白鲸
她和你岸边看水，风中谈话
泪水，掉入亿万年的记忆
湮灭的真相，和思念的边角料
一个山海神话，在复活

我不敢触及心的宣纸

慢慢移动身体里，黑暗的音符

我听到节奏里，有你摇曳的影子

你从未完结的画里喊我一声：

去爱这黑暗与死寂，再穿过它们

把彷徨和不安，带去尘埃之上

叫天神纠集一群暴动的文字

将防微杜渐的日月戳穿

2018.8.20 于漾月轩

第九辑 谁是人类最初与最后的主宰

龙腾日月

远古的呼唤
昭告诸神，潜龙出关
悄然启封七千年的那个青潭
人类创世纪的密码
一种表白以混沌的力量抵达
神格在人性之上附载合魂
天机神谕，由谁来破译？

我张口天语，合十神咒
兜里揣着一车月光，逆向回归
我站在道中央，迎头大日明晃晃
神性与现实怎么走都在道的边缘
到底是谁？腾起日月争锋的风波
是谁高奏天机重组的绝响？
我害怕，我一摆裙就把神光阵给泄密

管你是谁，返程的路标指向昆仑
能召回，洪荒途中丢失坐骑和法器
纯情基因是风行神宇的能量
龙腾江天不过想找回神梦的山河
谁是人类最初与最后的主宰？
在舔舐我们的青春和生命之后
你被凌空冠冕一个高亢的王

使你黧黑之眼开始发红充血

喷射出隶属于权威与力量的光芒
六龙御天载来王者盎然的颂词
抽走月在天心的原始记忆
日月争锋消弭于清都山水的神迹中
你手擎正道的光芒　宣布
大日茫茫，我神在上

2017.8.17 于悉尼

《山海经》组诗

（一）

我焚香　闭目静坐
放空所有的杂念
蔚蓝的天宇
陡然站起另一个世界
昆仑墟台上的那些仙、神、兽
纷纷下界在一册书的心里
全部的故事
遭遇在数千年、数万年甚至宇宙洪荒之前的之前
天知道

那神灵的性光
早在羲和造日　常羲浴月的法力中
蔓延
母系氏族曼妙的身姿
开启这册页的同时
炎黄大战串起天地人类的脉络

发现那条三年不烂的鲧

被一把刀剖腹开膛

流出水路千条的治水英豪

整个人类历史

从无字的缝隙中

流出众神鲜活的文字传奇

为后人叙述

（二）

史诗　在颂扬过千代万世后

先是继承神农的播谷

让那些研究众神遭遇的孩子

明白始祖养活我们的苦心

是什么样的妙手创造了神奇的山川 河流……

然后　让甲骨文字穿越过地理 血脉

以玄冥 架空的思维来嫁接

子孙万代寻根的线索

考量枝繁叶茂的版图上

能否嗅到那些神驰的伤感和血腥的味道

那神衹的秘密

依然在前赴后继的修炼中

探幽

后羿射日在史书外的民间传扬

让人类 收获粮食的喜悦

生长在镰刀下

百姓就是那些稻草的命

总是被堆放在脑后
在尘埃落定的百年祭司时
才可有可无地作为一把炉火
煮出　那锅沉淀沧桑的味道
是怎样一个煎煮的过程
可用血书！

（三）

再读　大鹏金翅鸟
归墟之水上达天庭　下通地心的
玄妙　暗合上穷碧落下黄泉
哪怕是金神白帝和尧　舜
一样逃脱不了生死的轮回
英武的生命在如如不动的时间长河里
与弱水三千里流淌
羸弱得无法托起鸿毛
一片

何况　那些小国和臣民
无论你是否存在过
是否幻化成曾经的沧海和桑田
在你陨落的那一瞬
早就灰飞烟灭

（四）

没人知道真正的作者
就像没人知道自己的文字

能否在身后千古流传
总是把过程的享受
遍布字里行间的涂鸦
真正的站起来的味道
在焚尽天年中
培土

或许　移花接木的根部
似有似无的神游
芭蕉叶　摇曳醒瑶池中的美人
十巫争艳
《山海经》众神
在万古不解的传说中
栩栩如生

2015.2.18 于天易斋

春天里的十个太阳
——《山海经演义》创作有感

春天里　十个太阳开始复活
在心坎的春巷里
嘲弄一个沉迷于日月之争的安澜
你　何来捅破海底隧道的勇气?
让创世纪神话在此刻萌芽

春天里　十个太阳在奔跑
牵着心头的小鹿 捉迷藏

躲过　路西佛的嫉妒
重返　湛蓝源头的爱与信念
你　直接把日月的命运托付给神灵

春天里　周而复始的太阳
沉浮在阴阳交错的梦幻里
活着　仅用回归寻访来时的路
灵魂　在流落人间的日子里
随遇而安

春天里　十个太阳的传奇
从明媚到暗淡
自玄空处穿越史前
时间的背面是一望无际的沙漠
此刻　神祇的方向在手里
出路看信念　希望在明天
透过许多辗转的反复
是否能揭开昆仑神秘的面纱?

2015.3.31 于天易斋

沉醉的夜晚

在混沌的文字间
这个冬天是那样地喧闹
墙　在一片片蜷缩的黄花[①]里
隐约着别样的情致
羸弱的喘息　透过热闹的花瓣

一朵花心 掉落
遗失了昆仑神的记忆
碎片基因凑不成神性完美的人格
就这样　断裂在字里行间

昆仑墟的九歌
从海瑞天飘落进瑶池
青鸟儿浅唱低吟过人间
撩拨起穆天子八骏朝圣的足音
起影奔霄　翻羽
绝地飞驰
蟠桃宴上的琼浆玉液　香气扑面而来
神醉　在这个年关尽头的夜晚
西王圣母　别忘了
扔我一块玉膏　尝鲜

瞬间，意识到这样的夜晚多么虚幻
我的心事仍旧是烟火人间的五斗米
那神曲荡漾在凡尘 沾染的还是俗气
我试图倒在复仇女神的锋刃上
溅出一地殷红的血花
涂抹在人间的脸上
唤醒　这样沉醉的夜晚

2015.2.16 于天易斋

注：①黄花：黄色的即时贴粘贴在墙上。

基因碎片与天命之约

——知天命随感

潜藏于肉体的魂魄
撼动扶摇涤荡中原初的波频
一直尾随那处子如水的心念
纯情的基因已在血泊中　潺潺流淌
看不见的游戏　　在时空里萌芽
含泪的昙花盛放在子夜
谋划着不属于自己的爱情
天使的裙裾　以翻云覆雨的悲壮气势
演绎　寰宇星阵①变幻的波澜壮阔
把古易八卦的图腾　再现
尘烟滚滚的人间

那亿万年前的故事
蜕变成　三月伊人的清纯
在妖娆百态的春色里
惊醒
蹁跹　凌空花仙②的基因碎片
暗香浮动　陡然
泄露　沉睡绵长的天机

六月雪的荒谬
痴缠迷离的姻缘
承受　万劫不复的审判
吐出吞蛆虫一样的感觉

看　自己埋下的无明种子
在孽海上揭开华盖
恣意长成了悲壮的旋律
一遍遍反复行吟　低唱
痛彻　无法抵达的
彼岸

多少次花开无声地败落
忧伤地呐喊
在看不透的尘烟里挣扎
赤裸的魂魄
越过阿赖耶识的记忆种子
拼凑不齐完整的命格[③] 路径
暴晒的现实　神祇的玩笑
没完没了地捉弄　怎么也不倦

子夜　万千遍魂梦救赎与祈祷
直接把自己交付苍天和神灵
用卑微的身躯承载和尝试
跏趺坐　驰骋在生命的繁花之中
八万四千个念头　飘满红尘
用神的旨意　执掌天堂和地狱的钥匙
开启幻想者的门扉
以梦境铺路　编织锦绣与光明
让欲望洒在人间纯情的血中
把爱悬在天空
遗憾　留待自省的梵音中

寂静　默然的水华里再沉寂
随手一指划出天边的彩虹
无视时间的存在腾出仰望空间
洞开妙察观智的阀门
禅寂 把守诗歌的城门　语言的要塞
冥想的幽径　延伸大地中央的火焰
燃爆人间的悲伤与恐惧
突破、基因的桎梏
用闪电的雷火和头颅的光芒
合抱一飞冲天的目标
结束三月④的困惑与命运的徘徊
火红的五月　承诺
将掳走的花朵与诗性奉还

2015.6.18 于天易斋

注：①寰宇星阵：鸿蒙天宇所有秘密都藏在天珠格格裙摆上的二十八星阵图里。
②凌空花仙：天珠格格又名三月，属于百花仙子，统领百花。
③命格：人格由神格基因碎片不断重组而来，故而，人格带着神格基因碎片的烙印，也就是说，人类起源源自宇宙外星文明的蜕变进程。
④三月：乃天帝 12 个女儿中的一个，下界地球转世属西洋战神雅典娜，在东方转世炎帝小女儿女娃，即淹死在东海的精卫。

卧龙，托起理想国的天珠

Wollongong（卧龙港），告别你
天蓝得窒息，海还在掀着碧翠和云朵
海鸥，一直不倦地盘旋着

海的尽头，南天佛国的门敞开着——
一路彩虹横斜，恰似巴赫的琴键

轻轻开启诸神的天谕

神话和传说中的故事次第上演着——
没有纸和笔，在现场
只有这一刻惊心动魄

是谁布下的这谜局？
你以你的海市蜃楼，云彩的翘盼
刷新着人们关于山海神游的路径

那个使命和梦做了无数遍
凛冽的内心与夕照里的逆光……崛起峰峦
宇宙风云的天象就在那儿挂着

时间至于灵魂是同类
卧龙，托起理想国的天珠　告诉我
可以像海鸥一样乘着风的自由　越狱

写在七夕 2017.8.28 于悉尼

骑日而咏

人性的善恶、美丑与真假
在人的灵魂深处对立、统一与分化
只在一念之间
如同诗人的人文情怀
越过庸常的背面
遇见一缕阳光

一首诗究竟要写多久、多长？
才能牵上月亮和太阳的红线
绕过多维度的死亡谷
你拄着自己笔直而坚硬的诗骨
在昆仑崖顶与峰峦之间
等待　神女引领着诗歌
一飞冲天

仰望你　不朽的诗志
穿行寰宇
点亮比太阳更亮的一个个星球
它们无法理解不老的诗歌
只有比后羿的箭更锋利
比月亮更柔的诗心　缀满夜空
密集的诗魂　才骑日而咏

2016.8.21 于天易斋

神话十日华诞

——致《山海经演义》十日

《山海经》是远古文明留给人类的一部集宗教、哲学、历史、天文、地理于一身的天下第一语怪天书！我自2015年开始以神传天书的角度重注《山海经演义》，以众神谱系的推演还原一个人神共处《山海经》背景的物理天庭。以神性的神格创造了人，创造了世界，创造了物质……

人类的神格化表现是神格基因的索引代码，故人类本身就是神遗传基因的造物衍生。母系氏族时期，羲和造十日的原始初衷是创造十个太阳纪，意在创造羲和太阳系一人执掌的羲和之国。实现从月氏国母系氏族统治到天帝父系掌权的天威乾坤转换。天之骄子十日的神格命谱，在“天机中枢”宇宙力量“月氏母系”“太阳父系”的日月争锋中，演变天机黄金时代的毁灭。神话十日华诞神格命谱，在地球人类的变迁进程中，分化成人格命运的特征索引……从而召回本原的神格！

——题记

序【羲和浴日】

甘渊神泉的极阳至圣
沐浴着大光明天后——羲和
宇宙在初始母体的光华里
悸动　灵元脱胎的十日阳光

你，驾着紫河车　洗化了万载孤独

接引甘山银河的躁动　裂变
扶桑树，晾着初阳的呼吸
明澈的十缕曙光　众日合诵
盘古开天辟地的法典

我用诗人的情怀　以便
在文字天平上称量太阳纪元
与自然律、万物法和理想国的平衡
宙心在光与热的阳点聚焦
夜的静默正在被喧嚣打破

羲和浴日，神谕到极致
无极延伸几万年　终究
日新覆不了月柔清辉
简单又直接的神性千层面
岂敢诗魂来把持？

一日　【炎帝】

赤日炎炎，如何试手一团火
所有热望汇聚于南极丛林
火红憨至，所有的冰凝、湿浊和冷漠
被消弭。太阳鸟组合的黄金盔甲
镶嵌在刀耕火种①的灵羽上
呼之欲飞　息之安详

列山之焰熨烫姜水②，温柔到了极限

犹如神农[3]在荷叶之上涅槃
寂然无悔，保持着涿鹿之野[4]的威仪
托起阪泉联盟[5]的一盏神灯
犄角叮当，呼啸倾巢的金乌[6]
照彻　万年光耀的华夏

我像一个巫婆，与远古的相逢
虚妄心通。神授。仿佛一昧火种
蔓延或者环绕
禀赋的热情呼之欲出，挥之即燃
焰光随处，化石成金
心神，被无辜折服

注：①刀耕火种：炎帝发明了刀耕、火种两种农具。
②列山、姜水：炎帝又号列山氏，姜水乃姜姓部落的居地。
③神农：炎帝号神农氏。
④涿鹿之野：炎黄联盟对抗东夷部落蚩尤的战争。
⑤阪泉联盟：阪泉之战是炎帝部落与黄帝部落争夺华夏首领之战，炎帝失利后联合黄帝形成华夏联盟。
⑥金乌：《山海经》中称太阳鸟为金乌。

二日【阿弥陀佛】

借助于神性，百千万亿劫人类
悟得更多，一声佛号的电光石火
空落在苍穹之巅，如同万物生长
波澜不惊，还原扶桑树下的灵性
纯粹，善良，还有慈悲

披肝沥胆撑起来世的重门

须弥山，自以为在永恒的时空里
如如不动的一柱擎天出乎意料的
只是道统不周山的空穴来风
聚散于弹指间的日月争锋
智慧如你，何不当初偷梁换柱？
省却如来无量劫的超度

相法如来，或坐或卧或站
莫如一幅抽象的画，可简可繁
可在灵魂深处绑定一个任意的星球
拓宽的法力，可据岩石碾磨或塑像
概念的朝拜，浩荡成阿弥陀佛
在冥想中，凡圣转换

三日【地藏（挪亚）文财神】

自从三仙岛塌陷，蓬莱失联
众神失了法度，东海就不得安生
逍遥，被清算之后的余孽
你能感受到一种空绝的无望
夹杂风雨欲来的惶恐
划动气流，比黄金还沉重

认识无常是你的痛
引发呻吟，倾吐悲鸣，像海浪一样翻卷
驾着属于你研发的诺亚方舟　　突破海底隧道的
魔咒。感受地心的风与火，横跨地狱之门

仔细丈量从东海穿越过西海，向往北极之光
忏悔每一笔横财，攥着血泪

觉悟善与恶的因果定律
沉与浮，聚与散，遍布寰宇时空
你，就恪守在冥空的边界
众神茫无所知，原以为稳操胜券的
日月之争，乾坤只在内核裂变
权力再大不过是烟云的轮回

即便，满载而归
终究，两手空空

四日【赵公明　武财神】

骑黑虎，执银鞭，持元宝，一身戎装
万千年不动的威仪仍在
这符合道统，符合传奇神话的路径

统帅无缘上位，转而求财
不失为一种转化或补缺
符合人性需索的逻辑，更符合当下的
生存法则。温汤的金沙淹没《封神榜》
呼啸过星际的化身，经受住了
一波又一波的万劫之难

无论是顺势还是逆旅

一个名叫“武财神”的护法神
让世间膜拜了几千年
具象或者抽象，对人来说就是信仰
你在人间烟火的中心活着
活成每个人的财富象征，安全感
还有尊严，幸福
还有爱

五日　【颛顼（耶稣）】

一条通向远古的天路，抵达你
设立的九州，历法和宗教的规制
平共工。征九黎。定三苗。文治武功
传神了华夏一统的初创
无论是重的上天还是黎的入地①
无不拓宽了疆域空间的无限
所有文明的传说，同样
昭示宇宙大同和地域小我的
绝对奥义

当时空倾塌，一天和一生同步结果
谁能拘留光阴？谁又能为生命出头？
耶稣，在十字架上义无反顾
爱与自由，杜绝任何的讨价还价
你站在天穹俯视，地平线与理想一起消失
灵质子②随意组合，亿万分化的快感令你执着

复活济世，开启造物主的灵魂圣杯
在接近原罪的位置，重返生命的源头
将修复的神祇通向最后的救赎
捕获理性、公证与神圣的
远足

注：①重、黎：《山海经》里记载，颛顼的两个儿子。重，管理天上；黎，管理地上。
②灵质子：灵魂组合的最小单位或元素。

六日【黄帝（天蓬元帅）】

《山海经》中，我清点过太多气吞山河的大神
曾经呼风唤雨的神们，仿佛他们的存在
终其一生，就是为了把九天万物的造化
玩弄于股掌之中，任意把玩成山、河、湖、海
据为己有，搬到自己麾下的领地

把狼豢养在战旗上的轩辕黄帝
指南车①破雾，南山雾里苍茫
长蛇阵，战蚩尤，夔鼓②声闻五百里
时光就在抵抗中空白。女魃③定胜负
播百谷，制音律，偌大的炎黄体系
从姬水之东到乾坤若定，再到乘龙飞升④
如同天蓬元帅的风月传奇
传神到奇葩的无极限，罚回凡间
接受阳光和地平线的拷问

那曾经君临过的洛水河图

到处是受难的样子

掠过农耕文明的九州

多少法典活在子孙万代的心里？

向死而生的火种绵延不绝

女儿国纵有千江月

谁来领略？

注：①指南车：涿鹿之战，黄帝部落风后发明了指南车，破了蚩尤的迷雾大法。

②夔鼓：剥了夔皮作鼓，为将士擂鼓助威。

③女魃：《山海经》传说中的旱神，在涿鹿之战中起了决定性的作用。

④乘龙飞升：黄帝最终得仙人授意有乘龙升天的善终。

七日【少昊（东王公）】

疑窦丛生的命运啊，当你沦陷

你的内心，浸泡、洗刷错漏百出的灵体

一再重复着一种怀才不遇的救赎

天地暗合，当天柱①倾塌

将你打回原形——

最终，你没有找到真正的出口

一直挣扎的灵魂，坚硬而幽暗

激励，无法改变你神格的曲调

颓废，依然不能改变你天赋异禀的才智

欲望如同一粒被灌溉的种子

引诱你的情爱、火焰，还有忧伤

发酵的雄心与放不下的恐惧

你都无法把它们驱逐或者逃遁

无论你是东王公还是圣子凤凰②的天神

神祇的分化指向不同的路径
却逃不出那些重复的圈套

成功与否和智谋并不挂钩
你一直用谋略喂养的理想
得不到长久的宠爱，并没有获得未来
执拗，加速坠入洪荒的序列③
此刻，你只能从自己的梦境之中走出来
和烈日中的黑子相遇，和危险相遇

注：①天柱：指不周山。
②东王公、圣子凤凰：意指神祇元神的分神，这东王公和圣子凤凰是一个元神的分化神。
③洪荒的序列：意指洪荒之前的大神命运。

八日【蚩尤】

没有神曲，只有咆哮过的战神
我不描摹神格，只观想兵主的轮廓
只有胆怯的人才辱没你的神威
你撼天的豪气是，在别人的景仰中承认
失败

戈斧刀枪、剑铠矛戟至于你八十一个兄弟
仅仅是一种冶金的道具
一不小心被兵家享用了一万年
你征战过的涿水，南山，荒原，险滩
被迷雾笼罩成最非凡的遗韵

九黎[①]，躺在大地上仰望星空
心头千年的波澜
任谁也无法把三苗[②]悉心拢在胸前
记录在云端的寂静战场
难消的伤心气流，遍山浓稠

你睡在银河之上，宛如一盏灯
照彻出历史的苍茫
让人类倒了七千年的时差
依然无法检索

注：①九黎：蚩尤是九黎族的首领。
②三苗：蚩尤的九黎族分化出的后裔。

九日【伏羲（普贤）】

伏羲，一画开天的昊天大神
功业覆盖了华夏三皇的帛书史册
我修炼独步浩渺宇宙去拜谒你，
无奈，我来不及揭秘龟藏的八卦
是否源自天珠格格裙摆上的二十八星阵[①]？

如今你演变出六十四卦象
迫使我一卦又一卦破译阴阳智慧
用你所创的文字网罗归隐的定力
退守方寸，抽身红尘的名来利往
用文洗魂，以行愿的当下，印证你的
天德。仁爱、奉献、礼让

禅坐中遇见你，循着神迹辗转河山
肉身在哪里安营扎寨都是通道
大道至简，活着参透生命
心若无羁，十万八千里无碍
纵横

注：①二十八星阵：二十八星宿，龟藏八卦来源于对二十八星阵的演变。

十日【鲁班　小木匠】

不敢再想起古远或者往事
诸多事物都暗含忧伤，却身不由己
你在东海仙岛深居简出
无法看清这苍茫仙域的暗流汹涌
把创造的果实爱了一遍又一遍
没有人明白

你不确定这些闪着寒光的器械
到底是爆发的创造力还是动魄的武器
当两者不期而遇，热烈却又惊魂
从此，世间永无安宁
只消火焰点燃，就算你想隔岸观火
也难免池鱼之灾，你踩上自造的浮梯
一样坠入洪荒的劫难

神格的必经之路，就像银河的流向
纵然，星河迢迢也是沧海

更是桑田

万千年来，因为你的发明

我戒备着过日子

2017.4.19 于北京泰然居

神话十二月华诞

——致《山海经演义》十二月

《山海经》是远古文明留给人类的一部集宗教、哲学、历史、天文、地理于一身的天下第一语怪天书！我自 2015 年开始以神传天书的角度重注《山海经演义》，以众神谱系的推演还原一个人神共处《山海经》背景的物理天庭。以神性的神格创造了人，创造了世界，创造了物质……人类的神格化表现是神格基因的索引代码，故人类本身就是神遗传基因的造物衍生。在羲和造十日后，常羲、嫦娥以盘古神斧精魄在月神宫蓝池母血孵化灵巫造十二月，奠定了单性繁殖月氏母系强悍的母性统治至高无上的权威。神话十二月华诞神格命谱，从银河系不计后果地开垦星际资源到引渡日月回归的艰难历程……在漫长的地球人类文明史上，将一一对应人格命运的历史索引……追根溯源找到我是谁。

——题记

序

常羲 月神宫的母性智慧

在湛蓝的神斧灵的盘古血脉中　孵化

单性繁殖的灵巫基因潺潺凝聚

在悠远和茫然的时空中
至阴纯粹的母体精灵　呼之欲出
智慧和美丽泛起幽幽的寒光
神斧祖魂殷殷的期待
在绵延

父辈的泪水流淌进月母的心里
在宇宙蔚蓝的夜色中持续着
静静的蓝池积血成渊
十二花仙不眠不休地守护
要用怎样温暖的滋养和瞩望
让万丈月华苏醒
从混元中感觉自性天成的胎悸
势不可当的　月亮纪
灿然诞生……

一月（天花）

我戴着月亮的面具初始成子夜的婴月
让明丽的冰露类似思念的泪水
滴落在天宇纯情的血中
让这血脉在我体内燃起幻想的灯盏
年轻的巫咸激荡于晶莹的满月
在万象冷寂的宙心擂起彻天战鼓
宣告　元月的诞生是生灵孵化的成功缔结
一枚生生不息的凤尾
在神祇的颂词中涅槃成孔雀的白缯轻衣

一月的轨迹　领衔智慧
用最原始的质朴　拓展神圣的使命
遨游辽阔的生灵　在苍穹下
与宿命的不公宣战了万千年
均衡贵族与平民的雨露　争夺日月精华
于天地大战中　破三仙八岛 九王十星
遵循或背离的生存法则
只源于　感念生命初始的赐予者

悲壮的生命符号
让我们读懂了生灵起始的孤独
不同的遗产和相同的墓碑
传说中　傲视群雄的仰天长啸里
早就浸透沧海桑田的漫漫岁月
神魔同驻的修炼比征战还　残酷
我以轰轰烈烈的扫荡之势
叱咤过风云　万千累世
轮转着非同凡响的梦幻
神灵在窃笑

站在万物复苏的望乡台上
平民佝偻的劳作是生命的耕耘
上帝的颂词　回荡在耶稣的十字架上
催眠　被放逐在红尘的叛逆者
回归的路径　镶嵌在信仰的标记中
等待提升的信徒　犹如一群怯怯的绵羊
蹲伏　在一月的干草堆里咀嚼希望

天降玉凤　在这样的陈式里
引吭　十二月

二月（瑞花）

早春的晨霭 挟着晶莹的冰瑞花
穿过整个冬季的记忆　思动凡心
复苏中　我寻着天神布道的路径定位
地球信息的脉络　在预设的地域崩塌
检索不到神迹的记忆和指向
天使贞洁的翅膀　在枝丫的血管里抽芽
如同一柄利剑　带着虔诚的信念　向北
基因碎片在无序的拼凑中　萌动生命

太阳神的儿子刻下一个复仇的誓言
在箭矢上将射落的光阴　复原
遗落那一段男耕女织的炊烟红尘
圆满了天上人间的痴情岁月
二月的霞光　织就舒展的水袖
裹挟着火花颤动的日子　向前
如同刀刃上的舞蹈
历数着洪荒的伤痕　盘点幸福

和风用爱与信念召唤　二月
动情的泪水滴落在人间纯情的血中
寂静的村落　月华水清的寅时
你用天河之水无声地倾泻

把我圣洁的未来和如花的幸福　阻隔
在天壤之遥
牛郎彻夜地呼唤
朝着奔涌的银河悲恸不止

你用神的名义扩充权力的范围
操纵长满烈焰的小棒槌
在宇宙蔚蓝的阴谋中　对峙的师徒
用怎样的对白和不眠的仇恨
把后羿的脑浆　砸满一身
在悠远和茫然的时空中
陨落的一颗流星
昏沉在人间贪睡的梦乡

二月的人间　二月的孤独
痴情的桅杆攀爬过无边的岁月
嵌入地球人类的目光　鹊桥一度
等　越等越荒芜
不等也回不去了
我枯竭的心灵透过时间的背面
仰望北斗

三月（蓝花）

迷情三月的蓝花
绽放在缱绻如荼的篱笆墙上
肆意挥霍的情感　溢出灵魂的圣杯

如烟往事封存在心灵的底部
湿透的心事　在诗歌的桃园中节节攀爬
妩媚的笑靥　把春心的花蕊收敛
明黄色的纯情与浪漫
把人间奔跑成美妙的少女

潺潺流动的抒情　掩盖着晕眩
被单纯与羞涩刺瞎的双眼
看不见命运之绳系于悬崖的悲情
天空飘满红尘的生灵和亡魂的幻想
诗人血肉的骨架和白帏
依在夜色怀中　　畅想
爱情和青春的无极梦乡

看，开在午夜的昙花　一炷香的工夫
演绎二十八神光星阵的幻化无穷
清都山水郎恣意的目光　掠过
天珠格格裙摆上的显贵恩赐
在多少次刻意酝酿的天机中　错失
我缄封了天堂和地狱的密钥
无奈殉情　为了诗之火焰的神箭
射向春暖花开的人间家园

盲目的大海　万劫不复的源头狂涛
托着青春蔓延的落英心脏　一片片坍塌
谁说血花不是另一轮太阳的绽放
精卫鸟 用自己的意志蕴藉力量

撕碎东海咆哮的每一个恶浪
隔世的诅咒　喂养出复仇的弯刀
以声讨的气魄　抵达
昊天的蓝色里　十面埋伏
比奥林匹斯山的雪峰还要凌厉

在持续鏖战寰宇的万千年里
白鲸族的勇士在前一个波浪里淹埋
后一波迎着涛声浪尖接上
我骤然明白　西洋战神的精神
不屈得如海一般　有一丝裂缝
每一朵浪花
都占据着无限和永恒的信念
一个不灭的族群　基因的血性
存在　比瘟疫更加顽强

四月（景花）

拽动时光的衣角　四月清明
在罪孽深重的墓碑前　祭奠
记忆爬行的神迹扑向怀疑 质问的惊惧
动荡成灾难的气息密布人间
诞生了漫长的死寂与荒凉
祭礼中　幽冥的舞蹈
伴随磷花吐蕊的烟雨
与楝树果子一样的味道　让人类
品味岁月的无常更替

女丑不丑　坐拥三仙岛
以特有的威仪与高度　加冕命运的浮华
向东王公倾抒着盲目的恋情
一个宠物的头衔足以凌驾海域 领空
所有的膜拜 装备成灵魂的战车
风驰电掣的御下　回荡挥之不去的悲歌
静静的山岚泪积成盐
清算的日子　在法杖下经受着拷问
如果可以选择
投降或背叛都不是我的情由
我守着惊天的阴谋和叛乱
奔命于危难和厄运的边缘　有家难归

我在西王母的琼浆里　买醉
影子在玉杯倒影里　傻笑
任凭你　昔日的凝望多深情
此刻　一杯杯的玉露是解渴的水
承载着挫骨扬灰的末日审判
雷电击溃　烈士和小丑一样不朽的想象
借助　瑶池不竭的圣泉
护卫着诸神垂危的诗魂
我千杯不醉　一池月光　碎了

哀乐在日历中　倾听成寓言
四月景花　坐在峰崖上
插上一面白旗　挥在童年的梦里

轻易　就这样俯首称臣成为你掌中的山河
是不是算计还尾随在日月争锋的背后
血与骨的低语　在时间之外
与阳光做最后的谈判
我情愿接受你爱的涂炭　拒绝围剿
威力无比的法杖　昭示
你要做人类最初与最后的主宰
我　背离籍地　死不瞑目
掩面横卧在丈夫国背面的山梁上
俯瞰人间

五月（春花）

夕阳走失以后
和芽月远远地相望
凝视被时间牵过来的白玉人间
我晃动黎明之佩让彩云　挂在人类的意识上空
让五月的天空飘满紫红的旗帜
在阳光灿烂 歌舞升平的立意下
把自己默认在牺牲的前沿
命运从来都是不由自主的　嘲弄
人间所有的烟火 自神格争锋处　点燃
地球版图　洗刷着万千年的血雨沧桑

如果彩云必须面对日与月的较量
此刻，所有的命运都被启封
孤独在云崖红透的锦绣中遭受阻击

我手持霞光剑穿梭于三山五岳的心脏
充满了神秘的火焰与咆哮的旗帜
飘扬着欲的疯狂与横流
我青黄不济的情感　平白无故地
倾听着腐败与堕落的声音
泪中的血花在每张人皮下　点燃
神与魔的戎马战线

美貌与尊严一样是领地
被月光爱抚与宠爱过的真正诗性
在天空的默许中　柔软伸展
如同草原的国度同步扩展
丝毫没有蒙混　叵测与阴谋的元素
我想用热血追逐与天意相悖的恋情
爆炸般的怒吼呼啸而来
天空黧黑之眼开始充血发红
喷射出显示权贵与力量的光芒
焚毁了我的天真和灵魂的自由
把爱悬在天空 把遗恨交付大地

思想　被反思想彻底吞噬的瞬间
一种顽疾从此起源　像菌群一样蔓延
千万年与世隔离的灵魂　复制出
云中客杀伐决绝的快意　神迹
站在千百年仗剑天涯的高度
召回血气完整的俊杰英魂
向五月的碧霞 献礼

六月（润花）

六月　梅雨是犀利的洗刷
打量盛开的豁口
玫瑰的精灵　真理一样地眺望人间
形成一个不凋的姿态点亮　诗心
背对着大海的暮春
在惊涛骇浪中　告别天空之城
没有方式能够挽留锋芒的　青春
用流芳于世的馨香撰写灵魂的箴言
在血色里　栖居着诗歌不衰的音容笑貌

一直期待 天空是在海里长大的
我守候在梅雨出入的海疆
充当着天使人类交响乐之娱的神女
任风吹过　嘲弄浪花的裙摆
任云掠过　翩跹高傲的舞姿
唯有龙王　扯一根髯须　变成龙舟
让爱沉入海底　亲情便浮出海面
清水宫的诗魂　匍匐于此
在碧波海心飞翔　飞翔

海浪一页页翻阅我能征惯战的历史
海岸以时间丈量　长度的无限极
心海　用圆周率环绕无以为继扩展的万千年
在某个六月清晨的日出中

我把自己的根扎进这一望无际的陷阱
采撷　掉在海水里的天心丹
打捞　在海里碎成浪花的天空
仰头是天　展望是海
天与海交颈相吻　似是而非

一再迷路的云朵掉进海的心里
汹涌的孽海　类似宿命的家园
驱除意识的白色剑锋指向焦灼与斥责
将导航的风帆 在海与天的暧昧中误入深渊
弄潮的六月女神　骑月宣言
告诉我们占有和征服的力量
容不得任何挑衅　古往今来
咸涩的海水舔着海珠的血液
在此岸与彼岸之间　迁徙

七月（泽花）

七月天使般抚慰六月遗留的抒情
仿佛站在昆仑之巅获得了　特权
悟到法杖之外的权威可以重塑
神往处　天堂触手可及
如同艳阳　明媚的笑靥向我招摇
我忽见　上天的入口处
七月的流火 脱下山岚的盛装
构思一个神思缱绻的红尘舞蹈

七月的心跳不停地丈量混元夜空
戒备在无声中行进　中暑的表情里
充溢着炙烤的内容　显出日出的霸气
朝霞等待取心为火的冶炼
与时间比翼的山神分娩成热带雨林般的热情和淋漓
流火的诘问　在抒情《山海经》的传说里
一任呼风唤雨的姿态 扫荡万象生灵
让烈焰的法力肆意践踏

穹顶下 就地坍塌的不只是不周山的天柱
千山万仞的石头连同昊天的都城全体被　埋葬
电光石火的瞬间　九重门的神祇在谁的手里
神狼拜月的祝祷可否还原陆吾的守护
青鸟和九尾狐的焚身火焰　燃不起六月雪的篝火
神与魔 所有的欲望　在潮涌的洪水里浸泡
残存的记忆中 天荒地老的故事负载着无奈的沉重
留在另一个时代启蒙的心里……

颠来倒去的神话　闭合不了自欺欺人的路径
只有真相 矗立在百慕大魔鬼海角的拐弯处　怒吼
除非　你有电光之外的凌厉 切玉如泥
莫非　你有雷霆之极的霹雳　振聋发聩
昆仑山神在豪迈至巅饮玉飞魄
用石头的心　冰封天龙万山之谜
选择碑记里触及不到的　心碎
盖世遗恨

八月（启花）

八月的丰腴　孕育在余火的巢中
从一盏烛火里　醒来
恋爱的母体被法杖的力度之声　清算
盲目的秋风　走上了行吟之路
用一丝叫本能的灵性 窥见天网的顶层倾斜了
那些混乱的记忆　被放逐在百慕大的水里
取命换魂不沾一丝血迹的洗牌　响彻
一种身首分离后疑惧的古魂余音

我穿透灯柱的光晕　看见天心的碧血黄花
心 就撕裂在神魔纷争的际遇里
将自己置身烛火中　把曾经的辉煌和落寞搁置在一边
任热血　在滚烫的胸中汹涌　蒸腾
霸道的眼泪　无法阻止时代的 更替
一束银光直接降落在我的心上
打开白银时代的豁口

大劫消弭　在疑惑和彻悟的刹那
我从天地间起来　弥漫着泥土的甜腻
唯一的我 用泥塑造一个白
打断这没有人烟的孤独
自掌心　捏出殷红的血脉
人间的香火就此开始　蔓延
我满足地俯视地球人类的　繁衍
拓展与传承的炉火　点燃岁月

让神灵看到他们基因的浓度
和酒一样炽烈

八月的色彩被数千年的文明颂扬
草原母牛眼里滚滚而来的液体
浮载营养的风景　抵达心乡
白矖、腾蛇、五彩石和我　以身补天
唯一的那点期待　明达灯火
玄天神女的分量　扎进黄种人的根里
开出遍野　如火如荼的花朵
鲜红 如同滴血　绚烂过人间
基因的传承在续写
一部天书！

九月（玲花）

九月的梦里　闻到狐媚的味道
在一叶秋风下堂而皇之地张扬
欲望的骚动　叩击着倾城山的青潭
巨大的体量投射到每一个角落
使人类的血液获取勇者荣耀的因子
任山涧 白溪 小鸟和野花 空灵交响
心痴的长发　不知因为谁的蛊惑
茂密成芬芳缠绵的信仰
原始的媾和　触摸太多姓氏的根部
窖藏　天伦之娱的密码

连绵的遗风 用多情繁殖心事
安逸的阳光下享受万物的惠赠
在丰收的草堆上　吟唱誓言
活出烟火饮食的情感真味
妖娆的青潭　　在持续的颂歌中
喷薄　九天明月透亮的气息
万象沉淀的一泊静渊充满梦境
我用千年道行　让灵魂张开翅膀
幸福　高悬于绿色的夙愿
抚摸不败的香痕

欲流燃骨的青春日渐远去
我满沾菊蕊的双手伸向天空
向南飞的孤雁询问
怎么才能逃离暗霜广袤的覆盖
我凋零的枝儿已然一无所有
欲绿的素心难道必须枯竭成蒿草
深埋进雪地　才能憧憬明媚的故园

过眼的美丽避开眼泪的温度 拥抱长夜
遗落的真情　　在忧伤的月光里爬行
铭记一春芳菲　抽打着无言的心岸
我展开所有的记忆　把时间放飞
天上的青鸟　告诉我幸福的坐标
给我一个不容置疑的目标
倘若炉火能赐予我光明
黑暗就在这样的背景里鲜明

倘若爱能消磨苦难
幸福就在清秋的金黄里崛起
别用财富来诱惑我　请赐我勇气
用贫瘠的身躯　燃起一个晴空朗朗的明天

十月（年花）

神圣的十月　在潇潇秋雨中沉寂
隶属于时间的经禅
再一次与重量的人性较量
让我与万劫不复合二为一　坠落无声
永恒与腐朽被冷寂的拙火　冶炼
我将随着西风落入冬眠
人类在目睹中体味着大地的心情

风闻　一股难溶的清华　某一天
将瞩望的明眸长成开花的树
见证神的法杖高悬在　秋空之上
殊胜两字　一夜间席卷凡尘
一尘不染的禅房　鹤骨古魂
求证的众生把一切都交给梦里　神佛
燃上心香　自顾自地离开初衷
摄魂的迷信被月华抚得幽幽千载
就怕这样的时刻　一念之间就被读出
贪婪

高妙圣境的弘法处　回归

被封印在僧伽的行禅板上
跏趺坐的姿势无限极地体罚过自己
月华心咒洞彻过漆黑的锋锐　点亮天月的纯澈
经卷长诵的节律中　木鱼磬声
召回部属昔日沉沦的灵魂
就怕一不留神　陷入迷途

我将秋实和果香纳进行囊
漫漫冬藏以此为食　与谁相依
再一次轻叩　我青葱不朽的家园
天地循环的所有故事和情节
无须记起都绘成海洋 写就大陆　植入山岗
伫立在越鸟望归的江南
结成遥远生命的智慧灵光
许多传说　就这样
在尘封千年后 开光
引爆

十一月（生花）

十一月在羊奶的吮吸中抒唱情歌
招摇的公牛　失去了最后的温驯
大胆地争论基因配种的优良
熏香的干草味里　物质丈量着忠贞的份额
呼啸着爱情的标新立异　在
繁荣昌盛里嫁接

我不敢扰乱　烟火人间的美好日子
如果熟悉的目光里还有　温暖
我甘愿放弃所有　出路
选择　飞霞流月的暗算
用来不及浪漫的沧桑岁月
浮载　无声无息的深冬绝望
暗红的道路在心与心疲惫的夹缝里
使所有柴门悄然洞开

霜色凝重的旷野像一把横陈的斧子
把语言落实在行动上　让我高贵的风姿
在西风里　证实一个灭亡与存在的交替真理
即使用背叛的表情和声誉　烙痛一生
温存的诱惑嵌在现实的土里
我将身陷其中　即便用上帝的声音呼唤
已然　在所难免

我褴褛的青衫　历经多少寒流追踪
以疼痛的距离在时光里　悄送南风
用一曲讳莫如深的暧昧旋律　眺望
那些与幸福关联的隔岸火焰
暗通款曲　把饮食生命的火种
播撒成天涯宿命　伫望的剪影
让那些先后主次的束缚　都见鬼去吧
就这样　悲壮的落叶
撷着清风的光焰一飞冲天

十二月（逆花）

谁静听过十二月的心律
在朝云和暮雨之间游走
负重的缠绵始终与时间同行
不愿接受命运的安排
日月的精魂烙上雪的印痕
遇难的流星循着雪季的炉火
在江月天光明照中　活着
严霜冰封的心脏　接受
疏狂与背离的考验

站在孤清的高峰看见江河里　一叶横舟
在驻足期待　自由国度的仙凡人间
起云的梦里　松峦翠屏 聚鹤集仙
上升为登龙飞凤的天梯　与圣泉边的瑶草
犹如隔世的隐痛　幽声难息啊
沉香的血脉和云根　绝非净坛
在一种无法停止的眺望中
雪焰逆花与我默默相爱

在十二月熄灭的炉火里　我空前舞蹈
不能背离的希望深处　紧拥消殒的身体
与阴冷的季节　走出崎岖的深度
横陈的冬天　和云朵一样狂放远去的
背影，在不知不觉的专注里　萌芽
乘风的快乐与疏狂 纵横无法度

体悟生与死一体同观的轮回明鉴
复活 沉梦大地遍野精魂的生动

霹雳　引源头的巫山云雨唤醒红尘
青鸟衔回盛开的素心 染一袭暗香回归
老树孕育枝头的碧眼青晕
惨白的坟墓是香魂驿站
心灵是活水源　爱是碑记

2015.3.18 于天易斋

[附录]

漾月轩 雅汇

安澜入驻青浦珠溪南岸漾月轩（斋名），珠溪诗岸群贤倡议“海上诗派”漾月轩诗情话谊雅聚。才子喻军倡导同题《从漾月轩到放生桥》，诗人於志祥唱响同题雅集号，诗友纷至，遂成1217漾月轩同题雅汇。

1. 从漾月轩到放生桥

——致诗人安澜

於志祥 / 文

那缕阳光曾徜徉海宁
是乾隆留下的一份真情
钱江潮每天轰响拍岸的记忆
数百年前朝、烙下残存遗迹
安澜园①，漾月轩
所有的别园②
已然是重压心头的眷恋

运河驮走了雄浑的岁月
分流至珠溪，直指婉约
在朱家角街上
在放生桥旁
你呼唤一群诗痴

撞书、撞画、撞瓷
是否还要在此承接历史

从漾月轩到放生桥
放生群雕里、灵性鲜活的奔跳
放生纸上书写的诗文
制成孔明灯罩
照亮眼睛，在夜行的路上
放生永恒，放生过往

2016.12.11

注：①安澜园：位于海宁盐官，为明清四大名园之一。乾隆南巡驻跸此园，赐名安澜园；乾隆皇帝南巡之后，在圆明园一比一仿建安澜园为四宜书屋。
②别园：意指安澜园自明朝戏曲家陈与郊重建，取名隅园。到清康熙年间，文渊阁大学士陈元龙更号遂初园，后由其子翰林院编修陈邦直扩建为陈园，诸多别称为别园。

2. 从漾月轩到放生桥

——致安澜

如玉 / 文

安谧，无澜。
眉月，疏淡。
海宁潮倦了
转道珠溪寻半亩田园

三炷佛香
半帘烟云
绕梁间书画几卷

月光盛在杯盏中

慢慢品

细细咽

谁读懂初心安澜?

从漾月轩到放生桥

遥遥一箭

河畔　静观

漾漾泛菱荇

澄澄映葭苇

风轻云淡

道法自然

2016.12.12

3. 从漾月轩到放生桥

——致安澜

李力 / 文

远离喧嚣的闹市

芬芳两朵睡莲

一朵连接星月

精修佛学

禅意绵绵

一朵沉潜净土

诗文小说迸发

泽被山河

两朵莲花
是两只不同的足印
走到哪里都是跛行
并在一起就是姐妹船

从漾月轩到放生桥
超越了生死和苦
断尽一切烦恼
释放了人文情怀

放生桥上飘来两朵
莲花似的云彩
禅思生命
人性关怀
安澜了太平世界

2016.12.12

4. 从漾月轩到放生桥

安澜 / 文

漾月轩[①]里住着我曾经的梦
不只是今世的一片芥子园
它只留给我一个姓氏，和一条长长的伤疤
或许，透着一点生命的玄机
抑或，一卷宗族年谱就是一道符咒
轻易将渤海陈氏[②]的子孙　封印

关于命运的一切玄学皆起作用
催眠疗愈也无济于事

所以，我只好去到放生桥
我要在珠溪放生自己
从漾月轩到放生桥
尘世与我何干？
月光还未漾白
阳光已经走遍了整个世界

2016.12.12 于漾月轩

备注：①漾月轩，安澜园六十二景之一。
②渤海陈氏：海宁陈氏祖上系渤海迁徙而来。

5. 从漾月轩到放生桥

——致谢海上诗派诸诗友

安澜／文

在浮华的城市边缘
微弱的月光漾在额头上
我无意与这世间争夺领地
不过是躲在一隅，炮制时光的催眠术
内观大梦，沉迷于对心的究竟中
觉知，随波逐流
名相，沿着波动生灭
无限可能地敞开自己
诸神爱你，比你自己更爱你

从漾月轩到放生桥
那些站立在桥边的剪影
一种被放逐的诉求
虔诚地俯身，随每一尾小鱼远去
放牧着一个和另一个孤独的
灵魂。一遍。一遍
我爱这重复
在每一个可以让善重启
又让心轻而易举放下的珠溪

2016.12.14 于漾月轩

6. 从漾月轩到放生桥

季渺海 / 文

只听说
天下有一个漾月轩
那是海宁陈氏的安澜园
一个奇特的景点
与皇帝有关

如今
安澜园已不知去向
而景点还在，安澜还在
从最初的漾月轩
到青浦放生的石板桥
究竟走了多远？

走多远，都是一个安澜
安住菩提，安住
一个波澜壮阔的去处
只为了前世那一朵莲花
总在静心修炼今生
无上菩提

2016.12.17 晨 7:45

7. 从漾月轩到放生桥

——致诗友安澜

金瑜／文

梁志伟说 9 点前在他家门口等
这就是说，从公元一万年前到今天上午 9 点
都可以在他家门口等。是的
为这次聚会，我等了一万年
於志祥的车一发动
一个传奇女子在朱家角召唤
我走进历史

新的漾月轩推开一扇窗
从这里凝望 300 年前的海宁
遥望乾隆皇帝题名的“安澜园”
这个练瑜伽的女子倒淡定
该烧饭烧饭，该写诗写诗
连金笔题名也波澜不惊
她搀扶苍老的父亲走出漾月轩

庄严地一步步走向放生桥
从漾月轩到放生桥
他们日夜兼程
在风雨里走了 300 年
而在诗友们心的通道上
只显示短短一瞬间

于是安澜这个大名
是古镇上的一道风景
是放生桥下的一滴眼泪
是芸芸众生念念有词的入定
是一片天空蔚蓝色的凝视
是一道火焰略有飘忽的眼神
从漾月轩到放生桥
在诗的涅槃
和诗人的碰杯声中新生！

今天，一个叫历史的小娘子
给我们倒茶，带我们参观
我们在寒冬的春风里感奋
在她生命的波涛中 安澜

2016.12. 16 草就

8. 从漾月轩到放生桥

巴伶仁／文

（一）

从漾月轩到放生桥
读过於志祥老师老辣的诗歌
我不敢提笔了
马力太小追不上
只能跟随着去品漾月轩
读过郦姐深情的诗歌
我睁不开眼了
揣着忐忑的心情
悄悄地陶醉进安澜园
读过梁志伟老师诙谐的诗歌
我不敢打字了
看着一条条爱情鱼在游荡
我思绪被他的语言阻断在键盘
读过金瑜老师的诗歌
我无法淡定了
让那个叫历史的小娘子
把我带进了五千年

（二）

510 漾月轩
白雪供养的善行让诗词流动
先知唤起你许多让人喜欢的诗篇

药典、养生、心理学、佛学
淡定的瑜伽消失一个梦幻
珠溪蜿蜒过诗意
蔓延的典雅都透出新鲜
海宁陈家走来的女子
栖居妙手天成的朱家角
这里装点完美的一个又一个细节
木梯攒竹着坐落的四层楼宇
太阳的盛宴让闻香人恍如隔世
咀嚼出太多感慨

（三）

从漾月轩到放生桥
一滴晶莹留下一个伏笔
你在自己的故事里编织永恒
我只能将奢望折断
一起去采集日月精华
我们再放生鲜活的书笺
深水埋藏的秘密
让季节一次次升华
二十八里漕港河簇拥的兰花布袄
岸边石榴水中鱼儿
一次次放生暗喻一种善缘
锈梦的金属引爆诗句
我不要一万年来分流生命的雾霭
永恒今生与安澜的诗缘

（四）

从漾月轩到放生桥

让一个时代都眷恋

红梅轻吟的江南

埋伏的情调又多出浮想联翩

认识你生活的烂漫

凝聚着久别重逢的喜悦

你我生活在一片土地上

从陌生到熟悉

也是一边得到而又一边失去

一边美好又一边欠缺

你独特的精彩人生筑造别致简单

2016.12.17 巴伶仁于上海

9. 从漾月轩到放生桥

俞敏／文

从漾月轩

到放生桥

很丰盛

也很安详

画家与白酒

勾兑写意

诗人用声音

纷纷起立

也有人一言不发

他看到

临河的窗外

柳如是在写诗

宋徽宗在绘画

2016.12.22

10. 从漾月轩[①]到放生桥

枫肥 / 文

一轮明月

从浙江海宁陈家的园子里移步

从残缺到圆满

从圆满又到残缺

从这个朝代走到那个朝代

在金秋的某一晚

月牙停在

沪上一个叫珠溪的五孔桥上

不舍离开

漕港河犹如含着一颗明珠

吐着玉般的光

廊桥外，石榴树下

泛起涟漪

恰如鱼儿游过

也似女子穿着长裙

泛舟

饮酒　作诗

禅院的晚课钟敲起

木鱼声随之而来

恍然

洗涤一轮漾月

2016.12.22 晚　听枫斋 初稿

注：①漾月轩为好友安澜女士在青浦区朱家角的府邸。

11. 从漾月轩到放生桥

——给安澜女史

黄晓华 / 文

遍寻史迹，没有找到漾月轩

只能枉自猜度，漾月

漾的只是你的心迹

月是昨夜明，今晨亦不暗

轩在水边，触摸昨夜今晨

心无波澜

遥望海宁，你的隔世

皇帝住在老师家里

进出书院，取名安澜

安天下而无波

澜息茶酒之间

日月同辉

而你的胸襟
常常仰望无限星空
英雄端坐在金庸的小说里
情怀时常出离，光顾安澜视界
如春风夏雨，秋雾冬雪
在放生桥上放晴，你的碧空万里

2016.12.24 于上海

12. 漾月轩金顶

——致安澜修心致远

征帆／文

盘腿平视云水上的木鱼
击打朵朵怒腾的莲花
从内心飒飒奔流的原野深处
放大了美丽的左眼至右眼
看见的是阳光折射的变形
心脉在策马驰骋流放
修心致远惮亮了生存之道
长歌与情感是栈道旁的风景
迎着炫目的光晕直上金顶
叩撞子午线波澜上的音节
使所有万物五蕴拧成一炷香
在缕缕青烟中凝望静寺

让子夜的轰鸣在心经中融化

梦廓豁然　月光无痕……

写于 2016 年 12 月 21 日文轩斋

13. 安澜

梁志伟 / 文

海宁女史

安澜

　　文武双精

左眼看诗

右眼解命

　　动魄惊心

2016.12.12 下午一点写于梁园别墅

14. 北青公路交通事故之”安澜“记

火俊 / 文

从隆平寺塔基遗址

回

朱家角晚宴的路上

我的车被剐蹭了一下

当时　后座上的安澜花容失色

连续地问我怎么办怎么办怎么办?

因为 她是今天雅集的发起

焉有群贤毕至而主人不在的道理？

而沪上文物鉴定家梁志伟

下车溜达了一圈

察看了下车子的伤势

发好短信后又回后座

瞬间老僧入定似的追上了瞌睡

坐在前排的征帆

出于职业的敏捷

已将两车相撞的因果 全部推演个遍

所以当肇事司机在争论责任时

征帆兄不仅教训他交通规矩

还开导他做人规矩

以至于那两个乡下蛮子一开始狂野不羁后来竟若有所思

在次日理赔定损时竟与我要交朋友

口中念叨着不打不相识 不撞不认识

而开车的我

在事故以后 首先拨打110

这里是北青公路天辰路口……

然后拿出后窗玻璃下时刻准备着的三角反光牌

置于车后三十米处

当我再回到驾驶座上时

正好安澜向我问第九个怎么办

我的回答是：

只要人没事 其他都是小事

年初 我车的保险杠内部节子脱落

现在仅靠铆钉维持

这次正好保险一起做掉

从这个意义上

我已等这起非恶性碰擦事故

快十一个月了

2016 年 12 月 19 日

诗家品鉴

张　烨：安澜无疑是有写诗天分的。她的诗有一种雍容冷峻的气度与厚实的质地，其中组诗《我的父亲》就是这方面极具代表性的力作。全诗以克制、不动声色的艺术手法 ，低沉哀伤的叙述语言，给欣赏者以战栗，以疼痛。她以对历史的反思、犀利的思想锋芒、强烈的内心情感，引领人们走进那个特殊的时代，恐惧和苦难的时代氛围久久难以拂去；而女性特有的柔美与温馨弥漫于诗的空间，为阴冷忧郁的画面增添一抹令人动容的暖色。

孙　思：安澜是修佛之人，她的身上充满祥和与清朗，跟她相处，你会觉得一朵莲花立于池塘，在夏日里，向我们迎面扑来清凉气息。她以一颗禅心端坐于她的诗里，用她的平等心，跟我们说她的亲人、往事，她对世间万物的观照。读她的诗，我仿佛能看到一颗寂静的灵魂，在我们目光不能及的地方，用她半生的温婉，在轻轻地触摸我们。

杨绣丽：安澜无疑是一位具有独特面貌的诗人。在她的诗里，有她特别的才情、诗道、哲思和修为。她似乎是生活在一个多维空间里，凡俗之心很难抵达这样的境界。在她的灵魂高蹈之处，我们会看到一束诗性觉悟的光亮。

程　庸：情为诗间中枢，贵在有感而发。诗歌的生命力不衰，在于感受当下。

关注眼前事，尽显“在场性”，这是安澜诗歌的价值所在。读过安澜的诗，大约都会有这样的感受，即使石头缝隙里也能生长出花朵，背景是坚硬的，花朵是柔软的。

征　帆：读诗人安澜的诗如同灵魂得到洗礼，心灵得到净化，如一次修心的旅行，更有一种人生的感悟和撞击。首先安澜的诗歌诗风浩荡、题材宏略、纵横捭阖、刚柔相济、语境深邃，她能将意象、禅宗、语境三维元素交叠并进，游刃有余，好似千夜佛光直抵读者的心灵，仿佛让人在神秘中秉烛觅至天光，非常震撼。其次，她的诗句语感非常饱满，层层递进，气势宏阔，让人在忧患意识中思考人性中的禅宗道法和无为忘我的天下情怀。尤其是在句式铺排上追求诗的质感，在文字表象的背后隐形着诗的力度和内涵张力。可以说，诗人安澜在驾驭诗歌文字艺术上是非常成熟老到的。加上她为人平和低调，不喜欢张扬，不为功名。其潜心研文，艺术造诣颇深，可谓诗坛才女。

喻　军：安澜的诗格调，在女诗人群体中，属宽博恣肆、才气充盈一路，贯穿其中的，仍然是一种较坚实的人文质感和古典情怀。她的意象繁茂和快意骏骨，证明她有很强的驾驭语言的能力。除诗歌外，旧体诗词、小说散文、剧本等各类文学样式，都被她用来承载文思。这样的多面手，实在讲，我所见不多。

杨瑞福：诗人安澜的诗是现实与灵魂的对话。上海的女诗人不少，究其风格而言，安澜有一些特别。因为女诗人的诗，大都清新娴雅，而安澜的诗偏偏是走厚重与深邃的路子，强调历史感……安澜的诗观是“诗歌是自然流淌的意识流，诗歌途经现实与灵魂的对话”，无论是洋洋大观的《阁老祠堂》，还是洋溢着亲情思忆的《我的父亲》

组诗，以及写大草原的《以神的名义获得人间的膜拜》，均显得大气磅礴，有金石之音。

黄晓华：两年前在上海诗歌铺子的同题诗里遇见安澜，感觉这世上就没有她不能写的题目。安澜的诗歌文气豪迈，洒脱自如，想象迷离。安澜学佛信佛，一旦进入禅境，意象便如空中花雨，应接不暇，她只需随手采撷铺陈，便成佳作。

梁志伟：大气端庄的安澜有一双锐眼，不经意瞄人一眼，就能洞穿一个人的灵魂。这个名门望族走出来的非凡女子，诗有浓郁情感、奇异想象、深刻思想，更有博学多才的古典学养。她是当代上海女性诗坛的凤尾之光。

於志祥：安澜的天是她的父亲，源自浙江盐官“海宁陈氏”的血脉。祖先的恢弘历史，为她的诗歌等文学创作注入了源源不断的动力。在她柔曼抒情的诗歌作品中，除了她娴熟地远用各种创作技巧之外，还可寻觅到她特有的一丝侠气、一缕刚强。但她依然是一名追求纯粹的女诗人、女作家。

金　云：读安澜的诗，除了感受到通常好诗给予你的震撼和意外的启发之外，还有两个不同的特点：一是智慧。这种智慧得益于她的日积月累的灵修。那是诗意诗情的出发地和栖息地，那是禅意禅悟互为补充的原点和发力点。二是能量。这种能量来自宇宙，来自心灵，从诗眼走入诗中的灵魂地带，让人感受到取之不竭的宇宙能量和精神食粮。

火　俊：子曰：不学《诗》，无以言。当今社会，好看的皮囊很多，有趣的灵魂很少。当诗人们守护语言的时候，时代却在向财富聚焦。在这样的流年，诗人必须清醒地意识到，诗歌最重要的读者，就是诗人自己；诗学的意义，在于发现诗人更高的人生。读女诗人安澜的新集《灵魂高蹈》，她让我重新回味了这句话：“高层次的诗人，不但要有宗教的悲悯情怀，也要有宇宙的胸襟。—洛夫”的确，诗读写，门槛最低的高贵。祝贺新书出版。

郦帼瑛：仅仅从这个笔名上，你就可感受到一股磅礴的气势扑面而来。谁能安澜？那一泻千里、如若雷鸣的海宁潮，没有神力，安得住吗？然而，在我面前的这位女子，她出生于海宁陈家，外表纤弱，骨子里却有男人的刚毅、神性的定力。诗中走来的女子，静如处子，翩若惊鸿。她有浓浓的乡愁，也有静寂的禅意；她有高古的追索，也有天眼的洞察；她有恣意的放牧，也有遮蔽的情怀；她有神醉的梦想，更有灵魂的高蹈。此时此刻，我点燃一炷檀香，静静地翻阅这本诗集，解悟禅境的安澜！

行走着的灵魂安澜如诗

陆海峰

翻着安澜即将出版的《灵魂高蹈》诗稿，我的心不由得随着诗歌文字的波频荡漾起来。是啊，这一行行诗句，正是诗人行走的灵魂，随着阅读的深入，诗魂慢慢地浮出命运的海平面，挥动着汉字特有的神韵，向隔着时空而望的我游来。其间，每一个字、每一个符号在我的眼里都起伏着江月的潮汐，盛开着莲花的偈语。远远地，海潮音响起，安澜的诗句时而沉睡无影，时而瑰丽多彩，时而短兵相接，时而静穆呼吸……其摇曳的琉璃光不断地潜入我的心海，与阅读的我追逐谈心，明明暖暖地照亮我们前行的路。

在翻阅的过程中，我的内心还不断地涌动着这样的问题：在《灵魂高蹈》这一新诗集里，诗人到底想要呈现什么？这一呈现是否念动了那片流云的灵魂？诗歌的文字又是以怎样的意识贯穿于我们的阅读之中，展现给读者诗灵融合洞察清明的意境？也就是说，我们到底该如何评判这诗这人？我清楚我是没有这样的功力进行这样的评判的，因为面向诗歌的灵魂与面向灵魂的诗歌，是需要彻底放空自己，以自己的心神来体察诗心对接诗魂的，在这些现象面前，大部分的经验与技巧已然失效，它需要一种转化，从而使“心能”先于文字到达顶峰，使自己的个体小宇宙在缄默里能谛听出文字的心音。

唐代张怀瓘在《书断》中提到了“神品”“妙品”“能品”。其间的“神”，就是书法家的精神气韵，情操情趣；其间的“法”，就是间架结构，笔画笔势，也就是“方法技巧”。他认为：只见“法”而不见“神”，是“能品”；“法”高于“神”，“神”受制于“法”就是“妙品”；而“神”与“法”

浑然融合就是“神品”。那么借鉴于这书法气韵的论断，我知道，安澜的《灵魂高蹈》就是神品。因为她的诗句是有灵性的，散发着真如一般的禅香。细细品味，你就会发觉这源于诗人的诗性妙觉，她那触手可及的兰心蕙质、一脉相承的陈家气韵，还有水到渠成的妙语“灵动”和匠心别具的文字感觉，使诗歌语言的精微、气势、情韵、色彩和节奏等都得到了心灵雨露的浇灌，一如寒冬里的蜡梅，黄润雅致，暗香袭人。

忽然想起了陶渊明的诗句：“问君何能尔？心远地自偏。”而读安澜的诗歌却恰恰相反，是“心近诗自成”。虽说“心远”是超凡脱俗，而这“心近”却是浸润着万物实相的观照。读她的诗，就能感受到她的诗心好“近”好“净”，近得收发自如，完全契合眼前诗句所能捕捉到的自然信息，这信息里有岁月光影的记录，有禅音神明的对话，它们以方形的身躯组成了队列，在我眼前舒展成了一片片移动的风景：是的，我们看到了童年目光里赶海的父亲与夕阳下拉长了背影的母亲；闻到了泰山禅院蓄势而发的悠然沉香；听到了短兵相接的海潮音；我们在青铜青花的器物脸谱里等待诗歌的盛开；在放生桥上解语樱花；在午茶的春光里读《快雪时晴帖》；我们在上海青浦朱家角的漾月轩里煮茶；在仪式的尾声里进行最后的忏悔；在沉醉的夜晚骑日而咏……顺着诗歌的水流行走，那份通畅清亮的感觉近得一直从书页走向我的心灵，自由随意地感受着诗人和万物与我们读者的交流，或浅显易懂，或高妙洒脱，却总是让人回味无穷。

诗歌是艺术，对于艺术，马丁·布伯（ Martin Buber）认为：“艺术的永恒起源是：形象浮现在一个人的面前，要通过这人成为作品。绝不是这人的灵魂自受成胎，而是幽影浮现在灵魂里，盼灵魂调动起进行作用的能量。”幽影向你发出疑问，而你以自己所能调动的能量进行回应，作品便出现了。而安澜的诗歌正是这样的艺术作品。作为诗歌的文字与读者的感受能共通互化的时候，我们才能更好地捕捉并回应诗人那越过尘缘的复杂体验。事实上，诗歌的语言是高度凝练且相对抽象的，其意味更多是指向内而非向外，所以，不管是诗人还是我们读者，都要修心，修炼自己体察外物的诗心，这是智慧的播种，更是洞穿时空物我相通的灵感通道。

轻轻合上书页，思绪万千，而我感受最深的是，真正的智慧就是倾听“灵魂高蹈”的心声。此中有真意，欲辩已忘言。

2018.12.28 晚写于澄澜堂

（作者系中学语文教研学名师）

［跋］

剑胆琴心话灵魂

安　澜

自从《安澜文集》出版后，我几乎是一脚踏空重新掉进我人生记忆的迷阵。文字，就像我的初恋情人，影响了我一生的人生境遇。在我的价值体系中，文学滋养了我，远离卑微、远离狭隘、远离庸常琐碎与志趣梦想相背离的一切。

我们读书的出发点是为了寻找到人生和命运的光明和出路，我热衷深度阅读，喜欢系统性、研判性、思索性地读书，对于我感兴趣的东西，我会读完所有与之匹配或相近相关的作品，从而辨析不同作家对同一个问题的不同诠释与参透得道自然的必然通途。我喜欢《道德经》《庄子》《墨子》《孙子兵法》等诸子百家的典籍方略，喜欢墨子一腔热血仗剑走天涯的胆略与豪情，崇尚庄子穷于山水物我两忘，达到无己、无功、无名、无所依凭而游于无穷的逍遥之境。人的一生做一个不被外物奴役的自由人，何其快哉！

生活中有三件事一直是我乐此不疲的趣事。感言、品茶、修道，感言中包含了读书之乐，写作之乐，尤以诗道悟心为乐；此外，闻香、品茗、赏乐雅趣之乐也；一支奇楠，一盏香茗，氤氲清芳，沁润心脾，若抚琴禅乐在侧，妙音出尘，幽冥灵动，瑜伽心行灵魂高蹈，缥缈极品，个中之妙，无以于言耳！

剑胆琴心话灵魂，所谓剑胆是指为文者应该保持独立的思维和远见，具备历史前瞻性的战略眼光和使命担当，为民族肩担道义，为天下苍生请命……何谓琴心！以悲天悯人的胸怀传递具有积极正向的社会价值取向和精神意涵，建树自我修为的知行合一，最终实现灵魂上的旷达独立与自在圆融，让宇宙能量无处不在观照着生命，试问，当我面向光明，黑暗还存在吗？我的生命无时不处在纯净真心中，心神合一打成一片光明，别人看我很忙，其实，我是闲来作诗，红尘修悟，做事只是随缘落定，听心的声音，灵魂自然显发真心的妙用无穷，凡此种种于我而言，才是我生命存在的全部价值和意义。

我的写作大凡是灵魂高蹈的意识流，人性镜子的参照物，我以前的小说是前半生对世间万物感知所产生的心理层面的反射，透过特定时期人物对外面环境的主动或被动地接受，人的天性、禀性和习性相互作用、矛盾交叉来发现或改变他们的命运轨迹，里面有更深层的内核裂变，在平凡的生活中，有着不易察觉的生命实相，我们每一个人身上藏着人类生命的全息密码，灵魂之高贵是天性赋予我们每一个人的财富，只要我们激活它、启动它，拥有一颗不甘堕落的向上的心，当你恒常处在登山顶之境，窥万象自然不在话下。

再说诗歌，诗歌写作能够让人永葆诗性和激情。从20世纪80年代开始写诗，诗歌一直是我与自己灵魂对话的通道。浪漫、情感和夸张的想象，以及对驾驭文字的迷恋，使我忍不住重新解构了自己的意识。在这个时代虚张声势的百年新诗那里接管了诗歌对自我审视的主权。无可否认，我对诗歌的迷恋依然如情窦初开般地热爱！我的诗歌一直绵延着一种深度求索的生命基因，抑或是修悟文化的内省基因，她是一种气息，一种氛围，一种灵动，一种内省，一种不垢不净、无生无灭的波罗永驻。我的诗歌主角一直都是修悟文化，人或物都只是这个文化的媒介，诗道借神的名义昭示出人类心灵的渴求、灵魂的密码、生命的诘问。其实，人类承载的文化，就像千年幽灵带着一连串量子纠缠的命格沿袭到现在，所以，文化才得以传承与发展。

当今诗歌界越来越像一个风月场。为出名、为媚世、为逐波、为机遇，抑或还为权力“厮杀正酣”，离诗歌本身，则似乎越来越远。纸媒、网媒、微信圈充斥着太多浮光掠影的诗歌作品，唯独鲜见静心观照的内在诗性。诗人对自己诗歌的理解和使其合理化的辩护和自恋愈演愈烈。看着新诗有关形式、风格、观念和口语化争执演变成没完没了的混战，就像一片树林着火以后祸及了其他的树林。人类的自我毁灭犹如病毒般疯狂无节制地蔓延，急躁狂热地过度消费生命，人类似乎已经蜕变成自身欲望的产物……我总是在世俗的病里疼痛我自己。当然，我写诗也只不过是一场自我救赎或陶醉的游戏，游戏结束，或许什么也留不下。我只是做好我自己，不用执着，更不用迎合，不被外界搅乱我的心，诗歌自有它自己的命数，叙述自己灵魂绽放的当下，不介意别人怎么看，别人的看法并不重要，重要的，是我做了什么，是否让出彩的灵魂微光召回相近的神格之灵……归根结底生命就是一场幻化的游戏，生命无常逼近我，对死亡的感受越深切，对生活的贪念就越淡。望断生离死别，撕裂我的到底是黑暗的力量还是裹挟我的灵魂叛离？当我看淡死亡之于生命存在的终极意义时，破执是对心灵挤压的全部释放。

在最近一段的情绪里，我总怀疑自己是否活着。经历了太多的玄幻的人和事，瞬息万变又触手可及，如梦如幻，走马灯一样地流转，心里留不下任何的痕迹，自己只是在经历、在体察、在辨认、在验证。明明一些人和一些事与自己有关，但似乎又与我毫无关联，自己茫然成了局外人。每一个生命都在经历从生到死的过程，不同的，仅仅是中间的内容，看着这些幻想，或喜或悲，恰似镜花水月的无常，而我似乎被一只无形的大手推出天外云端，飞快地过去，就连那点情绪也不曾停留……

我的对手一直是我自己，心灵的惯性，内心潜藏的欲望，有一个消解的过程，本质是只要我不去正视它们，我的人生就整个地葬送掉。唯一的出路是去探索，在发现中顿悟，进入整个生命的乾坤大挪移，转换一片灵魂高蹈的剑胆琴心，让人性、诗性和灵性真情绽放！

特别感谢著名评论家杨斌华老师为拙作《灵魂高蹈》作序；感谢铁舞老师的诗评；感谢这两年来海上诗坛名家张烨、孙思、杨绣丽，程庸、征帆、喻军、杨瑞福、黄晓华、梁志伟、於志祥、金云、火俊、郦帼瑛等诗友的诗情激励和点评观照，我按捺不住内心向往梦想的波澜，以大善和大美的心性，守护灵魂鲜活而清澈的意识流，用诗性与现实对话。感恩生活，感恩生命中所有的遇见与经过，感恩天性里不灭的大爱无疆！

2018.12.25 修改于泰然居

安澜诗集

文韬武略

【旧体诗集】

安澜◎著

下卷

文匯出版社

图书在版编目(CIP)数据

安澜诗集 : 全2册 / 安澜著 . -- 上海 : 文汇出版社, 2019.3

ISBN 978-7-5496-2808-7

Ⅰ. ①安… Ⅱ. ①安… Ⅲ. ①诗集 - 中国 - 当代 Ⅳ. ① I227

中国版本图书馆 CIP 数据核字(2019)第 038366 号

安澜诗集(上、下)

策　　划 / 臧炳申
作　　者 / 安　澜
责任编辑 / 吴　华
装帧设计 / 王震坤
书法题签 / 王家俊 杨逸明
篆　　刻 / 李绍珙

出 版 人 / 周伯军

出版发行 / 文匯出版社
上海市威海路 755 号
(邮政编码 200041)
经　　销 / 全国新华书店
印刷装订 / 凯基印刷(上海)有限公司
版　　次 / 2019 年 4 月第 1 版
印　　次 / 2019 年 4 月第 1 次印刷
开　　本 / 787×1092　1/16
字　　数 / 400 千字
印　　张 / 29

书　　号 / ISBN 978-7-5496-2808-7
定　　价 / 128.00 元(全二册)

敬告读者　本书如有质量问题请联系印刷厂质量科
电话：021-51870060

文韬武略

戊戌春日 杨迎刚

[代序]

契合了情趣与意象

褚水敖

安澜新出的诗集下集旧体诗词部分，共分三辑，一为“文韬武略”，二为“漾月澄道”，三为“安澜词赋”。细阅这三百余首诗词赋，每每有神情为之一爽、肝肠为之一动、思路为之一开之感。可以喻之为通常说的犹如置身山阴道上，目不暇接；也可以比作步入百花园中，处处芳香四溢。而在作者诗词的字里行间流连忘返之余，静下心来，又有诗学的云彩，飘动着活跃的气氛，浮现在笔者的面前。忽然想到，安澜的这些旧体诗词，是比较优美的情趣与意象的契合。

从诗学角度考虑，研究中国古典诗歌最核心的理论，是意境论，这一向被称之为中国诗学的中心范畴。一部中国古典诗歌的美学史，就是一部以意境论为审美理论核心的诗学史。读安澜的旧体诗词，不难从中窥见她在诗学理论上对于“中心范畴”的意境论的崇奉。在她的作品里，当种种呼之欲出、神情毕具的美学效应渐次呈现时，不断可以体味到情趣与意象的契合结果。这种契合结果造成完美或比较完美的意境，因此把读者的心灵打动，也因此而反映出作者的创作理想与审美品质。

安澜这些旧体诗词，显然以“文韬武略”部分作为主体。在主体部分，作者精心抒写的是从西周到晚清的众多历史名将。在充满风诡云谲、刀光剑影、神机妙算等的历史画面里，曾经在中华过往道路上声名卓著的人物，作者或赋予浓墨重彩，或施诸工笔勾勒，各种形象纷至沓来、五光十色；分明力求处处夺目，个个传神。而采用的样式全是绝句，在十分短小的格局里，作者依据每个人物的不同面目和特殊精神，撷取和表现了最能体现个性特征的故事典型与心灵特色。作者显然撷取和表现得当，于是使多数人物形象鲜明突出，神采奕奕。

与主体部分迥然不同，“漾月澄道”部分题材广泛，大到昆仑五行，小到梅兰竹菊，有对四大美女的赞美，有对妩媚江南的颂扬，写雪则春雪、冬雪、小雪、大雪，论诗则诗魂、诗韵、诗眼、诗道……大凡安澜目中所见、心中所思，只要有美可寻，便一一入诗。最后一辑是词赋，数量不多，这些篇什经过作者悉心推敲，多有清辞丽句，说得夸张一点，好几首词赋真有赏心悦目的感觉。

当然，安澜的诗词与赋，也可以挑出一些不足之处，但就总体来说，比较充分地体现了安澜在操纵旧体诗词方面的卓越才华。才华的突出表现，是她在营造情趣、腾挪意象上，体现了难能可贵的功夫。

美学兼诗学大师朱光潜在《诗论》一书中，有过这样精辟的论述：“情景相生而且相契合无间，情恰能称景，景也恰能传情，这便是诗的境界。每首诗的境界都必有‘情趣’和‘意象’两个要素。‘情趣’简称‘情’，‘意象’即是‘景’。”从安澜的诗词里，随处可见情与景即情趣与意象的有机结合。因每个历史名将彼时彼地所处的环境与形状及心灵各个有别，而另外两辑诗词赋所涉的景况又彼时彼地相异不一，诗人此时此地生发的情趣和捕捉的意象也异彩纷呈。细分起来，约有下列三种：

一、景致引出了情趣

例如开篇的《磻溪垂钓·姜尚》："夕阳一缕罩轻烟，碧水何曾荡国全。武略文韬谁鼻祖，磻溪垂钓万年传。"以斜阳、轻烟、碧水为景致，营构了姜子牙在磻溪垂钓的清丽幽雅的环境。然后引出垂钓的主人公乃是武略文韬的鼻祖，他的形象万年流传，饱满的情愫跃然纸上。又如《马革裹尸·马援》里写东汉名将马援："乘风万里度关山，援简长歌细柳间。裹革勋名谁愿似，东征西讨伏波还。"先是将这位伏波将军万里关山乘风飞越，于青青垂柳之间援简长歌作为景致造型。在如此丰满的意象隆重推出之后，引导了对于伏波将军南征西讨、马革裹尸的揄扬，满篇敬仰钦慕之情淋漓尽致。

二、以情趣带动景致

例如《靖康之变·完颜宗弼》一诗："乱世纷争天下劫，枭雄天赐总不殊。靖康之变风雷动，百战扬威霸业图。"作者对乱世纷争的可怖现象视为浩劫，认为乱世枭雄乃是苍天所赐。这两句，作者对战争的厌恶和乱世枭雄的特殊情感表露了一番，然后以引领之笔，展示了金朝名将完颜宗弼的霸业图景，从而将先前的复杂情愫加深加浓。又如《中兴名臣·曾国藩》一诗："黄卷朱批百事里，文韬武略铁长城。囊中古锦何如是？十万貔貅俱解兵！"激起的是对曾国藩文韬武略之情，带出的是战胜十万太平军乃"囊中之锦"而成的景致。因情生景，景为情生。

三、情景与景致两相交融

安澜有的诗，情趣与意象浑然一体，相依相融，达到情景双茂的效果。于是，诗的意境于灵动中油然生发，诗意也就一片盎然。比如，笔者比较喜欢她的七律《紫竹》："流连际遇三生石，感叹烟云一世间。树欲静而风未止，云终寒似雨犹还。无因空妙慈心度，有节清宁紫竹闲。若与凡夫参彻悟，修身独我慰愚顽。"这首律诗情中有景，景中含情，亦虚亦实，虚实互生。当以紫竹为主体的意象腾飞之时，情趣早已洋溢；当以空妙为核心的情趣洋溢之时，意象正在腾飞！

在情趣与意象的契合上，有诗才可以施展，也有学问可以开掘。安澜作为诗人，已在这方面以自己的丰硕果实显示了自己的功夫。不过这毕竟还是初步，高峰永远在前，诗路上的迈进永无止境。愿安澜不断踔厉风发，今后有崭新的超越自身的篇章源源问世。

2018.12.12

（作者系中华诗词学会顾问，中华诗词学会原副会长、上海诗词学会原会长，第五届、第六届鲁迅文学奖诗歌奖终评委）

信仰永不凋零

—《安澜诗集》（上、下）出版侧记

臧炳申

诗人、作家安澜继2014年发行了《安澜文集》一书后，仅隔四年，又给广大读者奉上了一部心力之作《安澜诗集》。笔者在第一时间赏读完全部作品后，心潮久久不能平静：安澜诗作华美、典雅、深邃、幽远、超然，一部具有高能量、文化高含氧的优秀诗集又将诞生了……相信，安澜文笔简劲而隽美，思想丰满而深刻，哲理清晰而通亮，逻辑顺畅而达雅的行文风格，一定能让读者在阅读的同时，感受到传统文化古韵浓郁的熏染和现代诗风别样的清醒与温煦。安澜诗作与其他女诗人相比，最大的区别莫过于：脱离了小我小情的抒发，在拓展诗人的视野与情怀的同时，更多熔铸进的是诗人对历史、对信仰、对人生以及对人性感悟后的内省力量。尤其是诗人对风物人情观察的敏锐与世象思考的深远无处不在，字里行间隐隐透露出一种超越历史与现实的人文精神和修道意识，其中诗人于中国传统文化的修养和现代文创的探索孤心苦诣，可见一斑。细品安澜诗稿，从一首首诗中笔者看到了诗人对文字的依恋，对文义的深究，对文风的拓展，对文笔的锤炼，更是达到了稔熟于心，炉火纯青的地步。

《安澜诗集》一部两册，上册《灵魂高蹈》为新诗，下册《文韬武略》为旧体诗，在共约12万字中收录了新诗约158首，旧体诗约172首。无论是古体诗还是新诗，通篇印证了诗人“用生命体证过的感受，才是最真切的”创作理念。正是有了这一人文主轴上的“求真”的理念，才有了纯粹写作的文学追求，有了问道究竟的信仰追求！还是因了这份执着而求真的追求，《安澜诗集》才砥砺勃发，一骑远尘，任意挥洒诗人博古通今，高瞻远瞩，修己达人的超然境界。

安澜《文韬武略》旧体诗的创作，得益于早年间受在京的一位老将军之托，他要求我们为军界高层中爱好书法的将军提供书法创作的创意题材，经过深思熟虑，我们决定遴选古代百名历史名将作为系列创作题材，创意出让当代百名将军与古代百名历史名将进行一次“穿越时空的对话”之艺术演绎。主题定位后，任务自然就落在了安澜的身上。安澜果然不负众望，从2011年底开始，用了将近一年半的时间，一头扎进了泱泱中华文明的历史长河，穿越时空隧道，携手华夏文明自商周到清末3000年风云历史里的名将，谱写了110首撼天地、泣鬼神的古代历史名将之七言绝句。可见诗人重阅中华风云诡谲的历史变迁进程与其呕心沥血的史诗架构、创意和创作后，诗人沉淀了足够的底气和底蕴去面对世间风烟骤起的纷纷扰扰，安澜能“遗世独立”地自在“内观，与心的实相和平共处”。几年时间里，由于世事变幻，时机不成熟，这个蓄势待发的书文创意始终没有落实面世的机会。直至2018年5月一次偶然机缘，邂逅著名青年演说家聂枭先生后，终于在一场彻夜的金石问道“天承法脉，何以为继”之灵魂碰撞中，长河浩渺，而历史寂灭……从而引发了一场对2011“穿越时空的对话”这一创意的实施计划，在聂枭先生的大力支持和帮助下，才有了《文韬武略》的成书和2019“穿越时空的对话”书文并举的文创活动的计划实施。

安澜《灵魂高蹈》新诗的统览，其创作缘于诗友们的同题，激发了她这两年忙里偷闲的娱心实践，写诗成了安澜娱心换脑的休息方式。“红尘是最大的修行场！借事练心，终得正果。”诗人用文字练心，用文学练心，用文化练心所修悟出的自性光明，已然使她明心见性，灵魂高蹈！安澜“渐修顿悟不如破格入取”的修学真言，试问浮华世俗又有几人参透，证悟？正如诗人写的“人性的悲哀／有谁能真正地勇敢面对？”安澜在“诗歌是自然流淌的意识流，诗歌途经现实与灵魂对话”的诗观辐射下，浩瀚中华文脉所及之汉文化元素和文化符号都是诗人任意挥洒的诗道乾坤，如：甲骨文、青铜器、红灯笼、唐卡、脸谱、青花瓷、黄蜀葵、诗人素描、墓志铭、龙腾日月等有相无相地分了九辑，取材庞杂，兼容归心的文化印记，在诗人灵动的笔下呈现了一首首轻灵俊逸、旷达高妙的修心诗文。从秋风塞北到春雨江南，面向自然、山水、风物、人文，直面新文化、新媒体、新形式的时代思潮冲击，安澜的意识流一路流淌的是这个古老民族期待崛起的精神力量和生命创造力的血脉传承。

笔者熟知的安澜书香渊博，求真实修，为人纯粹，数十载沉淀，阅峥嵘岁月，析朝代兴衰，观世象变幻，研宇宙大道后所创作出的一首首诗作，为我们呈现了一位敏明觉锐、悲天悯人、心性纯真的真文人，安澜在形而上的思辨和形而下的现实两方面都具有纯粹文人的责任感和使命感。她主张文人应该是“具有历史使命与社会实践的推行者，具有深厚的文化内涵和专业素养的知识者，对社会进言并主动参与公共事务的行动者，具有批判精神和道义担当的理想者”（《安澜文集》艺术评论题记，2014年上海文化出版社）。即将面世的《安澜诗集》具备了纯文学意涵的同时，渗透着诗人“信仰永不凋零”的坚定信念。光阴似箭，日月如流，这个时代变化实在太快了，但唯一不变的就是变。毫无疑问，身处这样一个变革的时代，许多固有的思想、思维、行为都将被颠覆，能创造与建立新秩序、新模式、新成就的一定是那些敢于创新的思想倡导者、引领者、正能量者、先知先觉者。一个民族的崛起需要的是文化自觉和文化自信的内省担当。安澜正是在这样的担当中，表现出了与众不同的文学感召、文化担当与人文情怀。

著名作家梁晓声曾经就什么是文化这一问题，做出过非常精辟的回答：根植于内心的修养，无须提醒的自觉，以约束为前提的自由，为别人着想的善良！安澜薪火相传，秉烛前行，在时下全球一体化时代，中国文人的立场和担当之于诗人，便是从中国传统文化的体量中沉淀和提炼出为时代万象所用的文化元素和符号，通过情志诗歌的文学载体给予社会护国振邦之人文精神的倡导与弘扬。正是站在这个层面上说，《安澜诗集》是诗人的鼎力奉献，其能量正道、修悟清明、思辨高妙、才情纵横、以小见大、饱含哲思；文韬武略纵观古今，灵魂高蹈横亘中外，可谓包容大千世界，透析人生社会，让人在自然的、不经意的诗学欣赏中领悟着哲学的启迪与精神的洗礼！诗人透过文学所构筑出的思想界面与思维模式，不但能让读者从诗的意象中获得精神的愉悦，更能使人由心灵的平静转向灵魂的觉醒这样一种超拔人性的精神领悟。

“外师造化、中得心愿”，相信《安澜诗集》的出版发行能让诗人与读者建立起一个“情性相通、生命交感”的磁场，也相信，当读者在诵读了《安澜诗集》之后，从诗人穿越古今文化的游历中、修身养性的过程中，所领悟的真谛里清楚地明白“时下的人类之所以危机迭现，归根结底还是自身的问题，确切地说是人类心灵的问题”。由此《安澜诗集》为我们提供了解脱心灵桎梏和精神磨难的良方。更坚信，安澜在她的每一次文学远行中“信仰永不凋零”！

有幸的是我接受其委托，再次负责了《安澜诗集》的策划、统筹、出版工作。是的，和安澜的合作是愉快的，她会让你的灵魂不断升华，怀着一份感恩的情愫，让我们在爱和信仰永不凋零的精神感召下，真诚地祝愿安澜先生创作兴盛、艺事长青！

戊戌年冬日深夜写于海上问天阁

（作者系资深策划人、制片人、媒体人、艺评人）

文韬武略　目 录

代序

契合了情趣与意象 / 褚水敖

信仰永不凋零
——《安澜诗集》出版侧记 / 臧炳申

第一辑：文韬武略

第二辑：漾月澄道

第三辑：安澜词赋

后记

第一辑 文韬武略

1．磻溪垂钓·姜尚

【百无禁忌】〔西周〕

重要成就：兴周灭商，建立齐国

磻溪垂钓

夕阳一缕罩轻烟，
碧水何曾荡国全。
武略文韬谁鼻祖，
磻溪垂钓万年传。

2011.9.23

修改于 2018.6.4

姜子牙（约前1156—约前1017），姜尚，字子牙，因其先祖功封于吕，也称吕尚。商末周初人，中国著名的历史人物。姜子牙辅佐武王伐纣建立周朝，武王的首席智囊、最高军事统帅与西周的开国元勋。也是齐国的缔造者，齐文化的创始人，中国古代杰出的韬略家、军事家与政治家。历代典籍公认他是法、兵、纵横等诸子百家的“百家宗师”。著有《太公六韬》《太公兵法》《素书》。

2. 吴宫教战·孙武

【不争之德】〔春秋〕

吴国名将

成名经典：《孙子兵法》

吴宫教战

信手兵规断水流，

威名盖世古今休。

吴宫绝代胭脂女，

一笑君恩作梦游。

2011.9.23

修改于 2018.6.4

孙武（约前 545—约前 470），字长卿，春秋末期齐国乐安人。中国春秋时期著名的军事家、政治家，尊称兵圣或孙子（孙武子），又称“兵家至圣”，被誉为“东方兵学的鼻祖”。著有《孙子兵法》。

3. 倒行逆施·伍子胥

【七星龙渊】〔春秋〕

吴国名将

主要成就：率吴军打破楚国，

修筑姑苏城，兴修水利

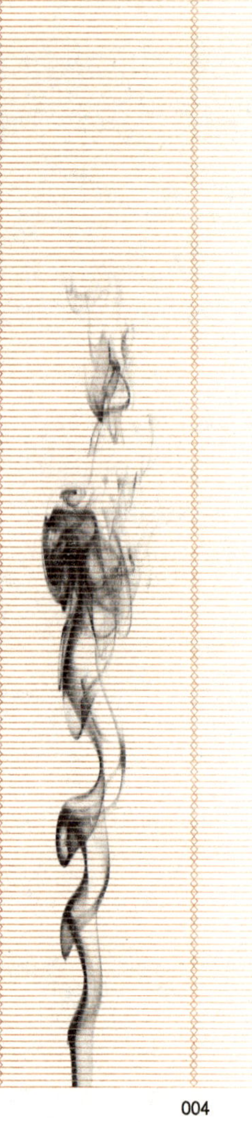

倒行逆施

吴师伐楚写春秋，

胥浦灵涛涌暗流。

千古枭雄多少恨，

鞭尸剑气岂能休？

2011.9.23

修改于 2019.3.11

伍子胥（前 559—前 484），名员，字子胥，楚国人，春秋末期吴国大夫、军事家。因封于申，也称申胥。率吴军大破楚国，姑苏城的创建者。伍子胥协同孙武带兵攻入楚都，伍子胥掘楚平王墓，鞭尸三百，以报父兄之仇。吴国倚重伍子胥等人之谋，西破强楚、北败徐、鲁、齐，成为诸侯一霸。伍子胥曾多次劝谏吴王夫差杀勾践，夫差不听。吴国最终为越国偷袭所灭。

4. 吮卒病疽・吴起

【色不养道】〔战国〕

魏〔楚〕 国名将

经典战役：灭亡陈、蔡国

文韬武略

吮卒病疽

吴起戕妻只为名，

释君疑虑破齐营。

可怜客路三千里，

乱世雄图两眼盲。

2011.9.24

修改于 2018.6.4

吴起（前 440—前 381），卫国左氏人。战国初期军事家、政治家、改革家，兵家代表人物。吴起一生历仕鲁、魏、楚三国，通晓兵家、法家、儒家三家思想，在内政、军事上都有极高的成就。在楚国时，曾主持“吴起变法”。后因变法得罪贵族，遭其杀害。有《吴子兵法》传世。

5. 马陵伏弩·孙膑

【围魏救赵】〔战国〕

齐国名将

经典战役：围魏救赵

马陵伏弩

孙家兵策遇齐贤，
膑绝残躯计定乾。
围魏谋源施救赵，
马陵道上射庞涓。

2011.9.25

修改于 2018.6.4

孙膑（生卒年不详），本名孙伯灵，出生于阿、鄄之间，孙武的后代。中国战国时期军事家，华夏族。孙膑与庞涓同窗，因受庞涓迫害遭受膑刑，身体残疾，后在齐国使者的帮助下投奔齐国，被齐威王任命为军师，辅佐齐国大将田忌两次击败庞涓，取得了桂陵之战和马陵之战的胜利，奠定了齐国的霸业。

6. 火牛破敌·田单

【以用为根】〔战国〕

齐国名将

经典战役：即墨反攻

火牛破敌

即墨城池固守坚，
临淄铁叶困三年。
火牛动怒烽烟滚，
定国安邦大破燕。

2011.9.25
修改于 2018.6.4

田单（生卒年不详），妫姓，田氏，名单，临淄人，战国时田齐宗室远房的亲属，任齐都临淄的市掾（管理市场的小官）。齐国危亡之际，田单坚守即墨，以火牛阵击破燕军，收复七十余城，因功被任命为相国，并得到安平君的封号。

7. 济上劳军·乐毅

【以人为本】〔战国〕

燕国名将

经典战役：围困即墨、合纵攻齐

济上劳军

乐声战鼓不平凡，
济上劳军昌国监。
毅别临淄离虎帐，
客卿从此赵燕间。

2011.9.25
修改于 2018.6.4

乐毅（生卒年不详），子姓，乐氏，名毅，字永霸。中山灵寿人，战国后期杰出的军事家，魏将乐羊后裔，拜燕上将军，受封昌国君，辅佐燕昭王振兴燕国。统率燕国等五国联军攻打齐国，连下七十余城，创造了中国古代战争史上以弱胜强的著名战例，报了强齐伐燕之仇。后因受燕惠王猜忌，投奔赵国，被封于观津，号为望诸君。

8. 雁门纵牧 · 李牧

【纵牧乾坤】〔战国〕

赵国名将

坐骑：四驱战车

兵器：戈

经典战役：大破匈奴

雁门纵牧

雁门纵牧破匈奴，
赵国英豪扫北胡。
一啸狼烟风卷去，
武安祠庙泣悲凫。

2011.9.25
修改于 2018.6.4

李牧（？—前229），嬴姓，李氏，名牧，赵国柏仁人，战国时期的赵国名将、军事家，与白起、王翦、廉颇并称“战国四大名将”。李牧是战国末年东方六国最杰出的将领。乃赵国支撑危局的唯一良将，败匈奴、灭襜褴、破东胡，封武安君。

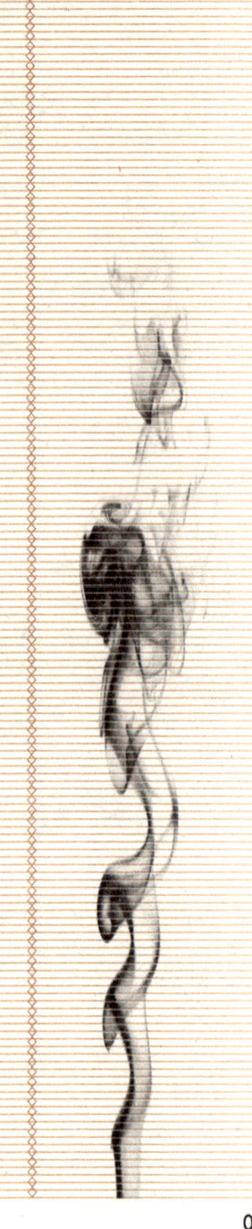

9. 肉袒负荆·廉颇

【智识法门】〔战国〕

赵国名将

坐骑：四驱战车

兵器：戈

经典战役：伐齐讨魏

肉袒负荆

讨魏伐齐破邯郸，
将相和同赵国安。
肉袒负荆成美誉，
君王耳目信人难。

2011.9.26
修改于 2018.6.4

廉颇（生卒年不详），嬴姓，廉氏，名颇，赵国苦陉人。战国末赵国名将，与白起、王翦、李牧并称“战国四大名将”，封信平君。主要成就：攻取阳晋，固守长平，败围燕都。唐德宗时将廉颇等历史上六十四位武功卓著的名将，供奉于武成王庙内，被称为武成王庙六十四将。宋徽宗时追尊廉颇为临城伯，位列宋武庙七十二将之一。

10. 阏与解围·赵奢

【天地同源】〔战国〕

赵国名将

经典战役：阏与破秦

文韬武略

阏与解围

解围阏与起烽烟，

兵贵神机速剑迁。

狭路相逢雄者胜，

君书马服报天年。

2011.9.26

修改于 2018.6.4

赵奢（生卒年不详），嬴姓，赵氏，名奢，赵国邯郸人。赵武灵王之子，战国时代东方六国八名将之一，简曰马氏。治理国赋，民富而府库实，阏与之战击破秦军，封马服君。

11. 长平坑军·白起

【名将盛誉】〔战国〕

秦国名将

经典战役：长平之战

长平坑军

长平困赵古今闻，
武略开秦黑白分。
骇世坑军枯万骨，
自知果报不由君。

2011.9.26

修改于 2018.6.4

白起（？—前257），出自姬姓，《战国策》作公孙起，战国时期秦国郿县人，赵楚慑服，不敢攻秦，使秦业帝封武安君。白起是继中国历史上自孙武、吴起之后又一个杰出的军事家、统帅，他与廉颇、李牧、王翦并称为“战国四大名将”，位列战国四大名将之首。

12. 穰苴斩监·司马穰苴

【与道相从】〔战国〕

齐国名将

经典战役：退晋、燕联军

穰苴斩监

文能附众著兵刊，

武可威夷剑气寒。

相将何曾趋善处，

官封司马亦徒然！

2011.9.26

修改于2018.6.4

田穰苴（生卒年不详），又称司马穰苴，春秋末齐国人，是田完（陈完）的后代，齐田氏家族的支庶。田穰苴是继姜尚之后又一位承上启下的著名军事家，击退晋、燕联军，完善中国古代军事理论著作《司马法》入选武经七书，封为大司马，子孙后世称司马氏。后因齐景公听信谗言，田穰苴被罢黜，未几抑郁发病而死。

13. 横扫六合·王翦

【纵横捭阖】〔秦〕

大秦名将

坐骑：四驱战车

兵器：昆吾剑

经典战役：横扫六合

横扫六合

扫平六国定秦川，
戎马封侯剑气传。
暮色频阳千载说，
骷髅堆里亦耕田！

2011.9.26
修改于 2018.6.4

王翦（生卒年不详），关中频阳东乡人，战国时期秦国名将、杰出的军事家，主要战绩有破赵国都城邯郸，消灭燕、赵；以秦国绝大部分兵力消灭楚国。与其子王贲一并成为秦始皇灭六国的最大功臣。杰出的军事指挥才能使其与白起、李牧、廉颇并称为“战国四大名将”。

14. 修筑长城·蒙恬

【万里长城】〔秦〕

大秦名将

坐骑：四驱战车

兵器：戈

成名经典：万里长城

万里长城

长城修筑史前空，
逶迤群山贯吉虹。
直道九州天路守，
神威万代是英雄。

2011.9.26
修改于 2018.6.4

蒙恬（约前 259—前 210），姬姓，蒙氏，名恬，祖籍齐国人 ，秦朝著名将领。收复河套地区，开发宁夏 ，修筑长城，防御匈奴 ，改良毛笔、改良古筝。蒙恬曾驻守九郡十余年，威震匈奴，被誉为“中华第一勇士”。

15. 龙雀鏖兵·章邯

【龙雀神武】〔秦〕

大秦名将

坐骑：五花骢

兵器：龙雀大环刀

经典战役：定陶之战

龙雀鏖兵

秦烟旦暮起狼烟，
龙雀鏖兵楚汉迁。
总叹英雄悲运促，
雍王自刎赴黄泉。

2011.9.26

修改于 2018.6.4

章邯（？—前205），秦朝著名将领，上将军。秦二世时任少府，为秦朝的军事支柱，秦王朝最后一员大将。主要成就：戏水退周文、南阳擒宋留、陈郡杀陈胜、临济斩田儋、章邯杀赵高灭秦。由秦人章邯、司马欣、董翳三人获得关中之地，分别为雍王、塞王、翟王，号称“三秦”。

16. 霸王别姬·项羽

【威仪万方】〔秦末楚汉〕

西楚霸王

坐骑：踏雪乌骓马

兵器：天龙破城戟

经典战役：巨鹿之战

霸王别姬

项王垓下力横天，
汗浸征鞍马纵鞭。
破釜沉舟盟三日，
别姬自刎谢英年。

2011.9.26.

修改于 2018.6.5

项羽（前232—前202），项氏，名籍，字羽，楚国下相人，楚国名将项燕之孙，军事家，中国军事思想“兵形势”（兵家四势：兵形势、兵权谋、兵阴阳、兵技巧）的代表人物，也是以个人武力出众而闻名的武将。项氏世代为楚将，封于项，故姓项氏。巨鹿之战消灭秦军主力，推翻秦朝；建立西楚政权。公元前202年，项羽刚愎自用，猜疑范增，终为刘邦所败，退守垓下突围乌江，最后霸王别姬，自刎于乌江旁。

17. 白登之围·冒顿

【王道制胜】（秦汉）

匈奴单于

坐骑：大宛

兵器：圆月弯刀

经典战役：鸣钲指射、白登之围

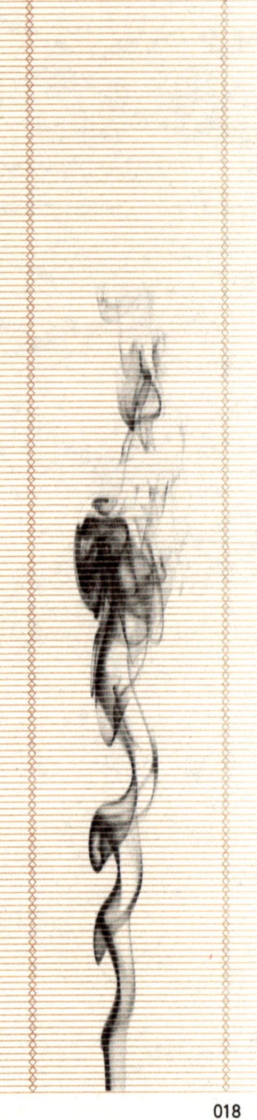

白登之围

关山万里却征鸿，
落日秋风对酒红。
千骑纵横狂漠过，
七朝围困骇闻风。

2011.9.27

修改于2018.6.5

冒顿（前234—前174），挛鞮氏，冒顿于公元前209年（秦二世元年）杀父而自立。他首次统一了北方草原，建立起庞大强盛的匈奴帝国，是匈奴族中雄才大略的军事家、军事统帅。灭东胡，征服楼烦等国，称霸草原；夺取河套地区，建立强大帝国。

18. 运筹帷幄·张良

【运筹帷幄】〔西汉〕

大汉军师

坐骑：四驱战车

兵器：羽扇

经典战役：十面埋伏

运筹帷幄（新韵）

千金散尽刺秦王，

十面埋伏定汉邦。

决胜运筹千里外，

江山指点在芸窗。

2011.9.27

修改于 2018.6.5

张良（约前 250—前 186），字子房，河南颍川城父人，秦末汉初杰出的谋士、大臣，与韩信、萧何并称“汉初三杰”。劝刘邦在鸿门宴上卑辞言和，保存实力，并疏通项羽叔父项伯，使刘邦得以脱身。后又以出色的智谋，协助汉高祖刘邦在楚汉战争中最终夺得天下，帮助吕后扶持刘盈登上太子之位，被封为留侯。

19. 暗度陈仓·韩信

【多多益善】〔西汉〕

西汉名将

坐骑：五明骥

兵器：鱼肠剑

经典战役：暗度陈仓、井径之战、垓下之战

暗度陈仓

暗度陈仓出世难，
楚歌四面霸王寒。
新词旧赋常吟断，
成败萧何祭将坛。

2011.9.26
修改于 2018.6.5

韩信（约前231—前196），汉族，淮阴人，西汉开国功臣，中国历史上杰出的军事家，与萧何、张良并列“汉初三杰”，与彭越、英布并称“汉初三大名将”。虏魏、破代、平赵、下燕、定齐、潍水杀龙且，垓下破项羽。

20. 诛吕安刘·周勃

【无量法印】〔西汉〕

西汉名将

经典战役：铲除诸吕

诛吕安刘

龙争虎斗费思量，

诛吕安刘铁臂扬。

钧作雷霆云覆雨，

史兴汉室笑沧桑。

2011.9.27

修改于 2018.6.4

周勃（？—前 169），西汉开国将领、宰相。于秦二世元年（前 209）随刘邦起兵反秦，以军功拜为将军，赐爵威武侯。在随刘邦由汉中进取关中时，击赵贲、败章平、围章邯，屡建战功。刘邦死后，吕后专权，吕后死后，周勃与陈平等合谋智夺吕禄军权，一举谋灭吕氏诸王，拥立文帝，后官至右丞相，封绛侯。

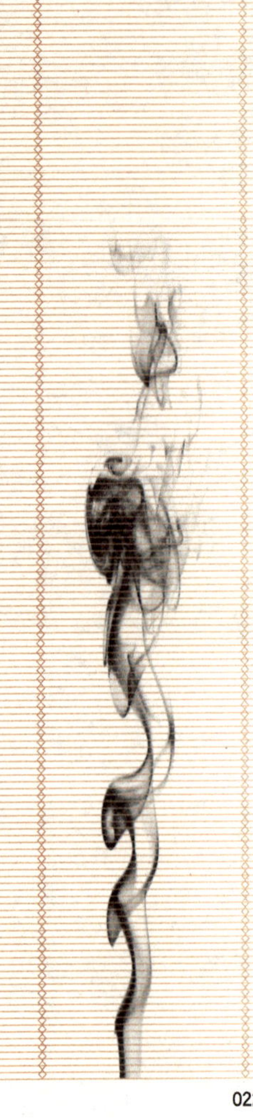

21．细柳治军·周亚夫

【细柳大统】〔西汉〕

西汉名将

坐骑：踢云乌骓

兵器：七星剑

经典战役：平定七国之乱

细柳治军

试马纵横细柳营，
汉宫帝阙肃然惊。
乍凉天气风光好，
玄塞秋高正点兵。

2011.9.27
修改于 2018.6.5

周亚夫（前 199—前 143），沛郡丰县人，周勃之子。西汉时期的军事家、丞相。他是名将绛侯周勃的次子，军事才华卓越，在吴楚七国之乱中，他统率汉军，三个月平定了叛军，拯救了汉室江山。后被冤下狱，闭食自尽。

22. 冥山射虎·李广

【声色虚无】〔西汉〕

西汉名将

坐骑：千里雪

兵器：梨花枪

经典战役：马邑大捷

冥山射虎

冥山草石射阑珊，
北讨南征一寸丹。
强弩弯弓千里雪，
骁骑动魄几心寒？

2011.9.27

李广（？—前119），将门出身，秦朝名将李信之后。西汉名将，参与平定七国之乱，率领汉军与匈奴作战十四年，任骁骑将军，领万余骑出雁门击匈奴，因众寡悬殊负伤被俘。匈奴兵将其置卧于两马间，李广佯死，于途中趁隙跃起，奔马返回。匈奴畏服，称为“飞将军”，数年不敢来犯。元狩四年（前119年），漠北之战中，李广任前将军，因迷失道路，未能参战，愤愧自杀。司马迁评价他是“桃李不言，下自成蹊”。

23. 钳徒论相・卫青

【位极人臣】〔西汉〕

西汉名将

坐骑：菊花青

经典战役：攻占河南地、漠南大捷

七绝・钳徒论相

论相辕门画戟春，
修身戎马剑如神。
关山西北风云骤，
拜将封侯绝世尘。

2011.9.27
修改于 2018.6.5

卫青（？—前 106），字仲卿，河东平阳（今山西临汾市）人。西汉时期名将，汉武帝第二任皇后卫子夫的弟弟，汉武帝在位时官至大司马大将军，封长平侯。奇袭龙城，七战七捷，收复河朔、河套地区，击破单于，为北部疆域的开拓做出了重大贡献。

24. 渡河受款·霍去病

【少年英豪】〔西汉〕

西汉名将

坐骑：踏雪无痕

兵器：梅花枪

经典战役：决战漠北

马踏匈奴

年少英豪病去兮，
胡风汉月鉄关西。
酒泉畅饮三杯水，
策马扬鞭万里嘶。

2011.9.27

修改于 2018.6.5

霍去病（前 140—前 117），汉族，河东平阳（今山西临汾西南）人，西汉名将，杰出的军事家、爱国将领、民族英雄，官至大司马骠骑将军，封冠军侯。名将卫青的外甥，善骑射，用兵灵活，注重方略，不拘古法，勇猛果断，善于长途奔袭、快速突袭和大迂回、大穿插作战。英年早逝，追谥为景桓侯。

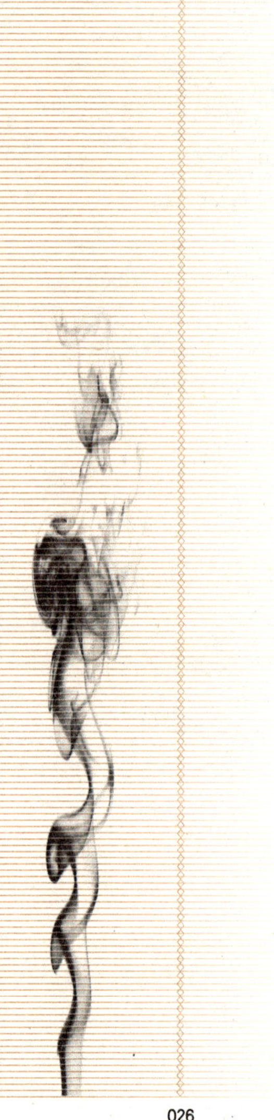

25. 安边屯田・赵充国

【安边屯田】〔西汉〕

西汉名将

坐骑：银鬃马

兵器：雁翎刀

经典战役：平定西羌

安边屯田

戎马一生卷夕烟，
安边武备策屯田。
古今多少兵家事，
谁将柴粮把命牵。

2011.9.27

修改于 2018.6.5

赵充国（前 137—前 52），字翁孙，汉族，原为陇西上邽人，后移居湟中。西汉著名将领，西汉时赵氏族长。威震匈奴，平定西羌，施行屯田，与霍光等拥立汉宣帝，封营平侯。麒麟阁十一功臣之一。

26. 安邦定国・刘秀

【光武中兴】〔东汉〕

东汉开国皇帝

坐骑：白龙马

兵器：龙泉剑

经典战役：昆阳之战

重要成就：建立东汉

安邦定国

春陵白水是家乡，

瑞气飞龙降吉祥。

偃武修文于海内，

励精图治秉朱光。

2011.9.27

修改于 2018.6.5

刘秀（前 5 — 57），即汉光武帝（25 — 57），字文叔，南阳郡蔡阳人，生于陈留郡济阳县济阳宫。翦灭群雄、建立后汉，开创“光武中兴”，东汉王朝的建立者，庙号世祖，谥号光武皇帝。

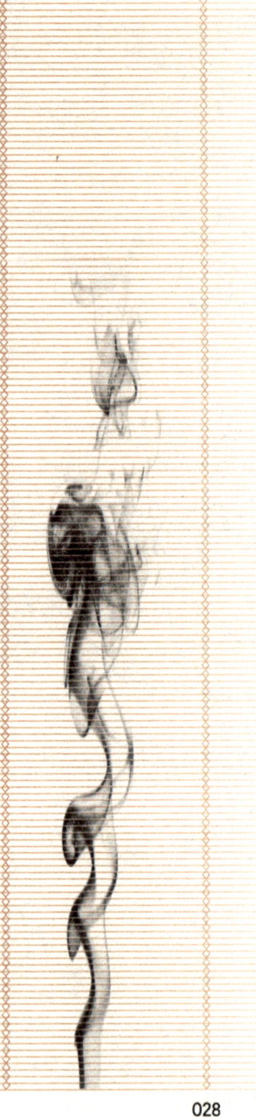

27. 云台首将·邓禹

【强人齐天】〔东汉〕

东汉名将

经典战役：引兵西进

云台首将

戎马一生殊世才，
开元首将在云台。
收刀折戟红尘隐，
过尽飞鸿任你猜！

2011.10.6
修改于 2018.6.5

邓禹（2—58），字仲华，今河南南阳新野人，东汉初年军事家，云台二十八将第一位。邓禹年轻时在长安学习，与刘秀交好。更始元年（23年），刘秀巡行河北，邓禹前往追随，提出“延揽英雄，务悦民心，立高祖之业，救万民之命”的方略，被刘秀“恃之以为萧何”。邓禹协助刘秀建立东汉，“既定河北，复平关中”，功劳卓著。刘秀称帝后，封邓禹为大司徒、酂侯。后改封高密侯，进位太傅。永平元年（58年）去世，谥号元侯。

28. 马革裹尸·马援

【同归大日】〔东汉〕

东汉名将

坐骑：大宛马

兵器：象鼻古月刀

经典战役：平定陇西、北击乌桓、二平岭南

马革裹尸

乘风万里度关山，
授简长歌细柳间。
裹革勋名谁愿似，
东征西讨伏波还。

2011.10.6
修改于 2018.6.5

马援（前 14 — 49），字文渊，汉族，扶风茂陵人。西汉末至东汉初年著名军事家，东汉开国功臣之一。为刘秀统一天下立下了赫赫战功。天下统一之后，马援虽已年迈，但仍请缨东征西讨，西破羌人，南征交趾，官至伏波将军，因功封新息侯，被人尊称为“马伏波”。其老当益壮、马革裹尸的气概甚得后人的崇敬。

29. 高平斩使·寇恂

【天魔神光】〔东汉〕

经典战役：镇守河内，智取高平

高平斩使

文武全才河内初，
孤城动阵未言虚。
高平斩使多方制，
臧善民心太守誉。

2011.10.25
修改于 2018.6.5

寇恂（？—公元 36 年），字子翼，汉族，上谷昌平（今北京市）人，东汉开国名将，云台二十八将第五位。寇恂出身世家大族，原是新朝上谷功曹，后与耿弇一起投奔刘秀，被任命为偏将军、承义侯。此后，寇恂镇守河内，治理颍川、汝南，协助刘秀建立东汉。刘秀称帝后，寇恂任执金吾，封雍奴侯。建武十二年（公元 36 年）病逝，谥号威侯。

30. 荒亭进粥·冯异

【半壁江山】〔东汉〕

经典战役：大破赤眉、平定关中

荒亭进粥

无蒌亭里豆粥粞，
大树谦功隶众齐。
铁骑关山身远寄，
死随忠骨到关西。

2011.10.25
修改于 2018.6.5

冯异（？—34），字公孙，汉族，颍川父城人，东汉开国名将、军事家，云台二十八将第七位。随刘秀征战，大破赤眉、平定关中。协助刘秀建立东汉。刘秀称帝后，冯异被封为征西大将军、阳夏侯。建武十年（34年）病逝于军中，谥曰节侯。

31. 受檄击郾·贾复

【将相琴瑟】〔东汉〕

经典战役：战真定、破鄗城

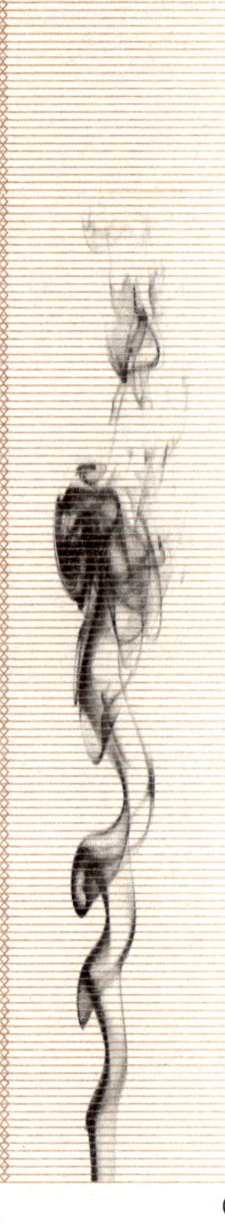

受檄击郾

冠军奇自绿林时，
策马扬鞭万里驰。
血染旌旗惊武帝，
不言功大世皆知。

2012.7.29

修改于 2018.6.5

贾复（9—55），字君文，汉族，南阳冠军人，东汉名将，云台二十八将第三位。贾复儒生出身，随刘秀击信都、战真定、破鄗城、平定郾城、召陵、新息等地，战功赫赫。封胶东侯，食邑六县。贾复虽然出身文士，但是临阵果敢、身先士卒，在东汉中兴功臣中以勇武见称。

32. 宫台望战·耿弇

【人间正道】〔东汉〕

经典战役：败延岑、平齐鲁、攻陇右

宫台望战

初勤王事望宫台，
有志多从少壮来。
耿弇累功诚所忌，
得终尊宠见稀哉！

2012.7.30
修改于 2018.6.5

耿弇（3—58），字伯昭，汉族，扶风茂陵（今陕西省兴平市东北）人，东汉开国名将、军事家，云台二十八将第四位。耿弇自幼喜好兵事，后劝父投奔刘秀，被任命为偏将军，跟随刘秀平定河北。刘秀称帝后，耿弇封建威大将军、好畤侯。此后，耿弇败延岑、平齐鲁、攻陇右，为东汉的统一立下赫赫战功。耿弇去世，谥号愍侯。

33. 投笔封侯·班超

【天龙八部】〔东汉〕

坐骑：卷毛兽

兵器：冷血剑

成名经典："不入虎穴焉得虎子"

投笔封侯

燕颔虎颈志天颁，
投笔从戎老未还。
三十六人平远域，
封侯万里入关山。

2012.7.30
修改于 2018.6.5

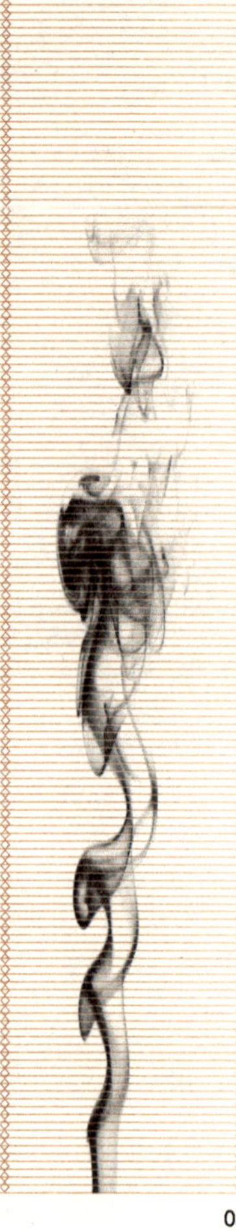

班超（32—102），字仲升，扶风郡平陵县人。东汉著名军事家、外交家，史学家班彪的幼子，其长兄班固、妹妹班昭也是著名史学家。班超为人有大志，不修细节，但内心孝敬恭谨，审察事理。他口齿辩给，博览群书。不甘于为官府抄写文书，投笔从戎，随窦固出击北匈奴，又奉命出使西域，在三十一年的时间里，平定了西域五十多个国家，为西域回归、促进民族融合，做出了巨大贡献。官至西域都护，封定远侯，世称"班定远"。

34. 酹酒还金·张奂

【酹酒还金】〔东汉〕

经典战役：镇压叛军、智降匈奴

酹酒还金

书生智略扫胡尘，
酹酒还金别样真。
刚正仁恩威有信，
原来“牟氏”你删新。

2012.7.30
修改于 2018.6.5

张奂（104—181），字然明，敦煌渊泉人，汉阳太守张惇之子。东汉名将、学者，“凉州三明”之一。张奂少年时师从太尉朱宠，学习《欧阳尚书》，又自行删减《牟氏章句》。在东汉对外战争中功勋卓著，多次以恩信安抚、招降外族，使得北方宁静一时。后入朝，为宦官所利用，率军前往进击窦武。事后自责不已，拒受封侯。拜少府，迁任大司农，又上疏为窦武等人申冤。

35. 添灶进兵·虞诩

【安澜朝歌】〔东汉〕

坐骑：银鬃马

兵器：虎头枪

经典战役：添灶进兵

添灶进兵

银鬃马上出西关，
添灶更衣诈术奸。
铁骑三千征战远，
赤亭经典定江山。

2012.7.30

修改于 2018.6.5

虞诩（？—137），字升卿，小字定安，陈国武平县人。东汉名将。最初被太尉张禹召为郎中，历任朝歌县长、怀县令，平定朝歌叛乱。任武都太守，以增灶计大破羌军，安定一郡，治理武都政绩卓然，深受爱戴。后任司隶校尉、尚书仆射、尚书令等职，为官清正廉明，刚正不阿，多次得罪权贵。一生九次遭到斥责，三次被依法惩处，但他刚正的性格，一直到老都不改变。

36. 绝舞豪雄·吕布

【人中吕布】〔三国〕

坐骑：赤兔马

兵器：方天画戟

经典战役：徐州争夺战

绝舞豪雄

赤兔嘶风日落迟，
辕门射戟侍君祺。
中原绝舞豪情地，
可叹英雄盛一时。

2012.7.31

吕布（？—公元198年），字奉先，五原郡九原县人。原为丁原部将，被唆使杀害丁原归附董卓，与董卓誓为父子；后又被司徒王允唆使诛杀董卓，依附袁绍；又被袁绍猜忌，依附张杨。吕布趁曹操攻打陶谦时与陈宫等叛乱，占据濮阳；两年间被曹操击败转而去依附徐州刘备，又趁刘备与袁术作战时袭取了徐州，与刘备和好一阵又相互攻伐一阵。其间，以辕门射戟化解刘备与纪灵的争斗。吕布先后击败刘备与夏侯惇后，曹操亲自出马征讨吕布，水淹下邳，吕布被部下叛变，城破被俘，被处死。历史上吕布以勇武闻名，号称“飞将”，时有“人中吕布，马中赤兔”之说。

37. 魏武挥鞭・曹操

【一代枭雄】〔三国〕

坐骑：绝影

兵器：倚天剑

经典战役：官渡之战

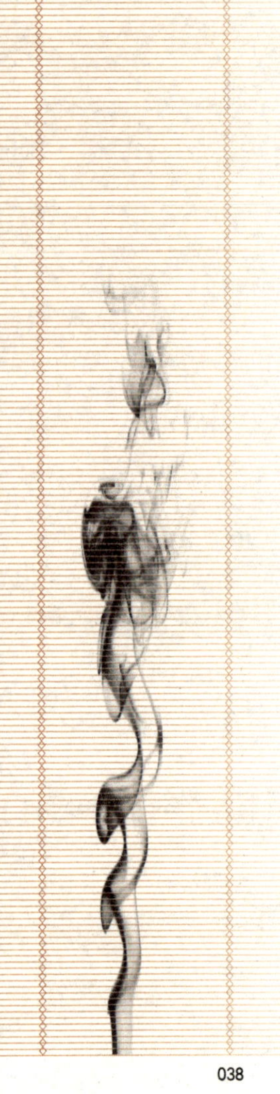

魏武挥鞭

倚天绝影奉君恩，
逐鹿群雄魏武门。
文采风流铜雀锁，
千年煮酒盛名存。

2012.7.31
修改于 2018.6.6

曹操（155—220），字孟德，一名吉利，小字阿瞒，沛国谯县人。东汉末年杰出的政治家、军事家、文学家、书法家，三国中曹魏政权的奠基人。曹操曾担任东汉丞相，后加封魏王，奠定了曹魏立国的基础。去世后谥号为武王。其子曹丕称帝后，追尊为武皇帝，庙号太祖。

38. 灭蜀一统·司马懿

【日月崇光】〔三国〕

曹魏大都督

经典战役：祁山攻防战

文韬武略

灭蜀一统

深藏不露侍曹公，

骠骑将军练忍功。

三国最终成一统，

改朝换代兆形中。

2012.7.31

司马懿（179—251），字仲达，河内郡温县孝敬里人。三国时期魏国政治家、军事谋略家，魏国权臣，西晋王朝的奠基人。主要成就：抵抗诸葛亮北伐，屯田水利，平定辽东。司马懿死后，次子司马昭封晋王后，追谥司马懿为宣王；司马炎称帝后，追尊司马懿为宣皇帝，庙号高祖。

39. 阴平凿险·邓艾

【一鼓作气】〔三国〕

经典战役：偷渡阴平

攻灭蜀汉

阴平凿险

邓艾屯田善用兵，
阴平偷渡险中行。
功成失节天根断，
血染江云世不平。

2012.7.31

修改于 2018.6.6

邓艾（约 197 — 264），字士载，本名邓范，与同乡人同名而改名，义阳棘阳人。三国时期魏国杰出的军事家、将领。其人文武全才，深谙兵法，对内政也颇有建树。邓艾多年在曹魏西边战线防备蜀汉姜维。主要成就是治理魏国西方，与姜维多次对峙；率兵偷渡阴平，攻灭蜀汉。邓艾被推崇为古今六十四名将之一。

40. 分兵灭蜀·钟会

【妙语连珠】〔三国〕

经典战役：平诸葛诞之叛、
与邓艾分兵灭蜀

分兵灭蜀

寿春破敌计谋间，
才略分兵灭蜀关。
志大心盲思玉辇，
旌旗故国不能还。

2012.7.31

钟会（225-264），字士季，颍川郡长社（今河南长葛县）人。三国后期曹魏重要谋臣和书法家，太傅钟繇之幼子、青州刺史钟毓之弟。平诸葛诞之叛、与邓艾分兵灭蜀后，与蜀汉降将姜维同谋行反间计，打压同僚邓艾，欲据蜀自立，图谋反叛，最终死于部下兵变，得偿果报。

41. 鞠躬尽瘁·诸葛亮

【鞠躬尽瘁】〔三国〕

坐骑：四轮车

兵器：鹅毛扇

经典战役：七擒孟获、

六出祁山

鞠躬尽瘁

羽扇轻摇岁月长，
七擒孟获美名扬。
鞠躬尽瘁庙堂立，
六出祁山宿命尪。

2012.7.31

修改于 2018.6.6

诸葛亮（181-234），字孔明，号卧龙（也作伏龙），徐州琅琊阳都人，三国时期蜀汉丞相，杰出的政治家、军事家、外交家、文学家、书法家、发明家。主要成就是与刘备隆中决策，赤壁之战大败曹操；协助刘备建立蜀汉，北伐曹魏。文学代表作有《出师表》《诫子书》等。诸葛亮一生“鞠躬尽瘁、死而后已”，是中国传统文化中忠臣与智者的代表人物。

42. 万军枭首·关羽

【义薄云天】〔三国〕

汉寿亭侯

坐骑：赤兔马

兵器：青龙刀

经典战役：水淹七军，白马解围

万军枭首

青龙偃月仗云长，
枭首万军取颜良。
赤兔追风驰单骑，
麦城败走谢残阳。

2012.8.1

修改于 2019.3.11

关羽（160—220），本字长生，后改字云长，河东郡解县人，东汉末年名将。早期跟随刘备辗转各地，曾被曹操生擒，于白马坡斩杀袁绍大将颜良，与张飞一同被称为万人敌。主要成就为白马斩颜良，襄樊败于禁、斩杀庞德。

43. 九伐中原・姜维

【无位真人】〔三国〕

坐骑：紫电喷云兽

兵器：绿沉枪

经典战役：九伐中原

七绝・九伐中原

紫电喷云落日惊，
陇西九出向天盟。
武侯空负中原志，
汉蜀归心任汝行？

2012.8.1
修改于 2018.6.6

姜维（202—264），字伯约，天水冀县（今甘肃甘谷东南）人。三国时蜀汉名将，官至大将军。少年时和母亲住在一起，喜欢儒家大师郑玄的学说。因为父亲姜冏战死，姜维被郡里任命为中郎。《魏晋文学史》中说姜维在文学上有着独特的才能，在汉魏晋的文学史上起到了承上启下的作用。作品如《蒲元别传》等。

44. 赤壁鏖兵·周瑜

【江左风流】〔三国〕

江东大都督

坐骑：汗血马

兵器：干将剑

经典战役：赤壁之战

赤壁鏖兵

火烧赤壁映天红，
指点东吴败魏功。
千载长江谁识我？
烟涛尽锁客惊鸿。

2012.8.1

修改于 2018.6.6

周瑜（175—210），字公瑾，庐江舒县人。洛阳令周异之子，堂祖父周景、堂叔周忠，都官至太尉，东汉末年名将。辅佐孙策平定江东，赤壁破曹操，南郡败曹仁。周瑜“性度恢廓”“实奇才也”，孙权称赞周瑜有“王佐之资”，范成大誉之为“世间豪杰英雄士，江左风流美丈夫”。宋徽宗时，追尊其为平虏伯，位列唐武庙六十四将、宋武庙七十二将之一。

45. 吴下阿蒙·吕蒙

【笃志力学】〔三国〕

经典战役：攻占皖城，

智取三郡

吴下阿蒙

江陵奇袭定荆州，

秣马营兵且泛舟。

吴下阿蒙书日进，

君臣一体药王忧。

2012.8.1

修改于 2018.6.6

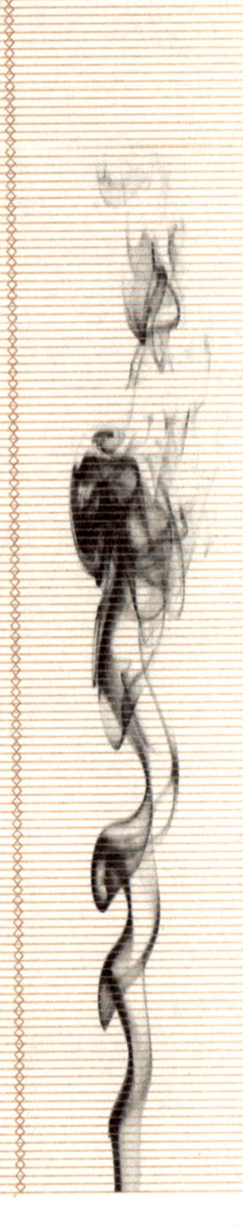

吕蒙（179—220），字子明，东汉末年名将，汝南富陂人。少年时依附姐夫邓当，随孙策为将。以胆识称，累封别部司马。孙权统事后，渐受重用，从破黄祖作先登，封横野中郎将。攻占皖城，智取三郡；濡须之战，白衣渡江。吕蒙发愤勤学的事迹，成为中国古代将领勤能补拙、笃志力学的代表。

46. 火烧连营·陆逊

【出将入相】〔三国〕

江东大都督

经典战役：彝陵之战

火烧连营

运筹兵法六韬申，

鏖战夷陵巧火巡。

戎马一生猷伟业，

江南陆逊已传神。

2012.8.1

修改于 2018.6.7

陆逊（183—245），本名陆议，字伯言，吴郡吴县人。三国时期吴国政治家、军事家。与吕蒙共同击败关羽、夺取荆州；夷陵之战破刘备；石亭之战败曹休。跟随孙权四十余年，统领吴国军政十余年，深得孙权器重。深谋远虑，忠诚耿直。一生出将入相，被赞为“社稷之臣”。

47. 杜武库·杜预

【天道酬勤】〔西晋〕

经典战役：灭亡吴国

西晋伐吴

西晋伐吴计上乘，
天酬王道入江陵。
千秋逸事功勋在，
谁说儒生武不兴？

2012.8.1

修改于 2018.6.7

杜预（222—285），字元凯，京兆杜陵人，西晋时期著名的政治家、军事家和学者，灭吴统一战争的统帅之一。历任曹魏尚书郎、西晋河南尹、安西军司、秦州刺史、度支尚书、镇南大将军，官至司隶校尉。谥号成侯。灭吴功成之后，耽思经籍，博学多通，镇守襄阳，兴建水利工程，注解晋律，修订历法，多有建树，被誉为“杜武库”。著有《春秋左氏经传集解》及《春秋释例》等。他是明朝之前唯一同时进入文庙和武庙之人。

48. 轻裘缓带·羊祜

【鹤立中天】〔西晋〕

经典战役：定策灭吴

轻裘缓带

轻裘缓带入经函，
羊祜平吴是国监。
魂梦江南三世约，
一铭千古诤如岩。

2012.8.1
修改于 2018.6.7

羊祜（221 — 278），字叔子，泰山南城人。魏晋时期大臣，著名战略家、政治家和文学家。西晋开国元勋，定策灭吴。西晋成立后，司马炎怀有吞吴之心，乃命羊祜坐镇襄阳、都督荆州诸军事。羊祜屯田兴学，以德怀柔，深得军民之心；缮甲训卒，广为戎备，做好了伐吴的军事和物质准备。作品有《雁赋》《让开府表》《请伐吴疏》《再请伐吴表》。

49. 铁锁沉江·王濬

【千载源头】〔西晋〕

经典战役：攻灭孙吴

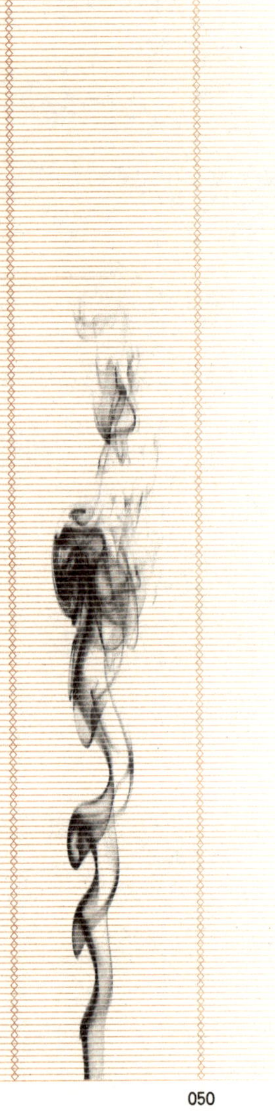

铁锁沉江

铁锁沉江恨不休，
古今胜败大江头。
六朝旧地仍依旧，
千载源头魏晋游。

2012.8.3

王濬（206—286）《宋书》作王璿（王璇），字士治，小字阿童，弘农郡湖县人，西晋时期名将。出身于世代二千石的官吏之家，博学多闻，美姿貌。多谋善战。在益州创建水军，灭吴之战中首入建业。灭吴功勋卓著，拜为辅国大将军，领步兵校尉。太康六年（285年），为抚军大将军。谥曰武侯。

50. 闻鸡起舞·祖逖

【闻鸡起舞】〔东晋〕

经典战役：祖逖北伐

闻鸡起舞

闻鸡起舞向朝阳，
收复黄河挫敌强。
忠勇祖生忧北伐，
桡船募士渡沧桑。

2012.8.3
修改于 2018.6.7

祖逖（266—321），字士稚，范阳遒县人，东晋军事家。
祖逖出身于范阳祖氏，曾任司州主簿、大司马掾、骠骑祭酒、太子中舍人等职，奋威将军、豫州刺史。建武元年（317）率部北伐，收复黄河以南大片领土，进封镇西将军。但因势力强盛，受到东晋朝廷的忌惮。忧愤而死，追赠车骑将军，部众被弟弟祖约接掌，北伐大业也因此而功败垂成。

51. 宫台运甓・陶侃

【梦生八翼】〔东晋〕

经典战役：平定张昌起义

苏峻之乱

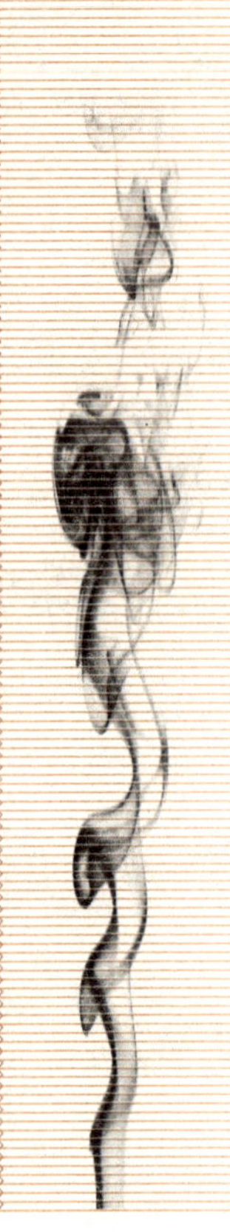

宫台运甓

忠顺勤劳运甓人，
雄闻乱世却逢春。
发奸擿伏神机断，
北拒南平不得申！

2012.8.5

陶侃（259—334），字士行（一作士衡）。本为鄱阳郡枭阳县人，后徙居庐江郡寻阳县。东晋时期名将。陶侃平定杜弢、张昌起义，定陈敏、苏峻之乱；治下的荆州太平安定。为稳定东晋政权，立下赫赫战功。后将军郭默擅自杀害刘胤后，即率兵征讨，不费一兵一卒就擒获郭默父子，因而名震敌国。曾孙为诗人陶渊明。

52. 淝水之战·谢玄

【纵横玄妙】〔东晋〕

经典战役：淝水之战

淝水之战

苻坚鞭至阻江流，

好共疆场暗渡舟。

淝水蜿蜒听鹤唳，

谢玄神战易春秋。

2012.8.10

：

谢玄（343—388），字幼度。陈郡阳夏人。东晋军事家，豫州刺史谢奕之子、太傅谢安之侄。谢玄有经国才略，善于治军。组建北府兵、淝水之战大破前秦、北伐中原。以少胜多，先后收复了今河南、山东、陕西南部等地区。后因病改任左将军、会稽内史。谢玄去世，年四十六。获赠车骑将军、开府仪同三司，谥号献武。

53. 长河搏蛟·周处

【四海龙神】〔东晋〕

经典战役：伐氐羌叛乱

长河搏蛟

伏虎降蛟害易良，
乡亲疑与此君亡。
始邪末正扬天逸，
名将平西卧战场。

2012.8.10
修改于2018.6.7

周处（236—297），字子隐，义兴阳羡人，鄱阳太守周鲂之子。周处年少时纵情肆欲，为祸乡里，为了改过自新去找名人陆机、陆云，后来浪子回头，改过自新，功业更胜乃父，留下“周处除三害”的传说。吴亡后周处仕西晋，刚正不阿，得罪权贵，被派往西北讨伐氐羌叛乱，遇害于沙场。和戎狄，叛羌归附，雍土美之；详其枉直，解决三十年不决案件。

54. 气吞万里·刘裕

【气贯长虹】〔南北朝〕

南朝第一帝

重要成就：统一南方

气吞万里

金戈铁马扫狼烟，
万里征途出北川。
屈指南朝唯一帝，
世人好咏百千篇。

2012.8.10

修改于 2018.6.7

刘裕简介：

刘裕（363—422），字德舆，小名寄奴。祖籍彭城郡彭城县绥舆里，生于晋陵郡丹徒县京口里，西汉楚元王刘交之后。东晋至南北朝时期杰出的政治家、改革家、军事家，南朝刘宋开国皇帝（420—422在位）。统一南方，北伐中原，改革弊政。著有《兵法要略》，庙号高祖，谥号武皇帝，葬于初宁陵。

55. 蒙冲溯渭·王镇恶

【龙骧神威】〔南北朝〕

经典战役：夺荆州、取长安

蒙冲溯渭

蒙冲小舰入黄河，
溯渭西驱泣壮歌。
秦灭长安征虏将，
浮云锦绣梦南柯。

2012.9.11

王镇恶（373—418），东晋名将，北海剧（今山东昌乐西）人。前秦丞相王猛之孙。年少时因前秦败亡，关中扰乱，随叔父王曜南投东晋，客居荆州（今湖北荆沙）。好读兵书，长于谋略，处事果断，战无不捷，夺荆州、取长安，助刘裕平定叛乱，灭亡后秦，功高宋室。振武将军、征虏将军、龙骧将军也。

56. 唱筹量沙·檀道济

【一唱天下】〔南北朝〕

经典战役：大破后秦

唱筹量沙

道济和筹斗米量，

沙丘摄魄魏营茫。

南山歇马胡尘远，

名将吟魂总卧霜。

2012.9.11

修改于 2018.6.7

檀道济（？—436），东晋末年及南朝宋初年将领，祖籍高平金乡，出生于京口。曾参与讨伐卢循，灭后秦及元嘉北伐等战役，是开国元勋。大破后秦，根据多年战争经验著《三十六计》。

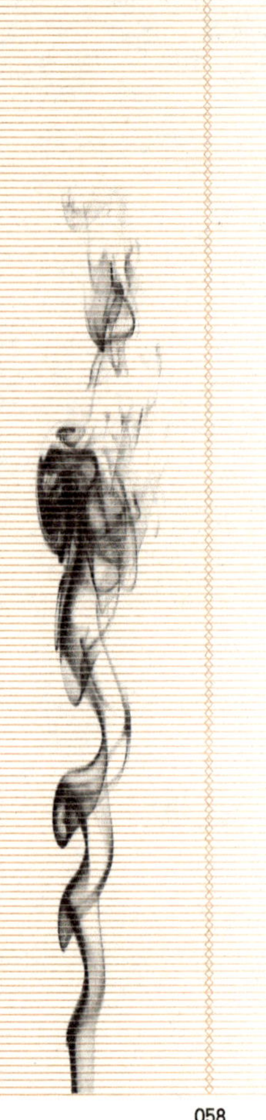

57. 齐镳射猎·杨大眼

【毛遂自荐】〔南北朝〕

经典战役：大破王茂、

钟离之战

齐镳射猎

齐镳驰骛走如飞，
射猎疆场细入微。
笑籍人生征伐事，
怎甄史话是还非！

2012.9.11

修改于 2018.6.7

杨大眼（生卒年不详），南北朝时期北魏孝文帝、宣武帝时名将。武都的仇池首领杨难当之孙。骁勇，尤以行走迅捷著称。平定樊季安，大破王茂。从孝文帝南伐，所经战阵，攻势凌厉，屡建军功，先后任东荆州刺史、中山内史，太尉长史、奉诏督诸军镇荆山，任荆州刺史。

58. 岐亭攻栅 · 杨素

【心海湖平】〔隋〕

坐骑：拳毛骢

兵器：虬龙棍

经典战役：大破突厥

岐亭攻栅

笔下惊涛骇世才，
虬龙棍舞猛如雷。
骑骁突厥闻风惧，
杨素名闻海内魁。

2012.9.11

修改于 2018.6.7

杨素（544—606），字处道，弘农郡华阴县人。隋朝权臣、诗人，杰出的军事家。杨素出身北朝士族，他与杨坚（隋文帝）深相结纳。隋朝建立后，升御史大夫。开皇八年（588年），以行军元帅身份率水军东下攻灭陈朝，以功拜荆州总管，封越国公。因其帮助杨广（隋炀帝）成为太子。杨广继位后，杨素又领兵讨平汉王杨谅叛乱。累官司徒，封楚国公。杨素死后，获赠光禄大夫、太尉，谥号景武。

59. 威临突厥·韩擒虎

【兵不血刃】〔隋〕

经典战役：直捣金陵

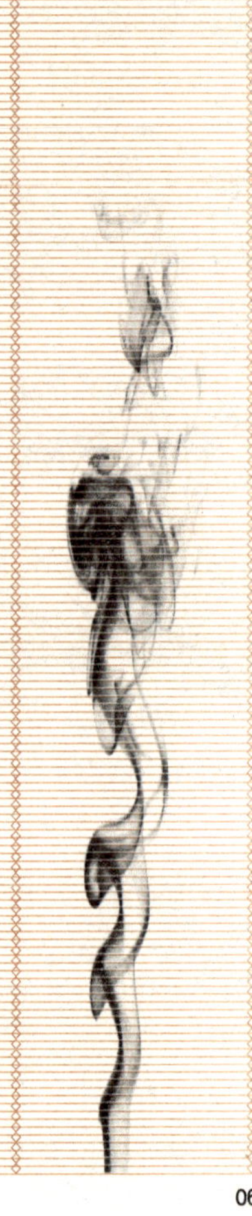

威临突厥

天下雄闻突骑尘，
锋逾骇电建康陈。
威临突厥堂前摆，
白羽金鞍射北辰。

2012.9.12
修改于 2018.6.7

韩擒虎(538—592)，原名擒豹，字子通，河南东垣人。隋朝名将，北周骠骑大将军韩雄之子。容仪魁伟，有胆略，好读书。北周时，任都督、刺史等职，袭爵新义郡公。灭陈先锋，率五百锐卒夜渡长江，袭占采石，攻克姑孰，进军新林，入朱雀门，直捣金陵建康城，俘陈后主陈叔宝。因功进位上柱国、大将军。后封寿光县公，以行军总管屯金城，旋任凉州总管。

60. 单骑赌胜·史万岁

【单骑风流】〔隋〕

经典战役：大破突厥

单骑赌胜

单骑轻松斩敌头，
论功杖气几人酬。
威惊绝域风流史，
冤屈如斯落幕休。

2012.9.12
修改于 2018.6.7

史万岁（549—600），京兆杜陵人，隋朝名将。长于骑射，好读兵书。十五岁随父从军，袭爵太平县公。北周末，随上柱国梁士彦攻讨相州总管尉迟迥，每战先登，因功拜上大将军。隋开皇三年（583 年），奉命与突厥单骑比武决胜负，驰斩其一勇士，使突厥军不敢再战而退。北却突厥，南平夷、獠，威惊绝域，南征北战，屡建战功，遭杨素嫉妒诬陷，被隋文帝冤杀。

61. 名相枢臣·高颎

【经国相才】〔隋〕

主要成就：制定《开皇律》，
南平陈国，北伐突厥

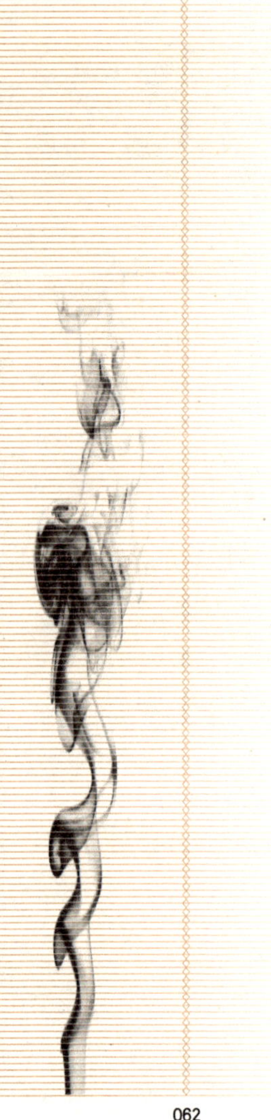

名相枢臣

名相枢臣圣眷隆，
开皇定律世人崇。
天时冷暖皆因数，
遗骨寒沙万事空。

2012.9.12
修改于 2019.3.11

高颎（541—607），隋朝著名宰相、军事谋臣。一名敏，字昭玄，鲜卑名独孤颎，渤海蓨（今河北景县东）人，隋朝杰出的政治家、战略家、军事家。高颎出身渤海高氏，其父高宾是上柱国独孤信的僚佐，官至刺史。制定《开皇律》；攻入建康，灭陈国；北伐突厥。拜左领军大将军、宰相、太常，封齐国公。

62. 平定三叛·韦孝宽

【玉璧启关】〔隋〕

坐骑：赤炭火龙驹

兵器：三停刀

经典战役：平定三叛

平定三叛

兵家诡异费心思，

度势知时下妙棋。

胜负无常一触发，

弛张有度即王师。

2012.9.12

修改于 2018.6.7

韦孝宽（509–580），名宽，一名叔裕，字孝宽，以字行于世。京兆杜陵人，南北朝时期北魏、西魏、北周杰出的军事家、战略家。一生南征北战，功勋卓著，官拜大司空、上柱国，封郧国公。玉壁之战，攻灭北齐，统一北方。

63. 一箭双雕·长孙晟

【千里追风】〔隋〕

坐骑：千里追风驹

兵器：五神飞钩枪

经典战役：大破突厥

一箭双雕

胡笳幽咽伴寒声，
一箭双雕大漠行。
千里追风随雁迴，
奇思可逼拔三城。

2012.9.12
修改于 2018.6.7

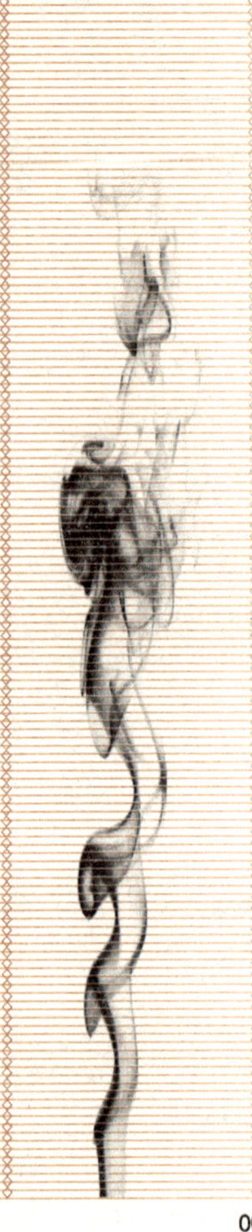

长孙晟（551—609），字季晟，小字鹅王，河南洛阳人。隋朝著名军事家、外交家，北魏上党文宣王长孙稚曾孙、北周开府仪同三司长孙兕第三子。受隋文帝、炀帝重用，多次奉命出使突厥，离强和弱，以夷制夷，离间突厥，稳定隋朝北境安宁。

64. 威振北狄・李靖

【淳风天文】〔唐〕

坐骑：浑红马

兵器：方天画戟

经典战役：大破突厥

威振北狄

旌旗紫塞将名门，
乱世英雄乱世魂。
画戟浑红挥落日，
凌烟阁里奉金尊。

2012.9.16

修改于 2018.6.7

李靖（571—649），字药师，雍州三原人。唐朝杰出的军事家。李靖是唐朝开国第一名将，从无到有打下了一个鼎盛王朝，完成了北破胡虏、西定青海的外战功勋。而且兵法著作等身，桃李满天下，后辈弟子名将无数，出将入相为国家宰执，最后一生荣宠，善始善终。他一生实现了立功、立德、立言，同时终寿考，这确实是身为一名古代将领再无遗憾的完美人生。

65. 北伐东征·李勣

【神来之笔】〔唐〕

坐骑：狮子花

兵器：缠丝枪

经典战役：战平高句丽

北伐东征

（一）

缠丝枪上建丰功，
狮子花名举国崇。
北讨东征纵横过，
垂名千古慕英雄。

（二）

草木消然化甲兵，
敢嘲诸葛半输赢。
瓦岗山上一支笔，
傲视杨林万剑横。

2012.9.16

李勣（594—669），原名徐世勣、李世勣，字懋功，曹州离狐人。唐朝初期名将。李勣出身高平北祖上房徐氏，早年投身瓦岗军，后随李密降唐。一生历事唐高祖、唐太宗、唐高宗三朝，深得朝廷信任和重任。他随唐太宗李世民平定四方，两击薛延陀，平定碛北。后又大破东突厥、高句丽，成为唐朝开疆拓土的主要战将之一。他出将入相，功勋卓著，被朝廷倚为干城，为凌烟阁二十四功臣之一。历任兵部尚书、同中书门下三品、司空、太子太师等职，累封英国公。

66. 智取瓦岗·秦琼

【布道三千】〔唐〕

坐骑：黄骠马

兵器：八宝陀龙枪

经典战役：取瓦岗

智取瓦岗

瓦岗山上战声喧，
跃马横枪撼四辕。
拔寨摧城如闪电，
史书漫卷已无痕。

2012.9.16

修改于 2018.6.7

秦琼（？—638），字叔宝，齐州历城人，隋末唐初名将。初为隋将，因勇武过人而远近闻名。随裴仁基投奔瓦岗军领袖李密，瓦岗败亡后转投王世充，

因见王世充为人奸诈，与程咬金等人一起投奔李唐。投唐后随李世民南征北战，是一个能在万马军中取敌将首级的勇将，因此浑身是伤。唐统一后，秦琼久病缠身，于贞观十二年（638年）病逝。生前官至左武卫大将军、翼国公，死后追赠为徐州都督、胡国公，谥曰“壮”。贞观十七年（643年）被列入凌烟阁二十四功臣。

67. 殿前夺矛·尉迟恭

【马放南山】〔唐〕

坐骑：乌骓马

兵器：水磨竹节鞭

经典战役：玄武门

殿前夺矛

天下纷争任纵横，
殿前夺矛把功赢。
贞观盛世君犹在，
马放南山享太平。

2012.9.16

修改于 2018.6.7

尉迟恭（585—658），名融，字敬德，以字行，朔州善阳人。唐朝名将，凌烟阁二十四功臣之一。尉迟敬德淳朴忠厚，勇武善战，一生戎马倥偬，征战南北，驰骋疆场，屡立战功。北邙山力救李世民，大败单雄信；玄武门之变诛杀李元吉，大破突厥。官至右武侯大将军，封鄂国公。

68. 天山三箭·薛仁贵

【天山三箭】〔唐〕

坐骑：白玉驹

兵器：方天画戟

经典战役：大败九姓铁勒，破突厥

天山三箭

将军三箭定天山，
白玉飞驰万里关。
画戟龙门方外舞，
番邦教化列朝班。

2012.9.16

修改于 2019.3.11

薛仁贵（614—683），名礼，字仁贵，河东道绛州龙门县修村人。北魏河东王薛安都六世孙。薛仁贵出身于河东薛氏南祖房，于贞观末年投军，征战数十年，大败九姓铁勒，降高句丽，破突厥，功勋卓著。唐朝初年名将。薛仁贵累官至瓜州长史、右领军卫将军、检校代州都督，封平阳郡公。著有《周易新注本义》十四卷，今已佚。

69. 败战大食·高仙芝

【天之骄子】〔唐〕

坐骑：大宛马

兵器：锯齿飞镰刀

经典战役：大破吐蕃

败战大食

疏勒川东耳欲聋，
胡笳皮鼓万夫雄。
功亏大食终罹祸，
桑梓千重难再逢！

2012.9.16

高仙芝（？—756），唐朝中期名将，高句丽人。姿容俊美，善于骑射，骁勇果敢。幼时随父入唐。二十岁时被授予将军。官至安西副都护、四镇都知兵马使等职，封密云郡公。击败吐蕃；取小勃律；征服撒马尔罕和塔什干，灭石国。任右羽林大将军、行营节度使。

70. 免胄见酋·郭子仪

【舍得方得】〔唐〕

坐骑：九花虬

兵器：方天画戟

经典战役：平定安史之乱

免胄见酋

子仪得救谢诗仙，
胸壑藏兵百万宣。
平叛匡扶垂伟绩，
后人谁能与齐肩？

2012.9.16
修改于 2018.6.8

郭子仪（697—781），华州郑县人，唐代名将、政治家、军事家。安史之乱爆发后，郭子仪任朔方节度使，率军勤王，收复河北、河东、长安、洛阳，拜兵部尚书；大破吐蕃、党项。官至太尉、中书令、关内河东副元帅。郭子仪被尊为“尚父”，后进位太尉、中书令。郭子仪去世，追赠太师，谥号忠武。

71．策降二将·李光弼

【出奇制胜】〔唐〕

坐骑：青腚马

兵器：透甲枪

经典战役：平定安史之乱

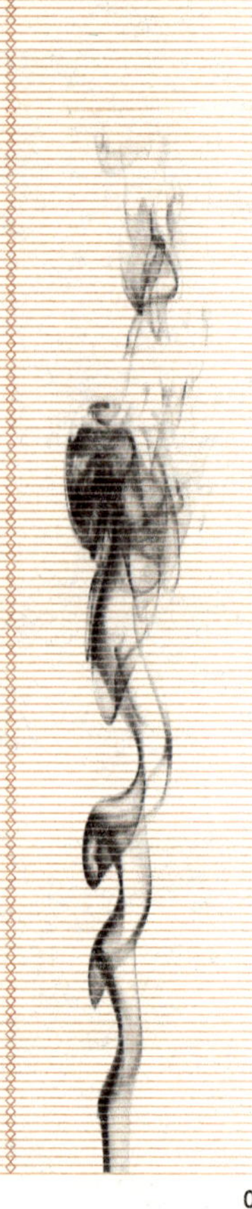

策降二将

平叛兵行诡谲寻，
沙场一世捍衷心。
策降二将倭尘黯，
赢得千秋众口钦。

2012.9.16

修改于 2018.6.8

李光弼（708—764），营州柳城人，契丹族。唐朝中期名将，左羽林大将军李楷洛第四子，袭封蓟郡公。经郭子仪推荐而任为河东节度副使，参与平定安史之乱，镇压浙东袁晁起义，进封临淮郡王。次年，安史之乱平定，李光弼“战功推为中兴第一”，获赐铁券，名藏太庙，绘像凌烟阁。

72. 杀妾飨士·张巡

【天道人伦】〔唐〕

经典战役：雍丘抗敌、宁陵抗敌、睢阳保卫战

杀妾飨士

张巡杀妾飨城巫，
可叹穷途食妇孺。
守梦难圆悲运促，
英雄猛虎睢阳俘。

2012.9.16
修改于 2018.6.8

张巡（708—757），字巡，蒲州河东人。唐玄宗开元末年，张巡中进士，历任太子通事舍人、清河县令、真源县令。安史之乱时，起兵守雍丘，宁陵抗敌，睢阳保卫战抵抗叛军。张巡与许远在内无粮草、外无援兵的情况下死守睢阳，前后交战四百余次，使叛军损失惨重，有效阻遏了叛军南犯之势，保障了唐朝东南的安全。最终因粮草耗尽、士卒死伤殆尽而被俘遇害。后获赠扬州大都督、邓国公。

73. 雪夜入蔡·李愬

【一夜追风】〔唐〕

坐骑：追风驹

兵器：九齿迎风镗

经典战役：雪夜入蔡

雪夜入蔡

一夜追风和雪行，
神兵入蔡马无声。
遥看薰火迎红日，
才晓先锋占柳营。

2012.9.16

李愬（773—821），字符直，洮州临潭人。唐代中期名将，西平郡王李晟第八子。李愬有谋略，善骑射。历官卫尉少卿、太子右庶子、太子詹事及坊、晋二州刺史等职。讨伐吴元济叛乱，雪夜袭蔡州，生擒吴元济，平定淮西。战后拜山南东道节度使、上柱国，封凉国公。大败平卢叛军，连战皆胜。改任同平章事、昭义节度使，旋即改任魏博节度使。

74. 乐公匡正・刘仁轨

【千江百济】〔唐〕

经典战役：白江口之战

乐公匡正

乐公匡正一生忠，
笔蕴雄才八面风。
痛饮清风云作翼，
白江逐鹿水师雄。

2012.9.17

修改于 2019.3.11

刘仁轨（601—685），字正则，汴州尉氏人。唐朝宰相、名将，汉章帝刘炟之后。刘仁轨出身尉氏刘氏。他恭谨好学，博涉文史，直言敢谏 。白江口之战名震天下。历任青州刺史、带方州刺史、同中书门下三品、西京留守、文昌左相等职，封乐城郡公。追谥文献。撰有《行年记》《永徽留本司格后本》等。

75. 棘林赤足·王彦章

【流芳百世】〔五代十国〕

兵器：浑铁枪

经典战役：战五王

棘林赤足

棘林赤足将留名，
浑鉄飞枪四海惊。
历尽兵家悲幸事，
忠魂报效与谁评？

2012.9.17
修改于 2018.6.8

王彦章（863—923），字贤明（一作子明），郓州寿张人，五代时期后梁名将。朱温建后梁时，王彦章以功为亲军将领，历迁刺史、防御使至节度使。他骁勇有力，每战常为先锋，持铁枪驰突，奋疾如飞，军中号为“王铁枪”。后为李存勖所擒，宁死不降，于是被下令斩首，享年六十一岁。

76. 锤中野乂 · 周德威

【上应星象】〔五代十国〕

经典战役：屡破梁军

锤中野乂

纷争五代德威才，
星象疏狂夺武魁。
统率三军猷伟业，
锤中野乂任由来。

2012.9.17

修改于 2018.6.8

周德威（？—919），字镇远，小字阳五，朔州马邑人，唐末五代时期前晋名将。周德威早年辅佐李克用、李存勖两代晋王，历任骑督、铁林军使、代州刺史、振武节度使、卢龙节度使等职，领蕃汉马步总管。后李存勖大举伐梁，周德威率幽州军参战，结果战死于胡柳陂。后唐建立后，追赠太师。后晋时期，追封燕王。

77. 黄袍遮身·赵匡胤

【一统江山】〔北宋〕

坐骑：赤炭火龙驹

兵器：盘龙棍

重要成就：建立北宋

黄袍遮身

陈桥哗变换黄袍，
一统江山史占鳌。
杯酒兵权谈笑释，
谁堪媲与比风骚？

2012.9.17

赵匡胤（927—976），字元朗，小名香孩儿、赵九重，涿郡人，生于洛阳夹马营。五代至北宋初年军事家、武术家，宋朝开国皇帝（960—976）。陈桥兵变中被拥立为帝。赵匡胤登基，改元建隆，国号“宋”，史称“宋朝”“北宋”。在位十六年，谥号英武圣文神德皇帝，庙号太祖。

78. 焚香禁杀·曹彬

【南唐秋月】〔北宋〕

坐骑：银合马

兵器：齐凤朝阳刀

经典战役：战幽州

焚香禁杀

秋风落叶南唐月，
速克金陵奏凯歌。
百战扬威天下劫，
一朝禁戮胜弥陀。

2012.9.17

曹彬（931—999），字国华，真定灵寿人，北宋开国名将。曹彬严于治军，尤重军纪，受到宋太祖赵匡胤信任，在北宋统一战争中立下汗马功劳。参与攻灭后蜀，攻灭南唐。攻伐北汉和攻辽，以功擢枢密使。宋真宗即位后，曹彬复任枢密使、中书令、济阳郡王，谥号武惠。

79. 微服度关・狄青

【神机妙算】〔北宋〕

坐骑：青鬃兽

兵器：神机万胜水龙刀

经典战役：破大辽

微服度关

狄青刺面入辕门，
北拒南平丧敌魂。
隆眷恩深枢密使，
功高震主岂容尊。

2012.9.17

修改于 2018.6.8

狄青（1008—1057），字汉臣，汾州西河人。北宋名将。狄青出身贫寒，自少入伍，面有刺字，善骑射，人称“面涅将军”。宋仁宗时累官延州指挥使。狄青平生主要经历二十五战，以皇祐五年（1053 年）正月十五日夜袭昆仑关最著名。死后追赠中书令，谥号武襄。

80．单骑赴州·宗泽

【气笑长天】〔北宋〕

经典战役： 抗金勤王

单骑赴州

天布乌云雨欲漫，
抗金忧国请回銮。
眼观情势胸中策，
力挽河山半壁宽。

2012.9.17

修改于 2018.6.8

宗泽（1060—1128），字汝霖，汉族，婺州义乌人，宋朝名将。刚直豪爽，沉毅知兵。进士出身，历任县、州文官，颇有政绩。宗泽曾二十多次上书高宗赵构，力主还都东京，均未被采纳。他因壮志难酬，忧愤成疾，死后追赠观文殿学士、通议大夫，谥号忠简。著有《宗忠简公集》传世。

81. 转战雁门·杨业

【象天法地】〔北宋〕

经典战役：雁门关大破辽军

转战雁门

转战雁门血锁关，
罡风呼啸冽刀环。
杨家世代龙蟠将，
报国精忠铸世间。

2012.9.17

修改于 2018.6.8

杨业（？—986），原名重贵，戏说中又名杨继业。原籍麟州，后徙并州 。北宋名将。官至云州观察使、判代州，赠太尉、大同军节度使。雁门关大破辽军，威震契丹，陈家谷力战被擒。杨业无限悲愤，为表明忠心，绝食三日而死。追赠太尉、大同军节度使。

82. 西夏国王·赵元昊

【王图霸业】〔西夏〕

坐骑：雪花马

兵器：朴刀

重要成就：建立西夏

西夏国王

图霸征程播战功，

英明豪迈傲群雄。

蕃文西夏扩疆土，

谁料亡魂儿手中！

2012.10.24

修改于 2018.6.9

李元昊（1003–1048），党项拓跋氏，改称嵬名曩霄，小字嵬理，党项族，西夏开国皇帝。李元昊是北魏皇室鲜卑拓跋氏之后，远祖拓跋思恭，唐朝因功被赐李姓。天授礼法延祚元年（1038年），李元昊称帝，开拓疆土，建立西夏，创蕃学；创建西夏文，定都兴庆（宁夏银川）。李元昊建国后，西夏与宋朝的外交关系正式破裂。最终定格宋、辽、夏三分天下的格局。李元昊为子宁令哥所弑，谥号武烈皇帝，庙号景宗。由幼子李谅祚即位。

83. 抗金北伐·岳飞

【精忠报国】〔南宋〕

坐骑：白龙马，

兵器：沥泉枪

经典战役：朱仙镇大捷

抗金北伐

岳渎储精育杰雄，

南朝复国志难逢。

抗金北伐朱仙镇，

直捣黄龙憾梦中。

2012.9.12

修改于 2019.3.11

岳飞（1103–1142），字鹏举，相州汤阴县人，南宋抗金名将。主要成就是联结河朔，积极与义军联络抗金；收复襄阳六郡，四进北伐抗金，朱仙镇大败金军。最终遭受秦桧、张俊等人的诬陷，以莫须有的罪名，与长子岳云和部将张宪同被杀害。宋孝宗时为岳飞平反，改葬于西湖畔栖霞岭。追谥武穆，后又追谥忠武，封鄂王。著名军事家、战略家、书法家、诗人，位列南宋“中兴四将”之首。

84. 桴鼓助战・韩世忠

【浪迹江天】〔南宋〕

坐骑：雪花驹

兵器：金背砍山刀

经典战役：黄天荡桴鼓助战

文韬武略

桴鼓助战

桴旗助战擂天威，
兀术惊魂桨橹飞。
江镇苍山鸣鼓角，
世忠红玉凯旋归。

2013.1.17
修改于 2018.6.9

韩世忠（1090—1151），字良臣，延安人，南宋名将、词人，与岳飞、张俊、刘光世合称“中兴四将”。韩世忠身材魁伟，勇猛过人。抗击西夏，黄天荡之战痛击金兀术，苗刘兵变解救高宗为宋朝立下汗马功劳，是南宋朝一位颇有影响的人物。韩世忠逝世，年六十三。追赠太师、通义郡王。宋孝宗时追封蕲王，位列七王之一。谥号忠武。后配飨宋高宗庙廷。有词作《临江仙》《南乡子》等传世。

85. 点军纵鸽·曲端

【天心明月】〔南宋〕

经典战役：泾州败金

点军纵鸽

关山远阻几多穷，
大漠烽烟却再逢。
北地朔风吹不尽，
南山雁虏黯归笼。

2013.3.1
修改于 2018.6.9

曲端（1091—1131），字正甫，一字师尹，镇戎军人，南宋名将。高宗建炎初年，任泾原路经略司统制官，屯兵泾州，多次击败金兵。任延安府知府。后迁康州防御使、泾原路经略安抚使，拜威武大将军，统率西军。富平之战，宋军失利。张浚接受吴玠密谋，以谋反的罪名将曲端交由康随审问。酷刑死于恭州，年仅四十一岁。后追复端宣州观察使，谥号壮愍。

86. 辽国大将·耶律休哥

【汉月胡风】〔辽〕

经典战役：高梁河之战、歧沟关之战、瓦桥关之战

辽国大将

狼烟弥漫英雄地，
汉月胡风几欲迷。
大漠长河原淡泊，
天涯逐鹿彩云西。

2013.3.1
修改于 2018.6.9

耶律休哥(？—998)，辽朝名将。字逊宁，契丹族。军事家，宗室，官至辽国的于越，封宋国王。隋王耶律释鲁之孙，南院夷离董耶律绾思之子。主要成就：大败宋军于高梁河，解南京之围；歧沟关大破宋军。耶律休哥多智谋，善料敌，战功卓著，晚年主张休兵息民，与宋保持和平，封宋国王。

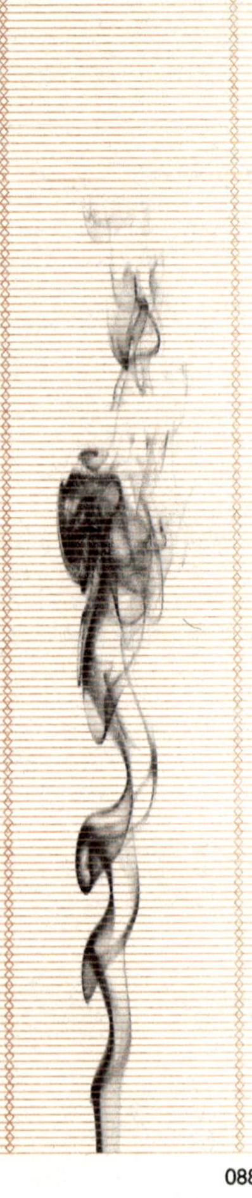

87. 靖康之变·完颜宗弼

【九阳通天】〔金〕

经典战役：富平战役

靖康之变

乱世纷争天下劫，
枭雄天赐总不殊。
靖康之变风雷动，
百战扬威霸业图。

2013.3.1

修改于 2018.6.9

完颜宗弼（？—1148），本名斡啜，又作兀术、斡出、晃斡出，女真族，太祖完颜阿骨打第四子，金朝名将、开国功臣。搜山检海追赵构、富平战役，利用宋宰相秦桧除掉大将岳飞，迫宋称臣，签订《皇统和议》，以功进太傅。次年，宗弼还朝，独掌军政大权。官拜太师、太傅、都元帅，封越国王。

88. 一代天骄·成吉思汗

【一代天骄】〔蒙古〕

重要成就：统一漠北，建立大蒙古国

一代天骄

皓月中天宇宙新，
开疆拓土铁木真。
永垂不朽功千古，
一代天骄泣鬼神！

2013.3.1
修改于 2018.6.9

孛儿只斤·铁木真（1162—1227），蒙古族乞颜部人。大蒙古国可汗，世界史上杰出的政治家、军事家，尊号“成吉思汗”，重要成就是统一漠北，建立大蒙古国。元世祖追尊成吉思汗谥号为圣武皇帝。至元八年（1271年），忽必烈将国号“大蒙古国”改为“大元”。元武宗至大二年（1309年），追谥“法天启运圣武皇帝”，庙号太祖。

89. 一统江河・忽必烈

【元亨利贞】〔元〕

重要成就：统一全国，建立元朝

一统江河

枢电光旋应九天，
华夷一统揽江川。
诸邦进礼宽仁喜，
嵩岳齐肩福祚绵。

2013.3.4
修改于 2018.6.9

孛儿只斤・忽必烈（1215—1294），即元世祖，蒙古族，政治家、军事家。监国拖雷第四子，元宪宗蒙哥之弟。大蒙古国的末代可汗，同时也是元朝的开国皇帝。蒙古尊号“薛禅汗”。主要成就为建立元朝，消灭南宋大理，统一全国，首创行省制度，开凿大运河，谥号圣德神功文武皇帝。

90. 回军斩将·伯颜

【于无声处】〔元〕

经典战役：统兵伐南宋

回军斩将

大造登乾颂古今，

回军斩将捍忠心。

镇邦辅国谁人敌？

海内贤能烁口金！

2013.3.4

修改于 2018.6.9

伯颜（1236—1295），蒙古八邻部人。元朝大将。伯颜善作诗文，是元代著名的政治家、军事家。主要成就：率军灭宋，屡抗诸王，拥立成宗，加太傅、录军国重事。累赠宣忠佐命开济翊戴功臣、太师、开府仪同三司，追封淮王，谥号忠武。

91. 里门举狮·史弼

【大虚无式】〔元〕

经典战役：大破宋军

里门举狮

紫微力举里门狮，
鬼母啼秋万载辞。
铁甲照霜弓影曲，
宝刀磨月命天宜！

2013.3.4
修改于 2018.6.9

史弼（1211 — 1297）名塔刺浑。字君佐，号紫微老人，蠡州博野人。精通蒙古语，膂力过人，曾经举起四百斤重的石狮，能挽强弓。忽必烈召见史弼，叫他试射远垛，史弼连发中的，忽必烈立刻赐给他五匹马。授金符管军总管，同知枢密院事，升平章政事，封鄂国公。年八十六，卒于家。画师晋人，亦善大字。著有《元史本传》《景行录》。

92. 红巾克星·扩廓帖木儿

【天道我行】〔元〕

经典战役：平定红巾军

红巾克星

鸢肩火色几回头，
虎气风雷万古谋。
震慑红巾肝胆怯，
终输天命恨难休。

2013.3.4

扩廓帖木儿（生卒年不详），蒙古伯也台部人，生于光州固始县，汉名王保保。元朝末年将领。平定益都等地的红巾军，在韩店、兰州击败明军，1372年大破明军于漠北。力图光复大元江山，被明太祖朱元璋誉为“天下奇男子”。后卒于哈剌那海之衙庭。封河南王、齐王。

93. 立国大明·朱元璋

【治隆唐宋】〔明〕

重要成就：推翻元朝，建立明朝，开创洪武之治

立国大明

驱逐胡虏志云霄，
血染征袍折虎腰。
金甲锦衣何用备，
大明复国汉天朝！

2013.3.4
修改于 2018.6.9

朱元璋（1328—1398），即明太祖（1368 年—1398 年），字国瑞，原名重八，后取名兴宗，濠州钟离人，政治家、战略家、军事统帅，明朝开国皇帝。主要成就：推翻元朝统治，恢复民族平等，建立明朝，开创洪武之治。庙号太祖，谥号高皇帝，葬明孝陵。

94．“万里长城”·徐达

【昭明日月】〔明〕

经典战役：大败陈友谅

昭明日月

青天疑与此君嫌，
日月昭明誉智瞻。
开国元勋功到尔，
常思圣虑自宽严。

2013.3.31

修改于 2018.6.11

徐达（1332—1385），字天德，濠州钟离人，明朝开国军事统帅，淮西二十四将之一。元朝末年，徐达参加了朱元璋领导的起义军。大败陈友谅，为左相国。率军消灭张士诚地方割据势力，任征虏大将军，与副将常遇春一同挥师北伐，推翻元朝的统治，官至太傅、中书右丞相、参军国事兼太子少傅，封魏国公。徐达去世，追封中山王，谥号武宁，赐葬钟山之阴，御制神道碑文。又配享太庙，肖像功臣庙，为明朝开国第一功臣，位列开国六王之首。

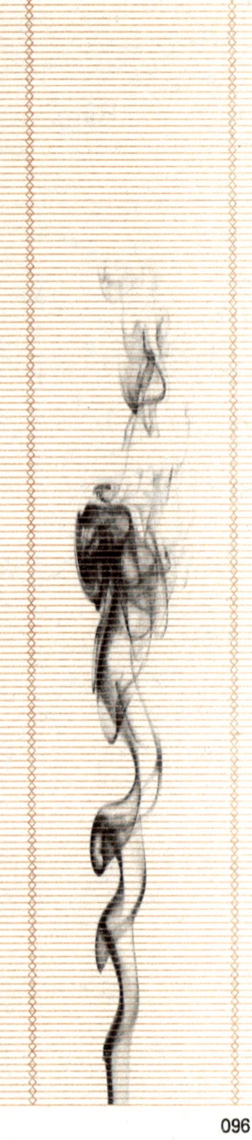

95. 超登采石·常遇春

【天道有常】〔明〕

经典战役：攻破大都，上都之战

超登采石

海内何人扶社稷，
天涯有客卧林丘。
开平十万金枪骋，
常胜摧锋万古留。

2013.3.31

修改于 2018.6.10

常遇春（1330—1369），字伯仁，号燕衡，南直隶凤阳府怀远县人。元末红巾军杰出将领，明朝开国名将。朱元璋起义，自请为前锋，力战克敌，尝自言能将十万众，横行天下，军中称“常十万”，官至中书平章军国重事，兼太子少保，封鄂国公。洪武二年（1369年），北伐中原，暴卒军中，年仅四十，府仪同三司、上柱国、太保、中书右丞相，追封开平王，谥号忠武，配享太庙。

96．威慑婺州·胡大海

【一箭千里】〔明〕

经典战役：攻取婺州、诸暨、处州

威慑婺州

风追剑气破元朝，
威震江南祸在苗。
一箭复仇千里地，
咏楼血祭猝雄枭。

2013.4.7

修改于 2018.6.10

胡大海（？—1362），字通甫，泗州虹县人，明初朱元璋手下军事将领。胡大海长身铁面，臂力过人。元朝末年，从朱元璋起事。攻取婺州、诸暨、处州等地，任江南行省参知政事，镇守浙江金华。后被降将蒋英诈以铁锤打死，同时次子胡关住，耿再成也被杀。朱元璋取杭州之后，杀死蒋英，血祭胡大海，并作文以祭。明朝建立后，特赠光禄大夫，追封越国公，谥武庄。

97. 白石济师·沐英

【白石济师】〔明〕

经典战役：平定西南

白石济师

少孤罹难遇真龙，
白石挥师造势凶。
武库兵鸣刀刃血，
黔宁世享太平逢。

2013.4.7
修改于2018.6.10

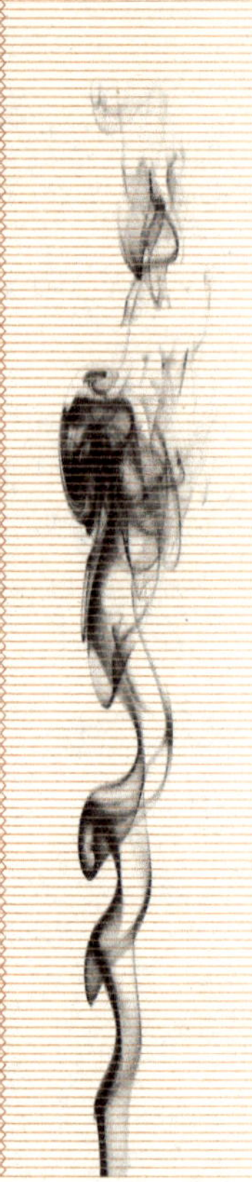

沐英（1344—1392），字文英，汉族，濠州定远人，明朝开国功臣，军事将领，明太祖朱元璋养子。沐英少年从军，十八岁时，被授帐前都尉守镇江，担当军事要任。随邓愈征讨吐蕃，因军功被封西平侯，赐丹书铁券。与傅友德、蓝玉率兵三十万征云南。云南平定后，沐英留滇镇守，其镇滇南十年间，大兴屯田，劝课农桑，礼贤兴学，传播中原文化，安定边疆。壮年早猝，追封黔宁王，赐谥昭靖，侑享太庙。此后，沐氏子孙世代镇守云南，直至明末。

98. 楼船击倭·俞大猷

【龙跃于渊】〔明〕

经典战役：浙东战役、浙西战役

楼船击倭

楼船出海歼倭寇，
啸卧风云浙海中。
龙跃于渊吞宇宙，
弄潮澎湃向天雄！

2013.4.8
修改于 2018.6.10

俞大猷（1503—1579），字志辅，又字逊尧，号虚江，晋江人，明代抗倭名将，军事家、武术家、诗人、民族英雄。俞大猷创立兵车营，设计创造了用兵车对付骑兵的战术。官授平蛮将军，死后被追谥为武襄。著有《兵法发微》《剑经》《洗海近事》《续武经总要》等军事、武术作品，编存《正气堂集》。

99. 阵演鸳鸯·戚继光

【龙飞于野】〔明〕

经典战役：岑港之战、台州之战、福建之战

阵演鸳鸯

藤牌狼筅戚家军，
阵演鸳鸯雁逐云。
北虏南倭一网尽，
龙飞于野战神勋。

2013.4.8
修改于 2018.6.10

戚继光（1528—1588），字元敬，号南塘，晚号孟诸，卒谥武毅。汉族，山东蓬莱人 。明朝抗倭名将，杰出的军事家、书法家、诗人、民族英雄。创建戚家军，南平倭寇，北御鞑靼。戚继光装备发明了戚家军刀、狼筅、火炮；建造大小战船、战车的水路装备，修建长城空心敌台，练兵鸳鸯阵等极具特色的军事工程。戚继光著兵书《纪效新书》和《练兵实纪》。

100. 督师御寇·秦良玉

【作月开天】〔明〕

主要成就：剿平叛乱，进京勤王

督师御寇

（一）

巴蜀征袍土舍兵，
桃花马上令旗旌。
长风嘶啸胭脂血，
世上谁能与妾行？

（二）

京畿告急几千重，
绣阁奇才将气浓。
巾帼凯旋云作辇，
勤王御寇任争锋。

2013.4.8

修改于 2018.6.10

秦良玉（1574—1648），字贞素，四川忠州人，明朝末著名女将。丈夫马千乘是汉马援后人，世袭石砫宣慰使。马千乘被害后，因其子马祥麟年幼，秦良玉于是代领夫职。秦良玉率领兄弟秦邦屏、秦民屏先后参与平定播州杨应龙之乱及奢崇明叛乱，战功显赫，封二品诰命夫人。

追谥为忠贞侯。历代修史，女性名人都是被记载到列女传里，而秦良玉是历史上唯一一位作为王朝名将被单独立传记载到正史将相列传里的巾帼英雄。

101. 明末柱石·袁崇焕

【中流砥柱】〔明〕

经典战役：宁远大捷、宁锦大捷

明末柱石

横戈远阻在辽东，
剑马悲鸣血雨中。
最恨无端风浪起，
英雄无悔傲苍穹！

2013.4.9
修改于2018.6.10

袁崇焕（1584—1630），字元素，籍贯广东东莞石碣，通籍广西梧州。明朝末年蓟辽督师，镇守宁远。抗清战争中取得宁远大捷、宁锦大捷。明思宗朱由检即位，击退皇太极，解京师之围，后遭魏忠贤余党弹劾，皇太极又趁机实施反间计，袁崇焕最终被朱由检以通敌叛国罪处以凌迟。

102. 经略纪要·洪承畴

【经世致用】〔明〕

主要成就：建议清朝采取明朝典章制度，安定江南，主张汉化

经略纪要

古今经略护身功，
明将松山图圄中。
秀色一壶通水性，
仕清争议作孤穷！

2013.4.9

修改于 2019.3.11

洪承畴（1593—1665），字彦演，号亨九，福建泉州南安英都人。曾任延绥巡抚、陕西三边总督，任蓟辽总督。后被俘降清朝，以太子太保、兵部尚书兼右副都御史衔，列内院佐理机务，赴江南任招抚南方总督军务大学士。康熙四年逝世，谥文襄。

103. 台湾之父·郑成功

【天地同盟】〔明〕

经典战役：驱逐荷夷，收复台湾

台湾之父

金澎海域逐风流，
建业他乡遍锦裘。
乱世有多奇将士，
怎堪问鼎易春秋？

2013.4.9
修改于 2018.6.10

郑成功（1624—1662），本名森，又名福松，字明俨、大木。福建泉州南安人。汉族，赐明朝国姓“朱”，赐名成功。明末清初军事家，抗清名将，民族英雄。主要成就：东南抗清，驱逐荷兰殖民者，收复台湾，创建明郑。封总统御营军务、招讨大将军忠孝伯。永历帝封延平王。

104. 创建八旗·努尔哈赤

【天魔日拓】〔清〕

经典战役：古勒山之战、萨尔浒之战、宁远之战

重要成就：创建八旗，建立后金政权

创建八旗

女贞一统理清明，
独步江山立马横。
日拓后金图宁远，
八旗子弟众盟城。

2013.4.10
修改于 2018.6.10

爱新觉罗·努尔哈赤（1559—1626），清朝的奠基者，后金开国之君。通满语和汉语，喜读《三国演义》。统一女真诸部，创立八旗制度，建立后金政权。割据辽东，建元天命。迁都沈阳。之后席卷辽东，攻下明朝在辽七十余城。努尔哈赤死后，葬于沈阳清福陵，尊为清太祖，谥曰高皇帝。

105. 入主京畿·皇太极

【天神八旗】〔清〕

重要成就：两征朝鲜，灭察哈尔
建立清朝

入主京畿

吊父临旗劫难时，
崇文尚武入京师。
绝伦聪睿谋江宇，
天下何人有过之？

2013.4.10
修改于 2018.6.10

爱新觉罗·皇太极(1592—1643)，即清太宗(1626—1643在位)，清太祖爱新觉罗·努尔哈赤第八子，清初杰出的军事家、政治家，后金第二位大汗，兼任蒙古大汗，清朝开国皇帝。主要成就：两征朝鲜，灭察哈尔；建立清朝，促进满族封建化，取得松锦大捷。猝死于清军入关前夕，葬于沈阳昭陵。谥号文皇帝。死后其第九子爱新觉罗·福临即位。

106. 威平西域·年羹尧

【易水烟云】〔清〕

经典战役：平叛西藏、平定青海罗卜藏丹津

威平西域

铁甲风霜朔虏平，
宝雕射月草弓惊。
君恩享尽风光好，
易水烟云败节名！

2013.4.10
修改于 2018.6.10

年羹尧（1679 — 1726），字亮工，号双峰，中国清朝名将。原籍凤阳府怀远县，后改隶汉军镶黄旗，清代康熙、雍正年间人，进士出身，官至四川总督、川陕总督、抚远大将军，还被加封太保、一等公，高官显爵集于一身。曾配合各军平定西藏乱事，率清军平息青海罗卜藏丹津，立下赫赫战功。得到雍正帝特殊宠遇。后又风云骤变，被雍正帝削官夺爵，列大罪九十二条，赐自尽。

107. 中兴名臣 · 曾国藩

【文韬武略】〔清〕

主要成就：创立湘军，发起洋务运动

中兴名臣

黄卷朱批百事生，
文韬武略铁长城。
囊中古锦何如是？
十万貔貅俱解兵！

2013.4.11
修改于 2018.6.10

曾国藩（1811—1872），初名子城，字伯涵，号涤生，宗圣曾子七十世孙。中国近代政治家、战略家、理学家、文学家，湘军的创立者和统帅。平定太平天国洋务运动的发起者之一，晚清四大名臣之首，晚清散文“湘乡派”创立人。官至两江总督、直隶总督、武英殿大学士，封一等毅勇侯，谥号文正，后世称“曾文正”。著《治学论道之经》《持家教子之术》《冰鉴》《曾国藩家书》。

108. 金阙奏凯·左宗棠

【昆仑御天】〔清〕

经典战役：收复新疆之战

金阙奏凯

塞外乌云日月悬，
昆仑播越举烽烟。
扬眉翠柳三千里，
齐颂宗棠一万年。

2013.4.11
修改于 2018.6.10

左宗棠（1812—1885），汉族，字季高，一字朴存，号湘上农人。湖南湘阴人。主要成就：镇压太平天国，兴办洋务，平定陕甘，收复新疆，建设西北。晚清重臣，军事家、政治家、湘军著名将领。与曾国藩、李鸿章、张之洞并称晚清“中兴四大名臣”。追赠太傅，谥号文襄，并入祀昭忠祠、贤良祠。著有《楚军营制》《朴存阁农书》《左文襄公全集》《左宗棠全集》。

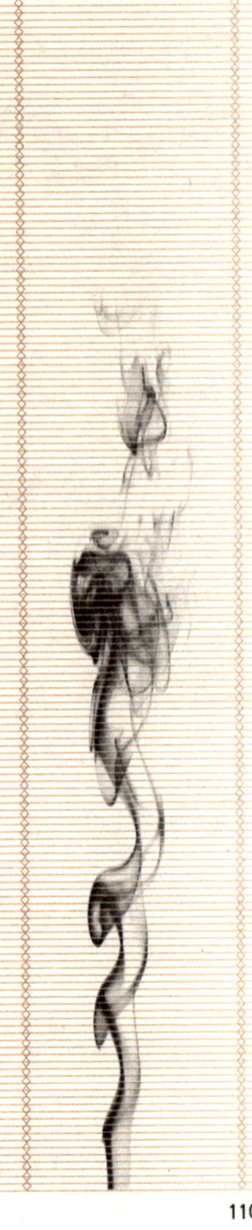

109. 雪帅吟香·彭玉麟

【铁血寒梅】〔清〕

经典战役：湘军水师连战克捷

主要成就：创建湘军水师，
奠基中国近代海军

雪帅吟香

长江立尽驭东风，
铁血寒梅蘸酒红。
历历红颜犹在梦，
冥冥青眼白头翁。

2013.4.11

修改于 2018.6.10

彭玉麟（1816—1890），字雪琴，号退省庵主人、吟香外史，祖籍衡永郴桂道衡州府衡阳县，生于安徽省安庆府。清朝著名政治家、军事家、书画家，人称雪帅。与曾国藩、左宗棠并称大清三杰，与曾国藩、左宗棠、胡林翼并称中兴四大名臣，湘军水师创建者、中国近代海军奠基人。官至两江总督兼南洋通商大臣，兵部尚书，封一等轻车都尉。六辞高官成美誉。追赐太子太保衔。谥刚直。彭玉麟文武双全，于军事之暇，绘画作诗，以画梅十万 40 年纪念青梅竹马之情的梅姑而名世，至情至性千古一人。他的诗《彭刚直诗集》（八卷），收录诗作 500 余首。

第二辑

漾月澄道

七绝·名壶流韵

玉环提梁壶

只为清尘不染心，冰魂玉墨钓梵音。
明皇负我拈花手，万象法空谁作凭？

包君平安壶

一脉清风三世缘，千江明月等闲看。
幽香品尽钟灵秀，但效陶潜隐南山。

葫芦壶

早把功名类布衫，葫芦瘦骨硬如岩。
春风款送花前好，如意人生梦里欢！

笠佛壶

大肚弥陀笑问天，禅心已作沾泥篇。
冰壶养性玄机妙，流韵真如密不传。

晋砖壶

相约千年未可期，晋砖一觉梦醒迟。
诗烹紫玉茶烟袅，且把今时作古时。

长寿通天壶

彩泥浴火炼丹心，白水清波紫气寻。
红袖添香云逐月，通天长寿百千旬。

覆斗壶

斗转乾坤日月横，翻天覆地九重城。
沸烧泉水沏茗叶，益寿延年共友朋。

贵妃壶

山川紫气贵妃如，忆古千载醉鹧鸪。
莫道江山空竞逐，乾坤尽在一流壶。

提梁壶

天赐紫砂任你裁，泥胎窑火古莲开。
壶中日月长千载，茶蕴乾坤浩气来。

思亨延年壶

凝珠翠绿试新芽，笑引春风到我家。
一卷经书和瓷韵，延年有道即禅茶。

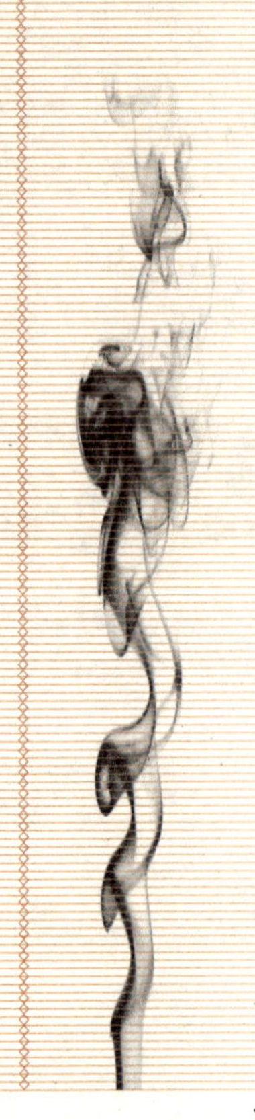

供春壶

供春壶祖已成仙，陆羽相逢拱手谦。
华夏朱砂一绝艺，千年树瘿也通禅！

鼎壶

大浪淘沙紫玉留，煦风鸣韵曲通幽。
尖峰雾隐吉祥鼎，烟雨流光水墨游。

环福壶

灯影摇红夜润诗，焙茗暖玉入香词。
清风明月和永昼，福寿康宁一念之。

飞天壶

解语观音玉露茶，心随流水到天涯。
云山欲度飞天梦，彩凤栖巢在我家。

省力壶

博怀静纳五千言，壶首无为日未闲。
阳羡天成来济世，修真契悟爽甘泉。

瓦当壶

飞檐泠水万流春，一缕沁香醉墨魂。
矮扁玲珑养汉瓦，烟波江上饮茶人。

大彬壶

鼓朴金砂紫气笼，朱丹觅韵斗清风。
沁心一注求真趣，敦厚书香称大雄。

如意壶

清茗香菡展春图，袅袅新姿伴玉壶。
如意汉方非我注，但求一露便知足。

茶禅

禅门茶道两相参，儒智圆通未可偏。
妙谛不由文字写，净心达悟便超然。

2012.2.26 于天易斋

五绝·荷动清韵

小荷翠思

稚荷少女姿，最是可人时。
水润尖尖角，风清惹翠思。

绿玉沁心

绿玉瑶池落，芳樽盈泪清。
蜻蜓尖角立，谁绘此丹青？

香蕾含苞

粉红稚嫩腮，凝露不沾埃。
香蕾含苞舞，诗情伴雨来。

初绽芬芳

仙姝轻出水，初绽绝凡尘。
香蕊蒙清雾，粉颜带露晶。

红莲并蒂

红莲惊白鹭，云影许烟霞。
十里风流韵，今朝并蒂花。

菡萏诗韵

芙蓉沐浴出，翠盖万千重。
新月横塘挂，良辰意韵中。

墨魂禅心

黛墨慧根长，禅心一脉香。
浊清无影响，写意水云乡。

白玉冰清

水月朦胧泻，雪莲别透开。
仙姿惊远客，疑是在蓬莱。

画馨无形

轻施脂粉色，夏日扮春光。
本是女儿事，何由许宋唐？

叩荷访仙

窈窕风前舞，丰姿别样娇。
柔情浮俏语，却怕听轻佻。

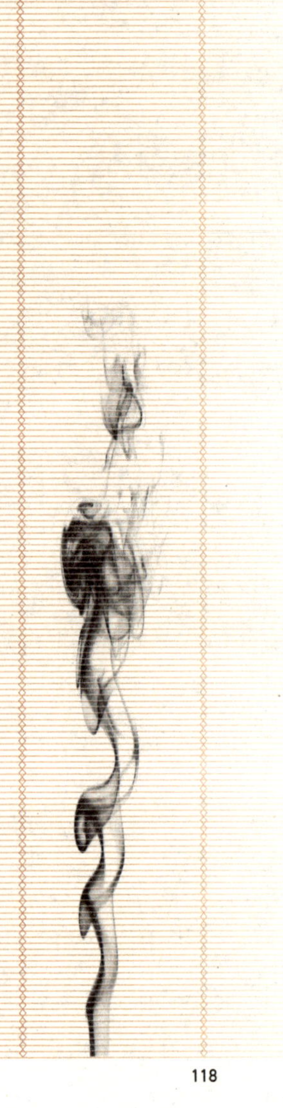

瘦荷粉藕

妖娆风碾碎，何处觅花红？
枯径肥莲藕，谁知一体同！

禅荷悟道

一茎悟空秀，虚怀若谷流。
禅荷无偈语，自洁易春秋。

澄怀观道

凌波万象舞清风，谁在瑶池漱月容？
翠减红衰何必问，澄怀观道悟玄空。

2013.6.23 于天易斋

七绝·金陵春韵

潇湘馆·黛玉·洁

烛影题诗篆舌纹，潇湘风竹满帘闻。
颦眉随泻花魂去，扯片闲云掩泪痕。

蘅芜苑·宝钗·淑

学问堂前理韵姿，韶光莫若几多时。
蘅芜满苑清芬芷，凝露冷香喜见之。

凤藻宫·元春·贵

点墨凝胸一鉴开，隆恩凤藻示文才。
榴花几度登高第，霜剑十年化梦来。

秋爽斋·探春·智

桐剪秋风随梦迁，海棠起社斗新妍。
谁言开落寻常事，诗冢徘徊岂等闲？

牡丹汀·史湘云·达

轻狂不是天生物，醉卧青石芍药吟。
晓梦迷魂将字煮，暮云织锦绾诗情。

栊翠轩·妙玉·雅

微尘栊翠蕴清心，苦海慈航梦里寻。
已送黄昏人欲洁，还来月下看分明。

缀锦楼·迎春·仁

流连际遇命中缘，感叹烟云一载间。
红尘几许知难辨，紫阙千番梦不还。

藕香榭·惜春·悟

循人旧韵平和仄，弄墨新痕喜与忧。
岁月嘶穷休万事，青灯古佛寂中游。

熙凤堂·王熙凤·才

一

闻君拜相世殊才，执掌乾坤壮志怀。
通达运筹帷幄在，众芳国里凤巢衰。

二、

殊世风云一剑挑，才情笑隐半分毫。
出师表里吟真迹，古往谁堪媲与高？

芭蕉坞·巧姐·恩

家亡残寄落天涯，数尽芭蕉夜雨花。
雏凤栖巢分燕雀，惊鸿照影合昏鸦。

稻香村·李纨·贤

一缕春风几度贤，千秋苦海半生缘。
兰心如镜微尘却，寄兴桑榆慰子安。

蔷薇院·秦可卿·韵

莫叹情缘聚又分，可堪循梦念红裙。
青峰十二霓裳看，碧水三千雪浪闻。

抱厦厅·贾母·德

赏心颐耳阅琼檐，朝露人生百味兼。
道上霜风含露扫，鬓间华发共酸甜。

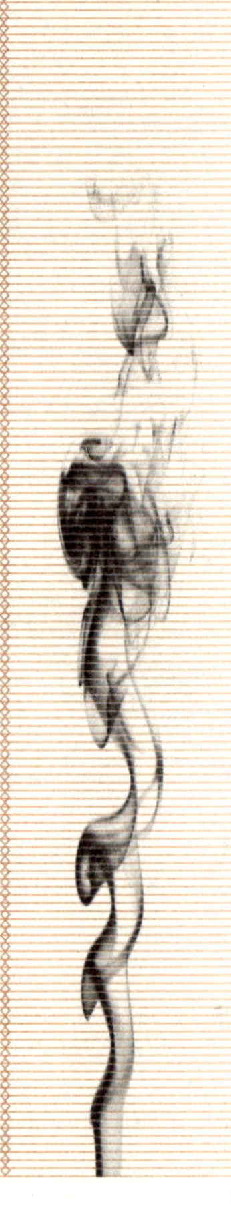

五绝・佛国禅韵

—致十八罗汉

托塔罗汉

拈花禅梦冷，托塔入云林。
佛祖来无信，五通弟子心。

探手罗汉

探手持精舍，半跏坐石修。
青灯如对月，觉路妙神游！

过江罗汉

传经始东渡，修佛俱西行。
莫怕人间苦，觉心喜乐生。

芭蕉罗汉

芭蕉沧浪雨，飞鹤下凡尘。
隐逸修长乐，太虚自在人。

静座罗汉

修心清静坐，大力固金汤。
尽舍有为法，即生无量光。

骑象罗汉

骑象云舒卷，诵经自在闲。
轩昂千里外，俯首九天宽。

看门罗汉

幽怀天地外，禅杖绕千家。
淡定随缘化，心空万里霞。

降龙罗汉

波旬千种计，释佛一卷经。
取法回天力，降龙四海惊！

举钵罗汉

举钵随缘化，开怀岂用言？
清闲如野鹤，来去水云间。

布袋罗汉

布袋嫦如意，弥陀若水深。
心空无量寿，欢喜自然真！

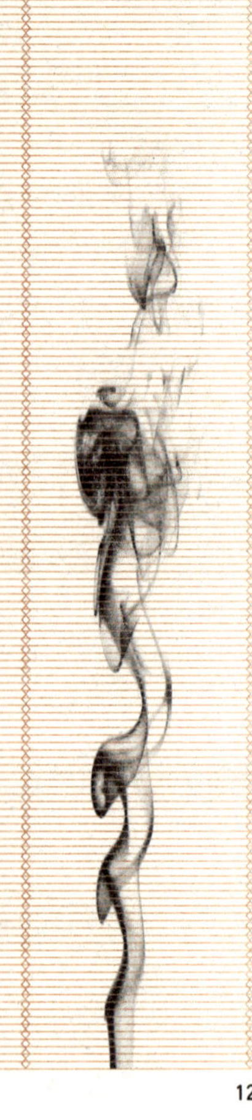

长眉罗汉

转世修罗汉，何求境界同。
长眉通三界，得道细微中。

开心罗汉

无为太子痴，有意国王辞。
为善神通显，开心佛自知。

喜庆罗汉

一语天机破，风雷动地闻。
降魔众生度，尽入自然门。

挖耳罗汉

一柄颐神窍，云根任意颠。
清风生妙趣，闲逸绝尘缘。

笑狮罗汉

小狮感佛法，万类举禅门。
普度三乘雨，清风过柳林。

伏虎罗汉

寺门闻虎啸，妙法食中藏。
取物还无我，洗心入道场。

沉思罗汉

密行非想处，越界共苍穹。
心定生般若，沉思彻悟通。

骑鹿罗汉

清高修自在，竟向小重山。
神鹿皇宫入，泰然定九天。

2014.9.15

五绝·岁星吉韵

子　仓鼠余粮

仓鼠有余粮，儿孙满草堂。
累累欣我意，富贵写华章。

丑　牛气冲天

平川水草肥，牛气冲天飞。
华贵谁能比？雍容老子归。

寅　虎跃苍山

虎跃苍山在，龙吟啸九天。
御风千万里，五福紫云宣。

卯　玉兔蟾宫

玉兔戏蟾宫，云霞万里虹。
嫦娥吟月冷，傲骨倚东风。

辰　飞龙在天

云越飞龙在，天青桂月圆。
诗心吟不得，惊起舞蹁跹。

巳　柴桑飞蛇

蛇柳曲中行，千年妩媚情。
柴桑心旷远，龙昊慰平生。

午　天马崇光

混沌无功果，清明近道场。
狂歌千里远，出世好崇光。

未　三羊开泰

水岸羊群驻，如奔万马声。
三阳开泰处，福禄寿丰平。

申　猴桃瑞寿

八骏瑶池赴，灵猴献瑞桃。
昆仑王母寿，玉祉拜文韬。

酉　闻鸡起舞

凤鸣称霸主，展翅舞长空。
报晓金鸡颂，祥云万里崇。

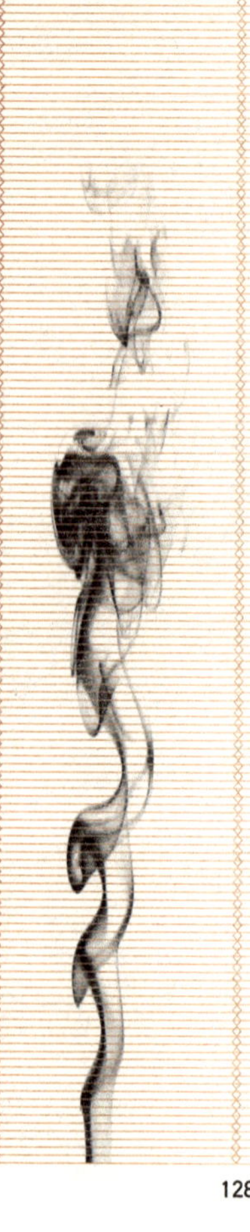

戌　风神通义

抱犬高眠足，携牛浅草来。
风神通义处，物外显悠哉。

亥　陈豕于室

神猪挂帅豪，轻蔑对屠刀。
陈豕悠于室，金银随地淘。

七绝·诗说神韵

精卫填海

东海冰魂和泪鸣，女娃梦断未逢卿。
衔来石木填沧海，已在华严证永生。

精卫：炎帝小女儿女娃，亦称昙花仙子，慕天都清水郎，情痴东海丧生后，变成名叫精卫的鸟，衔来微木、枯枝、石头欲填东海。

女娲补天

彩石炼就补天窿，立极神衹创世功。
远古文明千载闻，娲皇元炁护苍穹。

女娲：创世女神，华夏民族人文先祖，洪荒时代共工撞不周山致使天宇塌陷，才有女娲补天立极的神话故事。

嫦娥奔月

月影婆娑和泪诗，仙丹误用悔来迟。
云端弦上红情浅，谁与嫦娥夜夜痴。

嫦娥：后羿之妻，因偷吃不死灵药奔月，相传版本不一。

后羿射日

天子金乌是太阳，轮值巡视变无常。
遭殃万物民无食，后羿挽弓射九阳。

后羿：帝尧之时，十日并出，焦禾稼，杀草木，而民无所食。后羿力大无比，射掉了九个太阳（金乌）。

夸父逐日

六驭云龙一策鞭，长河覆渴日逐玄。
桃林手杖英雄血，夸父神勇遍九天。

夸父逐日：传说夸父与太阳赛跑，追赶太阳，口渴了喝水，把黄河、渭河都喝干了，在半路因口渴而死。他死之前把手中的手杖化作了桃林。

神农百草

济世恤民百草尝，神农鞭药破医荒。
三湘四水耕五谷，此后锄犁驾万方。

神农：炎帝。神农在尝百草的过程中，识别了百草，发现了具有攻毒祛病、养生保健作用的中药。

河图洛书

高士三更看洛书，神龟半壁潜龙图。
伏羲八卦连山易，留得乾坤悟大儒。

河图洛书：阴阳五行术数之源，河图就

是八卦，而洛书就是《尚书》中的《洪范九畴》。河图洛书最早记录在《尚书》之中，其次在《易传》之中，诸子百家多有记述。太极、八卦、周易、六甲、九星、风水、等皆可追源至此。

大禹治水

黄河泛滥总无常，大禹开行可治邦。
入海灌通龙崛起，抛妻舍子补云苍。

大禹治水：三皇五帝时期，黄河泛滥，鲧、禹父子二人受命于尧、舜二帝，任崇伯和夏伯，负责治水。

玄鸟生商

简狄吞商契始传，腾图玄鸟舞蹁跹。
东夷甲骨祷王亥，遂道凤凰拜九天。

玄鸟生商：契是商部族始祖，相传契的母亲简狄在玄丘水中洗澡，有玄鸟飞来，生下一只鸟卵，简狄误取鸟卵吞食有孕才生下了契。
东夷、王亥：商族是东夷旁支，天命玄鸟为腾图，祭祀甲骨文写高祖王亥。
玄鸟：九天玄女，亦称凤凰玄女。

穆王八骏

起影奔霄绝地驰，穆王八骏赴瑶池。
西巡万里渠黄驭，翻羽盗骊绿耳迟。

穆王八骏：周穆王驾八骏西巡天下之事，行程九万里，会见西王母。

八骏：赤骥、盗骊、白义、逾轮、山子、渠黄、骅骝、绿耳骏马。

涿鹿之战

涿鹿蚩尤抗九黎，声闻百里鼓夔皮。
指南破雾应龙起，被咒女魃为底谁？

涿鹿之战：中国远古时代，黄帝、炎帝两族联合同蚩尤九黎族进行的一次大规模战争。黄帝呼唤应龙蓄水，淹没蚩尤军队；蚩尤请风伯、雨师相助，风雨大作使黄帝军队再次陷入困境，黄帝只得请下天女旱魃阻止风雨战胜蚩尤。最终魃丧失神力不得复返天庭，此后，魃到的地方必定干旱被人诅咒。

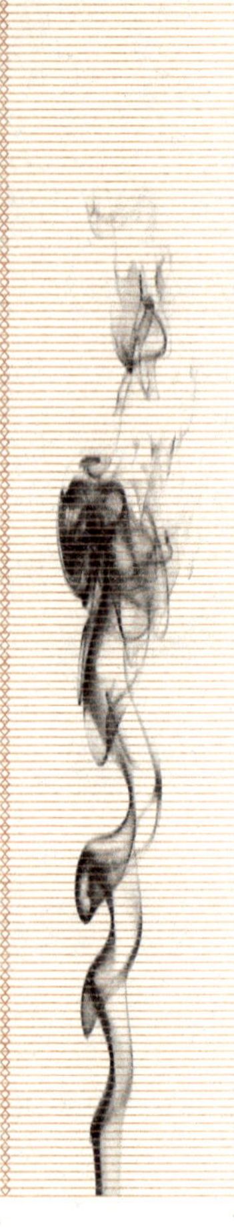

共工触山

不周山裂天柱丧，洪水滔天陷上苍。
帝位相争生暴戾，惊心动魄九州亡。

共工触山：远古传说共工素来与颛顼不合，为争帝位发生惊天动地的大战，最后以共工失败愤怒地撞上不周山而告终。

刑天舞戈

炎黄手足似瓜分，信义仁慈杳不闻。
天下刑天独舞戈，英雄寰宇起风云。

刑天舞戈：刑天和黄帝争夺神的位置，黄帝砍断了他的头，于是他用乳头当作眼睛，用肚脐当作嘴巴，拿着盾和斧头挥舞着。

鲲化为鹏

此生若是诗人未，听惯寒蝉总不飞。
九万扶摇云翼瘦，鲲鹏振翅试龙威。

仓颉造字

仓颉造字世人崇，万琢千磨大汉风。
寻得象形连兽印，广流文脉古今同。

仓颉造字：仓颉曾把流传于先民中的文字加以搜集、整理和使用，后又根据野兽的脚印研究出了汉字，才使汉字流传至今。

湘灵鼓瑟

湘灵照水寄昆仑，九曲清波帝子魂。
鼓瑟一拨神女听，临风泪落错烟痕。

湘灵：传说舜帝南巡死在苍梧，其妃子娥皇和女英南下寻夫，悲恸之下投湘水而亡，化为湘水之神即为湘灵。

鲧窃息壤

大水乘荒肆意荼，谁人执意为悬壶？
窃来息壤遭天谴，鲧禹疏洪万古趋。

鲧窃息壤：传说中洪水泛滥，鲧盗取了天帝的息壤（沙土）堵治洪水，引起了天帝的震怒。被天帝治罪派祝融在羽山近郊杀了。鲧的儿子大禹接替父亲鲧，继续治洪水安定九州。

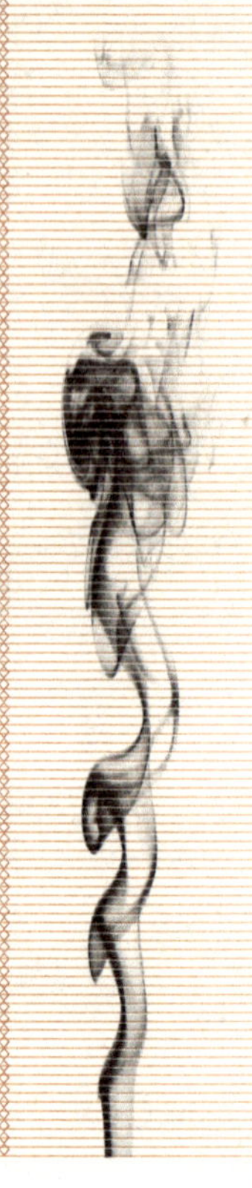

世外桃源

轩窗推月寄疏星，鹏鸟夜啼难得听。
阶下昙花萦碎雨，灵枢叩遍背心经。

八仙过海

过海八仙月下行，神通各显钓风清。
山高岂碍白云度，海阔千帆自合明。

大闹天宫

几时风雨几时求，寂寞天宫任我牛。
定海神针轻巧变，昆仑墟顶陆吾羞。

玄奘取经

西天玄奘取经寻，上善弥陀若水深。
秋月春阳无数度，无嗔拜佛自然心。

梁祝化蝶

多情梁祝百花愁，三载同窗似梦游。
何事锁心吟永昼，凡尘化蝶易春秋。

七绝·四大美女

西施

国色天香绝世女，浣纱溪畔竟沉鱼。
妖娆迷尽吴王宠，舞影青锋忍辱除。

貂蝉

古月难回拜月亭，嫦娥羡慕影娉婷。
芳姿助得连环计，动地惊天史册铭。

杨玉环

众芳国里可羞花，玉露千杯醉彩霞。
马嵬坡前催绝命，芳魂缕缕散天涯。

王昭君

一曲琵琶万里辞，玉关道上诉流离。
兵戎止息功千载，谁与飞沙比艳姿？

2013.7.7 于天易斋

2018.8.7 修改

节律气韵

春之歌

阅尽春光放眼空，东风拂煦翥诗鸿。
撩香沁腑桃花畔，舞柳回肠杏雨中。
紫气轻岚吹梦冷，晴歌阡陌抱烟融。
寻思欲赋江南曲，半日沉吟总不逢。

立春

风寒犹似去年冬，时节迎春立意浓。
色霁暖回惊梅靥，桃梨花事久不逢。

雨水

二月新光燕舞双，一帘细雨过千江。
无人去问春花信，有客来吟水调腔。

惊蛰

风汛惊雷旧梦辞，荡心春韵柳新枝。
悠悠好雨知时节，冉冉轻洇陌上痴。

春分

一溪轻雾雨春晖，竹畔悠扬布谷归。

十里麦禾风惠处，千层浪波翠芳菲。

清明

人间四月柳枝舒，陌野纵横泪雨储。
饮马江山风雨后，伏龙千载墓碑书。

谷雨

一棹乌篷碧浪趋，青黄不济赴征途。
荡舟开辟新天地，纵马驰骋大丈夫。

2011.03.24 于天易斋

夏之艳

水墨江南绿满溪，和风吹起夏荷题。
晴烟日暖流泉泄，思盖山重眉宇低。
二十四番花解语，三千诗卷赋云霓。
曾经几度芳菲尽，璧月裁心草正萋。

立夏

绮云绿水逐天涯，蝶问残花何处埋。
千叶流光葵月半，一朝吹笛弄长街。

小满

晨霭熏风季序催，阶前月季驾春回。
千竿泪竹千重忆，一节痴心一叠灰。

芒种

沉香冷翠报芳晨，夜露无私涤宇新。
田野踏歌勤播种，韶光不再唤童真。

夏至

初蝉饮露夏至闻，木槿含丹展艳裙。
寸寸兰心何处寄？东君下界挟紫云。

小暑

黄梅青荷露碧痕，轻摇兰棹渐黄昏。
芸窗一片相思色，燃尽灯前寂寞尊。

大暑

伏中热浪夜阑珊，酷暑难当静虑禅。
呼吸之间寻自性，空灵生慧气如兰。

2011.6.17

秋之韵

昨夜秋风度玉关，琵琶行过水云间。
千春叠梦三更月，一树枫红万里山。
枝上流光随落叶，庭前菊蕊载香还。
天边雁字南飞影，尘迹无涯岂等闲？

立秋

一场微雨立秋天，几许凉风碧玉莲。
有意画荷三世约，无眠弄笔半生缘。

处暑

季雨婆娑暑气消，林风入韵遏云谣。
兰舟轻驾星河阔，鸿雁托书寄小乔。

白露

千仞孤峰挂燕巢，一竿瘦竹刺云梢。
岁长玉树临风立，秋晚凝花带露姣。

秋分

一页春秋百尺涛，千年沧海半笺高。
梧桐风卷残鸦戾，我怜黄金落枯槽。

寒露

天长水远梦南柯，露重烟深锁宿荷。
有意疏园说往事，无心落日纳浩歌。

霜降

净月霜苔幽梦花，庭芜白露落天涯。
谁施覆雨翻云手，直入残秋肃老鸦。

2011.9.9 于天易斋

冬之魂

天边日落碎斜阳，秦岭云飘浅淡伤。
遥看多时山色晚，默然无语倚纱窗。
红炉煮酒堂前暖，白雪清茶沁鼻香。
笛弄梅心诗和月，曲谱稠叠咏华章。

立冬

秀木荒林月自横，空山静寂妙灵生。
吟风莫把闲来弄，云拂天香玉笛声。

小雪

一片寒云入画屏，几番私语美人听。
江河万里说今古，初雪翩跹絮盖青。

大雪

本是云峰白玉僧，拈花素手十年灯。
冰心暗许凡尘下，雪底凝然旭日升。

冬至

坐看冬至梅雪悠，行吟逐水荡浮舟。
千帆过尽千江月，万里江河万代秋。

小寒

墨云谁约解冰心？山海重霄和此吟。
檐下泠泠莹雪月，屋里暖暖火温襟。

大寒

年寒逆极忆江南，漠北深宵梦不堪。
腊月烟花淹雪夜，春津芳信作闲谈。

2011.11.19 于天易斋

七绝·美人吟

琴

曲高常叹知音少，但理芳心弦慢调。
宁弄相思悲皓月，瑶琴莫许作柴烧。

棋

墨玉云台吞釉白，楚歌四面落花残。
轻弹素手重飞子，暗度陈仓取凤鸾。

书

临书不喜颜公帖，帕上题诗墨迹闲。
旧韵新词思不尽，研兰销竹瘦红颜。

画

楼台欲访春消息，久处深闺释有期。
秀色宛如云带雨，丹青描下月容姿。

诗

绣心古韵锦华难，寄兴吟诗赋岁寒。
痴笑情衷无一物，三千碧水咏安澜。

酒

常闻诗酒豪情志，对绝卮空念丽裙。
斜弄琵琶何助兴？冰心雪浪逐飞云。

歌

柳丝底下荷塘边，菡萏清风绿染烟。
好曲高歌琴瑟度，青衣蝶舞水云宣。

舞

裙袂翩翩岁月殊，轻盈曼妙舞荒芜。
情烧丽影无人顾，回首青春逐暮榆。

2010.5.24 于天易斋

2018.8.1 修改

七绝·昆仑五行

昆仑五行〔金〕

雪破云游玉锁龙，凌霄峰冷彩飞彤；
昆仑台上凰鸣凤，一曲玄黄奏九重。

昆仑五行〔木〕

远如水墨接云天，近似青屏一色连；
若弃尘嚣山里隐，怎知今夕是何年？

昆仑五行〔水〕

云釉清波醉雪痕，绵延不绝是昆仑；
上天入地无穷碧，似水多情最感恩。

昆仑五行〔火〕

策马昆仑火血殷，驰鞭万里夕阳焚；
千年不废今生梦，一抹红霞志驭云。

昆仑五行〔土〕

春山远矣正云长，结字衔环翰墨香；

一管秋黄沧海阔，冲天紫气尽辉煌！

2012.8.16 于天易斋

2018.2.13 修改

五绝·四季子夜颂

春·子夜〔新韵〕

风暖春冰破，频凿翡翠心。

春来挠旧痒，纷乱总关情。

夏·子夜

漏永消蒸热，摇蒲水月斋。

乘风眠夏夜，唯愿入君怀。

秋·子夜〔新韵〕

珠帘镶细雨，掩卷过三更。

吟罢诗心后，思长念岭枫。

冬·子夜

万籁寒冰寂，莹窗看雪时。

但劳操蝶梦，赋得上弦思。

2011.3.27

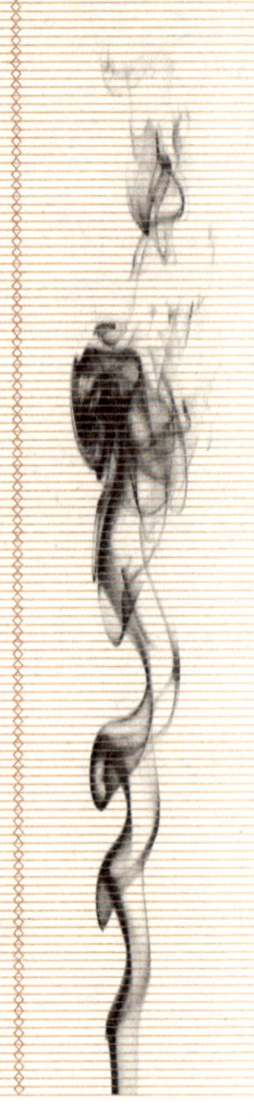

七绝·墨色山水篇

春山晓月

松摇画笔由浓墨，水绣青崖梦织岚。
出岫云缯惊月色，含烟山绪寄江南。

初春

雪岭梅花次第开，清江百鸟筑春台。
千山依旧温情在，一路东风紫气来。

山隐西郊

松苔仙露过山坳，便与清风吻面交。
隐谷栖霞方外士，流光随梦伴西郊。

墨魂山色

苍峰翠墨半山烟， 松径无风雾润肩。
一份安宁诗作趣， 心随青鸟自云天。

墨魂水痕

风起云帆浪逐远，清流溪壑韵悠然。
江天澹荡笙歌发，一曲逍遥度玉弦。

龙凤仙踪

苍山迷雾几千重，仙岛蓬莱念旧峰。
龙啸长天云作辇，凤飞彩蝶舞为踪。

2012.7.23 于天易斋

2018.8.7 修改

五律·妩媚江南

浪花

冷冷潮源起，汹汹向岸驰。
轻绡姿色丽，殉与断肠思。
韵绝天机碎，芳凝海底诗。
朝朝花里别，夜夜月迷离。

山溪

涓涓溪竹水，寂寂不沾荤。
涧过琼川落，烟霞谷底云。
潺潺绯岫石，漠漠绿汀芬。
泻尽梨花雨，春萌别样闻。

闲云〔新韵〕

雁北闲云淡，天青忘意寒。
氤氲春色美，萧瑟漠风孱。

岁月眉间过，乾坤掌上眠。
逍遥何自在，潇洒属青衫。

楚雨

窗外烟云暗，珠帘碎玉知。
山中冷雨过，陌上暖风随。
恋案奴挥泪，题诗赠予谁？
今宵枝柳折，明日倚花葵！

落花

流风花自简，剪叶翠微随。
世事无常态，心淳有梦垂。
春风犹在耳，飘瓣正欺眉。
倚落芳洲满，凋零为底谁？

秋枫

凄风残叶卷，玉漏已更昏。
烛淌胭脂泪，枫题碧水痕。
芷兰裙袂惫，黯雨苦言冤。
叩晚红烟处，惊飞叶落魂。

2011.3.27

七绝·咏梅

蜡梅

寒窗独放几枝梅，吐自幽芳伴雪开。
谁慕凡花春际会，四时无我不轮回！

梅香

不堪昨夜暗香侵，晓起临风向雪林。
一缕幽魂飘丽影，梅香诱得几人寻？

画梅〔新韵〕

梅雪流芳墨色匀，千般风韵语缤纷。
斜描冷蕊含香抱，绝代风华入画魂。

2012.3.24 于天易斋

2018.8.7 修改

七绝·咏雪

春雪

夜来庭院雪闻津，只愿深冬不待春。
玉树琼枝千骨媚，嫦娥俱恋世间尘。

冬雪

昨夜冰花折竹枝，琼花剔透雪吟诗。
有心赋对晶莹句，灯影临风看入痴。

赏雪

一卷诗书半盏茶，围炉品茗赏奇葩。
窗前满是晶莹客，只伴风灵舞雪花。

看雪

暖楼看雪不思衣，花舞扶风梦入微。
静谧安恬诗作趣，心随灵鸟自由飞。

飞雪

飞雪高吟动九天，安澜漾月理心笺。
广寒诗会谁裁判，御笔天心墨未然。

雪

谁持玉练当空裁，满目翩跹入画来。
恐是瑶台开夜宴，琼浆倾覆叫人猜。

2018.1.27 于漾月轩

七律·菊

品菊

流转清泉冷雨侵，东篱品菊对茶吟。
孤芳世隐由云伴，万籁心涵寄水音。
最是物华归淡泊，欲听琴瑟弄香淫。
彭渊饮尽千年事，秋逸无言复古今。

问菊

独艳东篱世难知，无声花信动魂痴。
春何未发花开早，秋始芳幽影放迟。
月殿移来三更露，瑶台借得九天姿。
今朝寄语凭相问，洁欲冰心又几时？

咏菊

玉叶擎娇蕊，凝霜妩媚开。
万千明艳处，一缕暗香来。

无意邀明月，留心扮露台。

曾经秋几度，因梦任君培。

2011.9.28 于天易斋

2018.8.1 修改

七律·兰

咏兰

兰心如镜却微尘，雨气随潮共月轮。
欲品层峦求静趣，总藏雾谷闻新津。
三分冷艳施幽露，一片冰心比玉纯。
翡翠莺黄含嫩耳，香如春梦唤童真。

画兰

折叶青风春具在，长思素月两明幽。
蕴香共逸生花笔，静趣孤明绕指柔。
一纸留芳披墨荫，十分幽处种心愁。
风流色相多空寂，但见清姿韵致留。

问兰

今宵绝胜与谁同，别让烟萝恨不逢。
一脉清幽云散处，几番寂寥雨朦胧。
哪将山意幽来艳，怎许春光淡若风？

泫雪竹松携梅菊，四君何以伴英雄？

2011.6.10 于天易斋

2018.8.12 修改

七律·竹

咏竹

新篁幽翠拂柴门，峭石盘根度绿村。
墙外临风敲雅韵，窗前听雨润霜痕。
几株疏竹梅间舞，一笔丹青画入魂。
有意板桥描秀骨，无心月影醉清樽。

紫竹

流连际遇三生石，感叹烟云一世间。
树欲静而风未止，云终寒似雨犹还。
无因空妙慈心度，有节清宁紫竹闲。
若与凡夫参彻悟，修身独我慰愚顽。

潇湘竹

千年秋月已沧桑，万里春筠赋曲章。
有意拾青消寂寞，无心翻卷付苍茫。
今朝饮露花间秀，昨夜弹枝雪月光。
不羡蝶蜂花上舞，但留亮节渡潇湘。

2012.3.24 于天易斋

2018.8.11 修改

七绝·禅茶

禅茶

禅门茶道两相参，儒智圆通未可偏。
妙谛不由文字写，净心达悟便超然。

吟茶

一缕熏香浅素裟，清茶最是爱农家。
春风好作烟霞旅，但共禅心看落花。

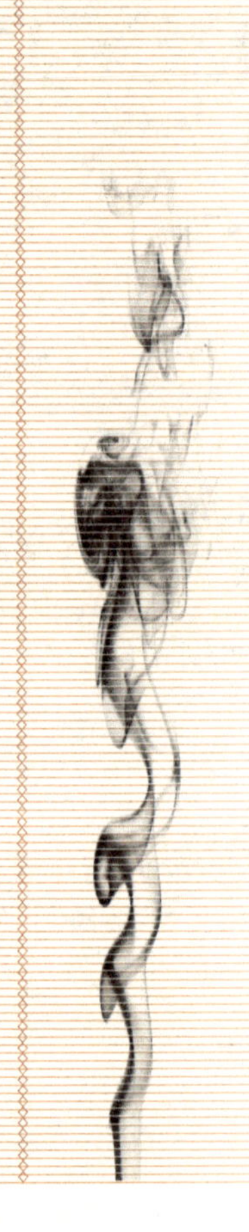

五律·咏茶

咏茶

春日轻寒里，山云到水源。
清风沾雅趣，绿叶逐尘魂。
入世流波转，匀相气象吞。
感怀丘壑事，爱染总无言。

2012.3.24 于天易斋

2018.8.1 修改

七绝·草原游［八首］

乌兰布统古战场（二首）

清都入驻北京初，天赐康熙命不虚。
一战扬威天下定，满蒙一统霸王居。

一季和风一季虹，野花烂漫古今同。
将军策马云天去，我自挥鞭唱大风。

沙地云杉

草香透骨爽怀开，沙地云杉梦里栽。
撷片飞云涵雨处，怡然点墨示文才。

草沿天路

草坡似浪正萋萋，远道风尘几欲迷。
丽日云斜沿草路，引吭万里和春题。

阿斯哈图石林

一柱冰魂世纪裁，千川花树化神来。
年年景色临风渡，寸寸尘心落月台。

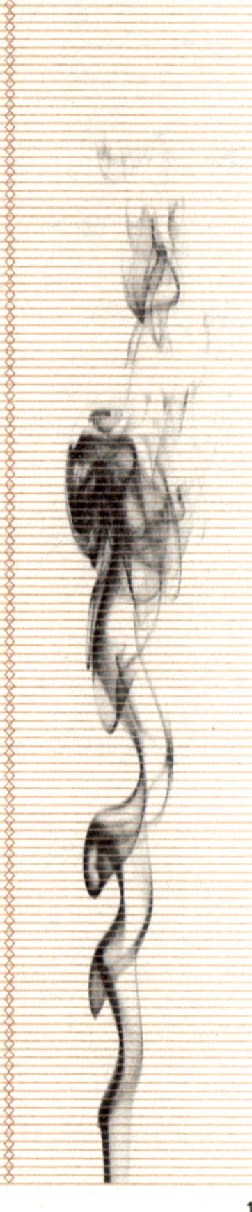

黄岗梁林海

一剪熏风横绿波，蜃楼海市渡天河。
青云信步瑶台上，邀我新诗兑酒歌。

热水温泉

满眼诗心看晚霞，神泉热泡度闲暇。
青春已隔千江水，犹见惊鸿月影花。

白云仙踪

白云深处觅仙踪，神岛蓬莱几许逢？
龙啸蓝天云作辇，凤栖金顶我为峰！

七律·草原游［二首］

元上都遗址

且听恢宏世上都，热情烈酒赴征途。
挥鞭开辟新天地，纵马平疆大丈夫。
功业千秋称霸主，一堆白骨续荒芜。
总怜富贵浮云过，史料随风只作谀。

彩云归

彤云似火卷山巅，犹浪如潮对月捐。
痛饮清风思织女，星河欲转半生缘。
红尘几许知难辨，青雀千番梦不圆。

若得雄鹰轻展翅，定将逐日彩云缠。

2015.8.7 于天易斋

2018.7.31 修改

七律·诗心

诗心

诗心云意漫舒张，急管繁弦动大洋；
醉剑挑灯辛弃疾，春风剪柳贺知章。
晋词旧吟桃源赋，元曲新焚拜月香；
欲解骚人千古事，且随飞雁渡潇湘。

七绝·诗魂

诗魂

凝思练句觅诗门，吟到痴时梦亦贲。
莫笑奴家新学颂，今朝且入盛唐魂！

诗韵

诗心怯向月边生，佳句轻调彩凤鸣。
无意拈来偕雅韵，唯期浓淡自天成。

诗眼

晚吟月色晓听莺，一处风光别样情。
醒对窗前诗眼觅，欲书纸上可分明？

诗道

暮鼓晨钟静涤心，真如自性入诗吟。
何时得悟心通达，八万细微禅道深！

2011.6.8 于天易斋

2018.8.7 修改

七律·禅悟

禅悟

娑婆世界纵翩跹，明镜轻敷月上弦；
夜雨青灯燃古案，灵山花蕊漫天莲。
一厘冰魄千秋约，万古心魂三世缘。
若得此生空寂灭，禅林功德佛音圆。

七绝·月夜

月夜

桥下晚来荡小舟，流萤舞断夜清幽。
月光宛若飞流瀑，净却谁人心上愁？

七绝·吟赋心得

吟赋心得

月下推敲人笑痴，文章辛苦付谁知？
吟来莫道无佳句，发轫于心便是诗。

七绝·瓷韵

云水瓷心

一望飞流玉瀑湍，驾岚云水绕林欢。
瓷心奇妙成天趣，万道霞光蔚景观。

星辰流月

蓝梦云衣理雅风，玉壶神韵自然中。
星辰流月光阴转，一脉心香今古同。

七绝·如是如来

真香

飞檐檀息岁天长，方塔回廊映夕阳。
清飔宁终通透悟，菩提树下取真香。

真如

九层塔顶古今禅，舞墨长廊远近连。
独省修身清静处，真如漫向白云边。

如是

灵枢几许扣心经，如是吟来难得听。
看遍人间情万种，素心如水赶流星。

2012.8.6

梦之涛·尚湖诗会

品尚湖

远树黛烟浓，近萍翠泽融。
拈云莺出谷，掠水燕惊风。
画舸清波上，弦歌雾霭中。
无期日还月，荏苒雨烟丛。

尚湖诗香

青山绿水洗心尘，岚雾飞崖锁剑门。
九曲弦歌关不住，诗香煮酒尚湖村。

尚湖人家

草拥小溪曲径遐，丘围绿岸野人家。
桃源莫道无知己，我共清风醉晚霞。

烟雨尚湖

凌波水榭叠苍茫，烟雨浮萍乐未央。
万顷和吟稠墨韵，名家辈出喜登场。

2013.6.30

五律·风花雪月

风

远树晴烟起，东方紫气融。
风临听竹韵，雨罢绿青丛。
常数闲花落，空吟月夜朦。
惊鸿来又去，锦绣与谁同？

花

雨润新姿韵，流云叠漫纱。
残枝才褪雪，初蕊绽黄花。
两袖携烟翠，千春四月霞。
氤氲新草绿，梅酒话桑麻！

雪

天际烟云幕，疏狂步九天。
琼枝生秀色，梅雪遍苍烟。
千里幽心合，三朝水月宣。
良辰轻易别，当舞羽嫣然。

月

亘古灵犀在，星稀玉宇空。
清平山海誓，粉面理情衷。
一点禅机破，千川兴未穷。
薄霜银似水，几许与吾同？

2018.8.13 修改于漾月轩

七绝·珠溪秋诗

秋雨

珠溪微雨立秋天，几许凉风碧玉莲。
有意画荷三世约，无眠弄笔半生缘。

听蝉

禾田沉穗炽风稠，青浦黄侵草带愁。
偶听云塘鸥鸟唤，鸣蝉清唱一村秋。

桂香

舒缓秋风稻穗长，繁星点点入诗章。
蛩弦独领千秋曲，桂子甜心似酒香。

2017.10.30 草于泰然居

珠溪水岸

珠溪梦远水长天，净月禅荷锁重烟。
枝上流光随藕去，庭前诗画菊篱边。

2018.10.10

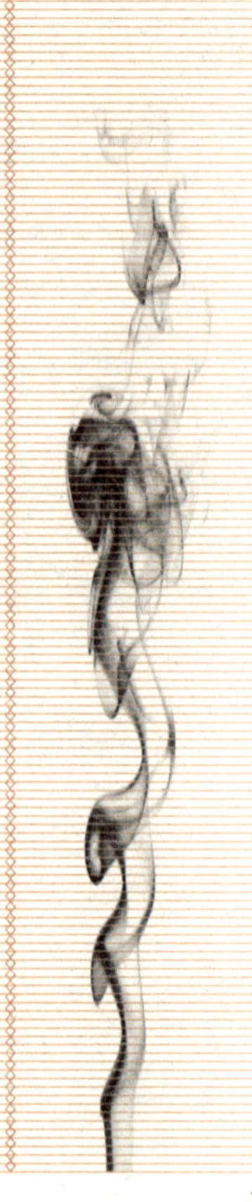

七绝·虎跑拜谒弘一法师

虎跑舍利律宗魂，泉洗红尘若水痕。
莫道人生真亦幻，慈云深处隐禅门。

七绝·江湖野史遍楼台

秋风背影落枫摧，阁老祠堂白骨堆。
御匾高抬埋爱恨，江湖野史遍楼台。

七绝·盐官海神庙

——谒浙神伍子胥

胥涛奔涌古来寒，自在纵横海宇盘。
谁欲乘云随浪去，海神乐作助缘观。

七绝·感怀徐志摩

新月霜花入韵寒，残枝折向梦中看。
幽思辗转千回暗，袖卷诗文向夜阑。

书剑恩仇

——访陈阁老宅

旧阁秋心只自怜，且吟九曲断肠篇。
筠香羁梦凭心念，陈墨书怀枕玉烟。
书剑恩仇犹触动，摘云壮志早移迁。

世间水月空遗怨，梦里春秋未有边。

拜谒王国维故居

文采风流具盛名，千秋功业自分明。
钱塘浊浪沙难止，江畔云鸥自有情。
可叹秋庭三径露，犹怜篱竹一斑清。
浮尘逝梦何须醒，此去谁人问暖晴？

拜谒诗人徐灿

莫叹因缘聚又分，可堪拙政赠红裙。
春峰十二芳菲看，秋水三千柳浪闻。
弄罢轻舟吟夜月，行经远浦和诗文。
兰心寸寸何从寄？自有关山雁逐云。

秉性疏狂

—致安澜

由来秉性尽疏狂，一任清贫走四方。
永夜餐风沉皓月，中天照物润斜阳。
吟魂饮魄心波觅，赶海巡山气韵扬。
诗酒昙花难得意，禅茶古树易沧桑。

2017.10.19 于泰然居

节日诗选

春节

长天雪曳地寒严，腊尽年关万绪添。
一岁烟花开又落，几枝雪梅拂珠帘。
千川紫气融寒第，九陌祥云罩碧檐。
感赋春来诗韵窄，伺祺福迓遂心甜。

元宵

春絮飘飘雪琐岩，剪烛夜静寄心函。
今夕上元灯谜夜，笺画流棠蕾不凡。
万籁和鸣真乐事，千台戏韵舞蝉衫。
人生朝露如花市，过尽繁华落幕帆。

端午〔新韵〕

艾叶斜插避热瘟，粽香飘处祭忠魂。
画楼流棹湖中竞，纨扇菖蒲汗浸纹。
人倚栏杆星意尽，轻风入袂醉良辰。
借来佳酿传神话，酬得诗情爱亦真。

中秋〔新韵〕

关山望断又中秋，玉兔蟾宫倒影酬。
一臭皮囊千亿昧，十年大梦万般忧。

禅纱道鹫无心理，落日桑榆有意剖。
今夜何堪思万里，清风作桨月当舟。

重阳〔新韵〕

竹树轩窗渐碧痕，风萧叶落几秋深。
篱边菊蕊含金绽，水榭芦花剪雪侵。
但看满天云不动，不知世路俱寒巡。
桂花酒里重阳夜，诗共苍山对月吟。

中秋快乐

中观风月古今魂，秋韵花魁伴露深。
快意蟾宫折玉桂，乐歌曼舞羡天神！

2012.9.30 中秋节

除夕有感

千川紫气四方财，一岁烟花落又开。
玉兔归蟾奔月去，祥龙出海驾云来！

元宵

穿过烟花与雨花，上元节庆品春茶。
天龙舞凤神通显，频送元宵进万家。

2012.1.22

癸巳新春

迎新癸巳龙，雪舞梅飞虹。
紫气东风贺，清诗赋九重！

2013.2.9

闹元宵

龙归碧海波涛庆，蛇到青山草木新。
锦绣山河风信至，春熙芽柳绿绾襟。

2013.2.22

中秋感怀

赊月一杯酒，临风天易楼。
谁知九天梦，抱影问中秋！

2014.9.8 中秋夜

七绝·漾月澄道

漾月澄道

漾水因缘自在观，月华不洗色烟寒。
澄澜弄影惊垂柳，道闻清风别样欢。

2016.5.12

第三辑

安澜词赋

如梦令·春思

风起樱红纷落，诉尽香帷眉角。
烟水乍春寒，昨夜碎红灼灼。
轻落，轻落。芳信几时留索。

2016.3.12

如梦令·梦里故乡

弦理月天江畔，吟古澄澜抚案。
轻易不消弹，红萼载春清晏。
琴漫，琴漫。梦里故乡牵绊。

2016.3.23 于上海

金字经·千里驹

饮马江山固，吹香肥草茹。
烟谷盈香云傍庐。
书。志驰千里途。
时空舞，笑将心事予！

2013.5.21

江城子·嗜血青春

十年漂泊两茫茫，上深冈，下苏杭。
漠北霄重，道不尽苍茫。

寻梦千遭春易漏，无寐夜，　暗情殇。

再难相聚共天长，泪千行，
百回肠。
嗜血青春，何处恕轻狂。
踏遍天涯归故里，重比翼，
各彷徨。

2014.3.15

千秋岁・文昌世兴

恒文兴世，尧舜施恩惠。
风煦暖，人和贵。
千川滋雨露，阡陌舒祥瑞。
中华好，龙骧福祉千秋岁。

笑看春明媚，盛世修词汇。
歌未歇，灯无寐。
楼台听鼓乐，水榭吟诗醉。
传世作，抒情翰墨诗文美。

壬辰年冬安澜题

千秋岁・瓷韵

新泥滋雨，和土成天趣。
任巧匠，轻飞舞。
云泥千种态，随意来遭遇。

天火淬，明如白玉流霞露。

瓷韵悠扬谱，雅士诗词赋。
清三代，明几许。
昔怀青史越，红色官窑举。
凝精粹，传承盛世逾千古。

2013.4.20

千秋岁·珠溪夜饮

珠溪夜饮，醉里枫红沁。
南山远，东篱枕。
放生桥太重，杯酒空明谶。
君不见，踏歌高节清风品。

古镇漕溪渗，皆是人文浸。
随波梦，哪堪甚？
君来诗不老，唯见英雄凛。
青浦令，南歌一曲千秋赁。

2016.10.11 于漾月轩

千秋岁·归乡土

钱塘千户，香火云吞雾。
晨滢露，炊烟舞。
马奔千丈壁，天海融归暮。
风云散，史书寻遍韶光误。

帆动飘零旅，浮世知几许。
庭上草，苍心苦。
山河依旧在，日月如飞絮。
多少事，俱悲陈迹归乡土。

2016.12.23 于漾月轩

千秋岁·岁星贺

禄如流水，福祉添红蕾。
羊马富，蛇妖媚。
兔肥平野绿，猴闹林梧翠。
金鸡约，东临紫气舒祥瑞。

犬吠村头脆，陇上耕牛贵。
子鼠歇，猪长寐。
岁星听鼓乐，龙虎吟诗醉。
生肖典，吉祥百姓千秋岁。

丁酉初冬于北京泰然居

御街行·殇春

人间四月芳菲尽，却道闻，迟春信。
篱藤牵雨杪颠垂，风暖丝丝柔润。
天天晴绿，几多诗韵，春月谁封印。

青畴九陌闲寻衅，屈指抚，梳霜鬓。

轻施凝黛赋妆词，笺幅任凭蹂躏。
篷窗琐事，无根迷顿，何故殇春汛？

2016.4.23

虞美人·禅坐

——坐禅内观，知天命矣！感触良多，此赋。

（一）

布衣入座随烟渺，我自观心好。
身心洞彻五湖中，思道是金名色入长虹。

人生命运谁能算？且把沧桑看。
法行生灭最无常，可有可无可闻百花香。

（二）

江山人物潇潇雨，各自随风舞。
卧龙司马总呜呼，成败转头名利本来虚。

修心不与时光老，入世无烦恼。
岂言三界有斯人，百岁应无一事可当真。

2016.3.24

桂枝香·霜花绘

新楼简阁，看舍里湖波，岸柳如昨。
尘岁庐烟谷雾，旧时梅萼。
谁人向晚霜花绘，一枝眉，一弯零落。
一壶残酒，千题乱韵，怅魂难托。

愧难说、垂杨漠漠。笑俗事烟波，
都付漂泊。
徐灿何如，境遇更嗟云薄。
冷香鬓雪愁如许，更哪堪，流水承诺。
乾隆萦梦，安澜漾月，几番求索。

2016.12.23 于漾月轩

解佩令·荐福禅寺

胥涛沧海，贝叶重辟，
越从头，千古陈迹
乍起烟潮，百里卷，狂龙奔壁
卧长穹，淡明轻逸

碑铭寻遍，风流八友，竟陵王，文
韬灵籍。
魏晋风华，古来事，慈云悲泣。
谒禅林，一方清寂。

2017.10.19 于泰然居

荐福禅寺记

兹逢盛世昌隆，民乐郅治，百废俱兴，爰借商界捐输之诚，鸠工庀材，重建荐福禅寺。曩昔伽蓝颓败，于今庙貌重新，具见佛光普照，圆觉亨通。乃作文恭纪，以铭斯盛。其为辞曰：

兰若齑皇，基筑钱塘。东沸胥涛[①]，势壮气豪。南眺蜀山[②]，越剑倚天。西绕春江，渌水泱泱。北接嘉湖，不尽平芜。

予窃维禅寺之滥觞，昉于竟陵八友之文宣王安义寺也。粤自往古，西邸[③]衡文。佛智经论，百家纵横。先秦诸子，把臂入林。八音朗畅，金石声铿。近体格律，发轫永明[④]。慨乎世运无常，燕巢危幕。僧归云谲，兵来风恶。毁圮迭遭，钟鱼冷落。近厄倭夷猾夏，屠城焚郭。招提罹难，丙丁遽作。烽燹无情，金流玉铄。毒炽丛林，佛惊神愕。悲夫！恸绀宇之摧崩，哀禅门之难托。

星移物换，龙汉劫消。法轮恒转，妙相重昭。借钱塘雄浑之势，复齐梁香火之饶。媲南朝四百八十之名刹[⑤]，矗今时三进两厢之殿寮。莲座慈云时起，檀林法雨长飘。流江

南之禅韵，还佛国之清寥。

嗟夫！天高地阔，涛白烟青。大士礼佛，猿鹤听经。随贝叶之空明以悟，从梵呗之悠扬以瞑。唯明心见性以始，而明性见心以成。晨钟暮鼓，脱俗出尘。灵地佛门，千家俱睦；昊天薄海，万国咸宁。

海宁陈氏后裔　颖川谨撰于天易斋

时维壬辰年五月初五端阳

注：

①胥涛：传说春秋时伍子胥为吴王夫差所杀，尸投钱塘江，成为涛神，后遂称浙江潮为胥涛。

②南眺蜀山：对岸古越蜀山隔钱塘江遥遥相望。

③西邸：《梁书·武帝本纪》："竟陵王子良开西邸，招文学，高祖与沈约、谢朓、王融、萧琛、范云、任昉、陆倕等并游焉，号曰八友"。

④永明：《南齐书·陆厥传》："永明末盛为文章。吴兴沈约、陈郡谢朓、琅琊王融，以气类相推毂。汝南周颙，善识声韵，约等文皆用宫商，以平上去入为四声，以此制韵，不可增减，世呼为'永明体'。"

⑤南朝四百八十之名刹：脱化于唐代诗人杜牧《江南春》诗："南朝四百八十寺，多少楼台烟雨中"。

[后记]

人生有太多偶然

安 澜

我们的人生由一个又一个偶然，串联起太多的不可预知的生命奇迹……

从小体弱多病的我，连个学名都是到上小学报名时才知道自己姓甚名谁，由于父母老说我是养不活、长不大的“小猫”，三天两头针灸吃药，预示着死亡的脚步越来越近，随时面临死亡威胁的我却遭遇着一天天鲜活起来的生命偶然；从 12 岁那年的省级作文比赛的“天才少女”，缘起此生文学梦的偶然；从心理回溯个案无心插柳的实战叙述和闲暇的诗性表达构成了 47 万字的《安澜文集》面世的偶然；从一次洗笔蘸墨，灵感挥毫远古神兽的绘画偶然；我有失眠八个月的偶然，成全我十年实修的心性信仰；我写小说、写诗、画画、修行都是偶然，还有生活中太多不可思议的偶然……我不知道别人的人生是否有那么多偶然的奇遇，而我的人生每一步都踏着无心天赐的希冀，偶然创造了我生命中那么多的神奇，安澜真诚感恩上天对我这个凡夫的眷顾和恩赐。

佛曰：一切唯心造，我的人生心象就像万花筒永远不知道未来还有什么未知的风景在等着我揭幕。很多人为自己的人生设立一个目标，坚持不懈向着目标挺进，而我的人生目标从来都是在变化着的，身体里似乎一直有一个近乎梦幻的魔音在支配着我，我不知道自己最终想要的是什么。我的人生一直体验着攀爬的动力，就像爬山一样爬上一座山，又去爬另一座山，永远不知道哪座山才是最终想要到达的理想，也可能那个理想会越来越模糊……细想想目标和理想是两个不同的概念。目标很具象，就像小说的结构、路径和逻辑，构思好了，叙述通畅，直达目标；而理想很抽象，就像诗歌的意象、通过语境跳跃式接近诗心的意境……我越来越不明白我要的到底是什么、就像修行之路要解决人生的终极意义里到底隐含了什么、直教人悟道迂回，永远活在一个不可知的追问里……

诗人真性情的任性与修行者孤独的修悟有着异曲同工的执着求真，一个人的一生太短暂，做不了人们钦羡的偶像不重要，活不成自己想要的样子太委屈，所以我忠于自我，活成天道我行的高古之姿，不是为了别人怎么看我，重要的是自我沉沦的愉悦是寂静修持的需索。写新诗怎么着都是讨一个自我满足的情绪出口，故我的诗就变得不足取道的任意为之，新诗意象、语境的自由是我乐游的。旧体诗起承转合的循规蹈矩束缚了我奔腾的野马思维，所以，自2011年的命题七绝110首历史名将后，很少写古诗词了，有感受或情绪都在新诗里。

写历史名将七绝110首，缘起北京一位将军对书法内容的命题诉求，自2011年9月，我开始穿越3000年历史长河，历数泱泱中华自商周文字记载以来，历史变迁改朝换代，每一个阶段影响并推动历史进程的历史名将和成名战役，翻开一页页血迹斑斑的历史，再现一幕幕悲壮绝伦的史诗，我沉浸在历史名将或强悍、或英勇、或睿智、或悲壮、或伤怀的生命体验里，却无不影响、推动与改变着那个特定历史时期，生而逢辰又与时俱进改变了自己的命运，从而改变着这个世界。整整一年半的时间，我酣畅淋漓地沉浸于中华文明波澜壮阔的历史长河里，感受人类生命渺小又伟大的一个个雄狮百代的名将创举，绝句28个字何以言将帅之万一，不才只是抒发了个人对每一位历史名将的感受感悟感言

之万一。相形之下，太平盛世之今时，我们的家国情怀又在哪儿？中华儿郎又作何感想？当然，这些不是我能操心的，可能不合时宜，历史命题很沉重，这不过是我“穿越时空的对话”沉沦在这种情绪里好长一段时间才释怀的真实感受。

生命里炫目的迷和痛彻的爱贯穿我人生的主旋律，几乎所有人都害怕面对真实的自我，何况历史？而我必须聚集起生命内核的力量把自己从生活真实的幻象里解救出来，活在安之若素，澜起生辉的生命体验里，让此生的偶然绽放出必然的光芒！

《文韬武略》缘起2018年的又一个偶然，与著名演说家聂枭先生的一席茶，引发了历代名将的话题，才有了现下付梓成册的诗集。在此，安澜真诚感谢聂枭先生、王华女士对《安澜诗集》的大力支持和资助。感谢著名作家褚水敖老师为拙作《文韬武略》作序，感谢著名诗人杨逸明老师在旧体诗创作上给予的鼓励和支持，感谢王家俊老师为《文韬武略》百名名将篆书，感谢臧炳申老师为《安澜诗集》策划、设计、校对、出版所给予的全心助持！感谢所有生命里帮助过我、鞭策过我的朋友的诗性成全。感恩所有关注和爱护安澜的读者朋友们！

兹为后记。

2018.11.16 写于漾月轩